私がアンデッド城でコックになった理由

登場人物紹介

エルドレア辺境伯

美貌の城主。アンデッド（不死者）
だけが住まう辺境の地を治めている。
食に対して凄まじい執念を持ち、
隙あらば結を食べようとしている。

小川結《ゆい》

18歳の女子高生。スーパーからの
帰り道、異世界にトリップした。
小料理屋を営んでいた祖母の影響で、
料理を作るのも食べるのも大好き。

リュシアン
城の執事。
面倒事を嫌う性格。
常にスカーフで
顔の下半分を
隠している。
ハインリヒ
城のコック。ミイラのような
外見とは裏腹に、
優しく面倒見の良い男性。
リヨン
美形の青年。
城の薔薇園を管理している。
極度のナルシスト。
レインフォード
伯爵
不気味な客人。
辺境伯との間に、
ただならぬ因縁が
あるようで――？
サリー
城のメイド。
明るく親切な少女だが、
怒ると恐いらしい。

目次

食材×贖罪《しょくざい》

1

窓の外は夜の闇で真っ黒に塗りつぶされている。夜空に目を凝《こ》らすと、透き通った人の影がすうっと横切るのが見えた。それはレイスと呼ばれる死霊《しりょう》で、夜は彼ら——死者の時間だ。

「腹が空《す》いた」

背後から突然声をかけられ、私——小川結《おがわゆい》は驚いて振り返る。すると、そこには男が立っていた。彼は時代錯誤《さくご》な礼装を身にまとい、長い赤毛を指先に絡めながら、私の部屋の扉にもたれかかっている。

いつからそこにいたのだろう。声をかけられるまで、まったく気配を感じなかった。

見る者を虜《とりこ》にするほど美しい彼の顔に、うっすらと笑みが浮かんでいるのを見て、私は嫌な予感がした。

「腹が空いてしまったよユイ。何か食べさせてくれ」

物憂《ものう》げに告げられた一言に、私の心臓が大きく跳ねた。今の私にとって、それは何よりも不吉な言葉だ。細かく震えだした手をぎゅっと握って、恐怖心を抑え込む。

「失礼ですが閣下《かっか》、お食事なら、つい先ほど召し上がったはずでは？」

私が努めて冷静に尋ねると、男は笑みを深めた。

「たったあれだけの量では、満腹には程遠い」

五人前の食事を平らげたばかりだというのに、彼はそう言う。健啖家《けんたんか》を通り越して、化け物級の胃袋の持ち主だ。私は読んでいた本を閉じて立ち上がった。

「では何かお作りします。食べたいものはありますか？」

「お前がいい」

まっすぐに私を見つめる男の目には、言いようのない熱がこもっている。

「いつも言っているだろう、私が一番食べたいものはお前だと」

情熱的な愛の告白にも聞こえるが、それにロマンスを感じるほど私は能天気ではない。

そう、これは比喩《ひゆ》でもなんでもなく――彼は文字どおり私を食らいたいのだ。

＊　＊　＊

私がこの城にやってきたのは、数日前のことだった。

その日はスーパーのポイントが二倍になる日だったので、私は調味料や食材を買い溜めするつもりで、特大の買い物バッグを手に張り切って出かけた。

「味噌と醤油、それにケチャップとドレッシングも買っておかないとね。あ、かつお節が半額になってる！　これはお買い得」

店内を歩いていると、買い物籠《かご》の中はあっという間にいっぱいになってしまった。レジの前の長い行列に並び、会計を済ませた私はスーパーをあとにした。

ずっしりと重たい買い物バッグを持ち、達成感に浸《ひた》りながら帰り道を歩く。

そのとき突然、目の前が真っ暗になった。立っていられないほどの強い眩暈《めまい》を感じて、その場にしゃがみ込む。

買い物に夢中になりすぎて、貧血を起こしてしまったのだろうか？

少ししてから、どうにか立ち上がった私は、目を丸くした。辺りの景色がまるで変わっていたからだ。

見慣れた近所の町並みは消え、右を見ても左を見ても黄金《こがね》色の麦畑が広がっていた。空を見上げれば、どんよりとした厚い雲に覆《おお》われている。

おかしい。今日は朝から天気がよかったはずなのに……。私は急に不安になった。

どことなく懐《なつ》かしさを覚える長閑《のどか》な風景ではあったけれど、こんなだだっ広い場所に一人で立っていると、なんとも寂しい気持ちになってくる。まるで、この世に私しか存在していないみたいだ。

とても混乱していたものの、とりあえず歩くことにした。何がどうなっているのかさっぱりわからないが、ここに立っていていいことはなさそうだ。

まず誰かに会って、ここがどこなのかを聞こう。そして帰り道を教えてもらうのだ。

しかし、行けども行けども人の姿は見えない。視界に入ってくるのは、風に揺れて金色の波のように見える麦の穂ばかりだった。

やがてようやく景色が変わり、毛の長い大型動物の牧場が見えてきたころ、後ろから轟音《ごうおん》が近づいてきた。

何事かと思って振り返ると、一台の馬車が土煙を上げ、ものすごい速さでこちらに向かってくる。私は慌てて横に飛び退《の》いたが、勢い余って転んでしまった。

二頭立ての馬車は、目の前を通り過ぎてから、ピタリと停止した。立ちのぼる土煙に少しむせながら、私は馬車に目を向ける。

それはどう見ても普通の馬車ではなかった。なぜなら、馬車を牽《ひ》いている二頭の馬には首がついていないのだ。それどころか、真っ黒い外套《がいとう》を着た御者《ぎょしゃ》にも首がない。

何これ……。幽霊？　それともロボット？

呆然としている私の前で馬車の扉が開き、中からフロックコート姿の男が出てきた。私は固まったまま男を見上げる。

「危なかったな。もう少しでお前を轢《ひ》き殺してしまうところだった」

きっちりとした礼服に、腰まで届く長い髪。その髪は熟《う》れたトマトみたいに真っ赤な色をしている。

私はまた眩暈《めまい》を起こしそうになった。

一瞬で見知らぬ場所に移動してしまった上に、首のない馬が牽く馬車から出てきたのは、礼服を着た赤毛の男。

こんなことあり得ない。絶対に現実のはずがない。

男は混乱している私の手を引っ張って立たせ、土埃《つちぼこり》にまみれた私の服をポンポンと叩き始めた。力が強くて、かなり痛い。

「こんな時間に何をしていた」

「あの、道に、迷ってしまって――」

「日が高い時間に外出するなど自殺行為だぞ。私の馬車に乗りなさい。家まで送っていこう」

その有無を言わさぬ口調に、私は戸惑った。家に送ってもらえるのはありがたいが、この男についていっても大丈夫なのだろうか。思わず手にしていた買い物バッグをギュッと胸に抱く。

男は動こうとしない私に業《ごう》を煮やしたのか、無理やり馬車へ押し込む。私たちが乗り込んだ直後、御者席から鞭《むち》のしなる音と、聞こえるはずのない馬のいななきが聞こえた。そして馬車はゆっくりと動きだす。

私の向かいに座った赤毛の男は、次々と質問してきた。

「肌は爛《ただ》れていないか？　痛むところは？　なぜこんな時間に外へ出た？」

男の質問の意味がさっぱりわからない。肌が爛れるとは、一体どういうことだろう？

馬車の中は妙に暗く、目を凝《こ》らしてみても男の顔はよく見えない。

「……言いたくないか。では名前は？」

「小川結です」

知らない人に個人情報を教えるのはどうかと思ったけれど、家に帰るためには目の前の男の協力を得るしかない。

「……珍しい名前だな。それに、こんな子どもが城下に住んでいたとは知らなかった」

「私はもう十八歳です。子どもじゃありません」

私の言葉を聞いて、男はあからさまに驚いた様子を見せた。私は高校三年生なのに、そんなに幼く見えるのだろうか。少し不愉快に思ったが、それ以上反論できずに黙り込む。

男は柔らかなクッションに預けていた体を起こして、私の顔を覗き込んだ。すると、私からも彼の顔がよく見えるようになる。

そこで私は初めて気づいた。この男が、とても綺麗だということに。

燃えるような赤毛の奥から覗く、琥珀《こはく》色の瞳。高い鼻梁《びりょう》。けれど、肌は病的と言えるほど青白く、血管が透けて見える。

美しすぎて逆に怖い。まるでよくできた蝋《ろう》人形みたいで、人間らしさが感じられない。

私は慌てて目を逸らした。けれど、男は血の気のない手で私の首を掴み、視線を自分のほうに戻させる。

「温かい。……もしや呼吸をしているのか？」

激しく上下する私の胸を見て、男が感嘆の息を吐き出した。

「肌の下に生きた血が通っている……。なんということだ、お前は……人間か！」

男は私の首を掴んだまま笑った。今まで気品さえ漂《ただよ》わせていた美貌《びぼう》が下品に崩れる。男の口元がだらしなく緩《ゆる》み、薄い唇から涎《よだれ》が一筋垂れて、馬車の床に落ちた。

「まさか、たった一人で我が領地に入ってくる愚か者がいるとは思わなかった」

「あなたの……領地？」

聞き慣れない単語が出てきたことに、私はさらに恐怖を感じた。ここが日本であるならば、領地などという言葉はまず出てこないはずだ。私は一体、どこへ迷い込んでしまったのだろう。

「何が目的でやってきた？　自殺志願者か？」

男の探るような視線を受けて、私は身を竦《すく》ませる。男の言っていることは相変わらず理解できなかったが、男の雰囲気が明らかに変わったのはわかった。

「み、道に迷ったんです。気がついたら、あそこに一人で立っていて……」

「嘘だな。人間の国との間には、魔の森がある。誰かがここまで送り届けない限り、お前みたいな少女がここに来ることは叶わないはずだ」

私の首を掴む男の手に力が入る。私は恐ろしさのあまり震え、歯をガチガチと鳴らした。

「本当のことを話したほうが身のためだぞ。こうもあからさまに怪しいと拷問にかけたくなる。条約によって、領地を侵《おか》した人間は好きに処分できることになっているからな」

「本当です！　本当に道に迷っただけです。どうやってここに来たのかもわからないんです」

「では、どこの国から来た？　フィーリアか？　それともハラルか？」

「そんな国は知りません。早く家に帰りたい……」

そう言いながら、私は涙をこぼした。ただでさえ混乱している上に、わけのわからない尋問をされてはたまらない。

「身元不明か。まぁ、それもよかろう。今日はいい拾い物をした。ジャック、このまま城へ帰るぞ」

男は首のない御者《ぎょしゃ》にそう声をかけると、満足げな息を吐いてクッションに背中を預けた。

私はようやく解放された首を押さえて、ぜえぜえと息をする。男の言葉について考えようとしたけれど、今は何も考えられなかった。

「お前が何者であれ、我が領地に侵入したからには、相応の報《むく》いを受けてもらう」

嗚咽《おえつ》を漏らすだけで返事もできない私を見て、男は声を出して笑う。

「生きたまま帰ることは諦めるんだな。久しぶりの人間の肉――楽しみだ」

そう言ってこちらに向けた顔は、車内が暗いせいでよく見えなかった。しかし、きっと口元が緩《ゆる》みきった、だらしのない表情をしていたことだろう。


馬車は暗い森を走り、やがて巨大で陰気な城に到着した。

城の周りを囲む堀の前で馬車が止まると、城門から巨大な跳ね橋が下りてくる。鎖が擦《こす》れる耳障《みみざわ》りな音が、濃い霧に包まれた森の中に響いた。

目の前の城には、蔦《つた》がびっしりと絡まっている。高い尖塔《せんとう》には巨大な鐘がついていて、馬車が到着したとたんにゴーンゴーンと鳴り始めた。何かの合図だろうか。

男は私の買い物バッグを片手に持ち、もう片方の腕で私を小脇に抱える。私は力いっぱい抵抗したが、「手足をねじ切られたいのか」という恐ろしい言葉を聞いて抵抗するのをやめた。

腕一本で私を抱えているのに、驚くほどしっかりした足取りで廊下を進む男。見上げると、相変わらず口元が緩んではいるが、実に涼しい顔をしていた。

男は扉の一つを勢いよく開け放ち、石造りの部屋に入ってから、私を床へ下ろした。そこには大きなテーブルと、巨大な水瓶《みずがめ》が置かれている。その横には、古めかしいかまどが二つあるのが見えた。

「ハインリヒ。夕食の食材を調達した。すぐに仕込みをやってくれ」

男がそう言った直後、奥の扉が軋《きし》みながら開き、誰かがのっそりと顔を出した。

「日の入りまで、かなり時間がありますよ。まさか閣下《かっか》、もう腹が空《す》いたんですか？」

砂を含んだようなザラザラした声が、男の言葉に応える。

声の聞こえたほうを見た瞬間、私は悲鳴をあげた。

奥の扉から出てきた人物は、まるで干からびた死体――ミイラのようだった。白いコックコートを着たミイラが、なぜか喋《しゃべ》って動いている。

カラカラに乾いた皮膚は茶色く変色し、皺《しわ》だらけの顔の真ん中にある鼻は、削《そ》げ落ちてしまっている。落ちくぼんだ眼窩《がんか》には、暗い影しか見えなかった。

ハインリヒと呼ばれたミイラ男は私の悲鳴を聞いて、皺だらけの首を傾げる。

「ずいぶん活きのいい食材ですね」

「正真正銘、生きた人間だ」

「なぜこんなところに人間が？　何かの罠では？」

ハインリヒは胡散臭《うさんくさ》そうに私を眺めている。私に言わせてもらえば、彼のほうがよほど胡散臭いというのに。

「罠でもなんでも構わん。仮に罠だとしても、不可侵の条約を破ったのは人間たちのほうだ。この少女をどう扱ったとしても、文句は言えまい」

ふむ、と頷いて、ハインリヒが私の周りをぐるりと回る。じっくりと観察しながら、ときおり驚いたように息を吐いていた。

ハインリヒの検分が一通り終わると、赤毛の男が私の襟首《えりくび》をむんずと掴んだ。そして、部屋の中央に鎮座している大きなテーブルの上にのせる。

そのテーブルの冷たさに、私は身を竦《すく》ませた。テーブルは巨大な石を切り出して作られており、何やら生臭いにおいと、消毒液のようなにおいがする。

恐らくこれは調理台だ。これにのせられたということは、私の運命は一つしかない……

私は焦った。なんとか誤解を解かなくては。

何か企んでここへ来たわけじゃありません！　知らないうちに迷い込んでしまっただけなんです！

そう叫びたかったけれど、恐ろしさで唇がこわばってしまい、ただ震えることしかできなかった。

「メニューはお前に任せる。だが、心臓だけは生のまま食《しょく》したい」

「かしこまりました。では今から解体しますので、しばしお部屋でお待ちください」

「ここで待つ」

その男の言葉に、ハインリヒが嫌そうな顔をした。

「血でお召し物が汚れます。真っ赤に染まった上着を見たら、サリーがなんと言うでしょうねぇ」

そう言われた男は、不満げな顔をしつつも黙った。そして、しぶしぶといった様子で部屋を出ていく。しかし、閉じかけた扉の隙間《すきま》からとんでもないことを言った。

「扉の外で待っているぞ。断末魔《だんまつま》の叫びを聞きたいからな」

「俺を見くびってもらっては困ります。ここ数百年の間、獲物に叫び声を上げさせたことなど一度だってありませんよ」

「それでも聞きたいのだ」

男にねばられ、ハインリヒはしばし黙って考えていたが、やがて首を横に振った。

「俺の美学に反します」

「……そうか、残念だ」

今度こそ扉は閉まった。調理台にのせられた私と、ハインリヒだけがその場に残される。

ハインリヒが用意した道具は、全部で五種類。形や長さ、刃の厚みなどがそれぞれ違う。どれを何に使うかなんて考えたくもなかった。

「どうしてこんなところまで来たのか知らんが、とんだ災難だったな」

「あの、私、わたしは……」

ハインリヒは長いアイスピックのようなものを手にして私に近づく。鋭い先端がきらりと光った。

「なんだ、話ができるのか。だが、運が悪かったと思って諦めな。閣下《かっか》は相当な美食家だ。食べることにかけちゃ、呆れるほどの執着を見せる。生きた人間という至高の食材を、あの方が逃がしてやるわけがない」

ハインリヒは狙いを定めるかのように、私の額《ひたい》に指を這《は》わせる。

「私、自分で望んでここに来たわけじゃないんです。どうしてこんなことになったのか、全然わからなくて……」

恐ろしさのあまり、それ以上の言葉が見つからない。私の目に涙があふれてきた。

「あんたはどうしようもない不運に見舞われたんだよ。大丈夫、痛みはほんの一瞬だ。目を閉じて、あんたの神様にでも祈ってな」

アイスピックの先端が、ついに私の額に当てられた。

お願いだから、誰か嘘だと言ってほしい。夢なら今すぐに覚めて！

私はたまらず声をあげた。

「待って！　お願い、助けてください！」

「悪いね、お嬢さん。その頼みは聞けない。命乞いする食材は、あんたが初めてじゃないんでね」

ハインリヒは気の毒そうに言ったが、アイスピックを下ろす気配はない。

私は必死に首を横に振る。

「いや……死にたくない！」

「目を閉じてな。そのほうがあんたのためだ」

「だって、私、なんにも悪いことしてないのに……」

それを聞いて、ハインリヒの眉間《みけん》に深い皺《しわ》が寄った。彼は暗く落ちくぼんだ目で私をじっと見つめる。

私は涙と鼻水で顔をベタベタにしたまま彼を見つめ返した。

やがて、ハインリヒは深いため息をつき、アイスピックをそっと下ろす。

「わかったよ、俺の負けだ。あんたに一度だけチャンスをやろう」

そう言うと、調理台の上に置いた自分の手に、アイスピックを深々と刺した。

あの様子では、きっと貫通しているに違いない。

「この手じゃあ、俺はあんたを解体できない。少なくとも明日の夜まではな。あんたはその間に、自分を食べないでくれって閣下を説得しな。上手くいくとは思えないが、やるだけやってみろ」

アイスピックを引き抜き、ハインリヒは皺だらけの口で笑った。

「ハインリヒさん……」

「説得に失敗すれば、俺は命令どおり、あんたを解体する。そのときには、もう情けなんてかけてやらねぇぞ」

血が一滴も出ていない手を庇《かば》いながら、ハインリヒは私にタオルを放ってよこした。

「顔拭け。女の子だろ」

私は夢中で顔を拭《ぬぐ》った。けれど、涙があふれて止まらない。

「あ、ありが、とう……」

「ふん、せいぜい頑張ってみな」

彼はコックコートのポケットからハンカチを取り出し、傷を負った手にぐるぐると巻きつけた。

そして、歯を使って乱暴に縛る。そのあと出入り口の扉を開け、廊下で待っていた男に頭を下げた。

「申し訳ありません、閣下《かっか》。本日は人間を解体することができなくなってしまいました」

ハンカチを巻いた手を男に見せ、ハインリヒはさらに頭を下げる。

「人間を侮《あなど》っていました。どのような罰でも受けます」

男は何も言わずに目を細めた。ハインリヒの言葉を疑っているのだろうか。

「お前以外に、人間を解体できる者はいるか？」

「解体するだけなら誰にでもできるでしょうが、小骨まじりの肉になって、味は数段落ちますね」

男が眉間《みけん》をぐっと寄せた。

「では明日まで養生しろ。明日は必ずこの人間を解体するんだ」

「かしこまりました」

「そこのお前」

男が、調理台の上で鼻をすすっていた私に声をかけてきた。私は驚きすぎて、調理台から落っこちてしまう。

「もうお前がここにいる意味はない。味が落ちないよう明日まで氷室《ひむろ》にでも入っていろ」

男は私の腕を掴んで乱暴に立たせる。彼は私が人間だとわかってから、私の顔を見なくなった。

今は完全に食材としてしか見ていないのだろう。こんな男を説得できるだろうか。

そう思ったとき、ハインリヒが頭を下げたままこっちを見ているのに気づいた。眼球の見えない眼窩《がんか》に、心配そうな色が浮かんでいる。いや、それは私の気のせいかもしれないが、彼がくれたチャンスを無駄にはできない。

何より、このまま何もできずに終わってしまうのは嫌だった。まずはこの無慈悲な男に、私にも感情があるんだってことを認識させてやる！

「放してください！」

私は掴まれていた腕を力任せに引っ張り、男の手を振りほどいた。今までされるがままだった私が突然抵抗したので、二人は驚いたようだ。

「痛いです。そんなに強く掴まれると内出血を起こしてしまいます。もう少し丁寧に扱ってください。そうじゃないと、ストレスがたまって肉の味が落ちますよ」

自分が食材だと認めるような発言をするのは辛いが、手首の内側が内出血を起こしているのは本当だ。青くなった私の手首を見て、男は怪訝《けげん》そうな顔をした。彼としては、大して力を入れたつもりはなかったらしい。

「お願いですから、一人で静かに休ませてください。さっきから、もう何がなんだかさっぱりわからなくて……このままじゃ頭が破裂しそうです」

「ふむ、破裂されては困るな。すぐに静かな場所で隔離《かくり》しよう」

比喩《ひゆ》を真に受ける男に、私は即座に反論した。

「氷室とかいうところもごめんです。そんなところに放り込まれたら、きっと凍え死《こご》んでしまいます」

「そういえば、人間というのは繊細な生き物だったな」

男は呆れたように息を吐いたが、ため息をつきたいのは私のほうだ。

「死なれたら鮮度が落ちる。お前の気が休まる部屋を用意しよう」

男の手が伸びてきて、私の体を軽々とすくい上げる。横抱きにされた私は、慌てて男の首にしがみついた。

ほの暗い廊下には、たくさんの薔薇《ばら》が飾られている。恐ろしげな雰囲気の古城に真紅《しんく》の薔薇とは、いささかハマりすぎている。

もしかすると、この男の趣味なのかもしれない。赤い髪をした美麗な男には、確かに赤い薔薇がよく似合う。

そう思って彼の横顔を眺めていると、その口元がみるみるうちにダラリと緩《ゆる》んだ。さっきはハインリヒがいたから、辛うじて口元を引き締めていたのだろう。

「肉づきは申し分ないな」

どうやら私は食材として、男の合格ラインをクリアしたらしい。彼の脳内で一体どんな料理にされているのかはわからないが、人の体をジロジロと眺め回すのはやめてもらいたかった。

「この部屋なら文句はあるまい」

連れてこられたのは、古いけれどかなり広い部屋だった。掃除は行き届いているようで、埃《ほこり》っぽさや湿っぽさは感じられない。

臙脂《えんじ》色をした猫足のソファーや、古めかしいけれどよく磨《みが》かれたサイドテーブルが、燭台《しょくだい》の炎に照らされている。奥には大きなベッドがあり、リネンもしっかりと整えられていた。

「来賓《らいひん》用の客室だ。ここならば明日まで不自由なく過ごせるだろう」

「ありがとうございます。こんなに素敵なお部屋を用意してもらえるとは思いませんでした」

素直にお礼を述べたのに、なぜか男が眉をひそめた。気難しい男だ。

「何か用があれば、この紐を引くといい。誰かが用件を聞きに来るだろう。そろそろ城内の者たちが起きだすころだから、わからないことは彼らに聞きなさい」

「これから起きるんですか？」

窓の外を見ると、どんよりした雲の切れ目からピンク色の夕焼けが覗いていた。風もないのに雲がどんどん晴れていくのが、とても不思議だった。

「日の光を浴びれば体が爛《ただ》れてしまう。だから力が弱い者は、日が完全に沈むまで寝床から出ない」

「あなたは平気なんですか？」

私は思わず尋ねる。彼はまだ日の高いうちから外を歩いていたのだ。

「くだらない質問だな」

男は笑いながら、口元をそっと拭《ぬぐ》った。どうやらまた涎《よだれ》が垂れていたらしい。背筋が凍るほどの美貌《びぼう》なのに、口元が緩すぎる。なんだかとても残念な人だ。

彼に対する恐怖が薄れ始めたとき、私の視界がぐるりと一回転した。

一体何が起きたのだろう。

まず感じたのは、背中の鈍い痛み。それから、鼻先で吐き出される冷たい息。

——床に押し倒され、組み敷かれている。そう理解した瞬間、私の体は震えだした。押さえつけられている両手には男の体重が乗り、びくとも動かせない。

「あぁ、腹が空《す》きすぎてもう限界だ。いっそ生のまま食べてしまおうか……」

男はそう言って唇をひと舐めした。やめて、と首を振って訴えている私のことなど完全に無視している。

「そ、そんなに私を食べたいんですか？」

「ああ。頭がおかしくなりそうなほど」

男の瞳が一回り大きくなった気がして、私は背筋がぞくりとした。

「……どうして？」

「お前はずいぶん物知らずだな。よく今まで無事に生きていられたものだ。いや、無知だからこそアンデッドの領地に、こうしてのこのこやってこれたのか？」

「アンデッドの、領地？」

私は耳を疑った。この男は一体何を言いだすのだろう。

「ここはアンデッドだけが住まう辺境の地、エルドレア。私はこの地を治めるアルバード・リード・エルドレア辺境伯だ。まさかアンデッドも知らぬというわけではあるまい？」

私は首を横に振った。アンデッドというのはゾンビや吸血鬼といった、物語に出てくる不死の怪物のことだ。

さっきからわけのわからないことばかり起きているけれど、彼の説明を聞いて、ようやくほんの少し謎が解けた。

ここは、私がいた世界ではないのだ。

異世界トリップ——そんなことが現実に起こりうるとは思えない。しかし、現に私は日本とは似ても似つかない場所にいる。

そして、男は自分を領主だと名乗った。もし失礼なことを言えば、本当にこの場で食べられてしまうかもしれない。

私は慎重に言葉を選びながら口を開いた。

「あなたもアンデッドなんですか？」

男——辺境伯は口の端を吊り上げた。その笑みは、私の問いを肯定している。

「先ほど、私を料理するのは明日まで待ってくれるとおっしゃってましたけど……」

「ああ。だが、かなり後悔している。お前の肉は柔らかそうだから、生で食《しょく》してもさぞ美味だろうな」

彼はそう言って、私の手首をそっと持ち上げる。

「腕の一本くらいなら構わないだろう？」

「絶対に駄目です！　あ、あなたは、ご自分で決めたことをそうやってすぐに覆《くつがえ》すんですか？」

その言葉を聞いて、辺境伯が不機嫌そうに眉を寄せた。私は思わず震えてしまう。

震えては駄目だ。もっと落ち着いて話をしなくちゃ。

私は勇気を振り絞って、辺境伯の目をまっすぐに見た。

「人間を食べたって、美味《おい》しいとは思えません。――私が、もっと美味しい料理を作ってみせますよ。人間の肉なんかよりも、もっと珍しくて美味しい料理を」

「ほぅ？　どんな料理だ？」

辺境伯の瞳に、好奇の光が浮かんだ。

「私の故郷の料理です。きっと召し上がったことのないような味だと思います。材料と調理場を貸してください。それと私が持っていたバッグを返してもらえれば、今からでもお作りします」

辺境伯は黙って考え込んでいる。私の申し出に興味を持ったようだ。

「その代わり、もし私が作った料理をお気に召してもらえたら、私を食べるのをやめてください」

「なんだと!?」

辺境伯が目を見開いた。その剣幕に一瞬怯《ひる》んでしまったが、萎縮《いしゅく》しそうになる自分を必死に鼓舞《こぶ》する。

「私はあなたに食べられたくありません。だから、代わりに私が作った料理を食べてください。そして美味しいと思ってくださったのなら、その日は私を食べるのを我慢してほしいんです」

辺境伯は驚いた顔で固まっていたが、やがて異様に鋭い歯を見せてニヤリと笑う。

「いいだろう。お前の作る料理が私の口に合えば、その日はお前を生かしてやる」

辺境伯が体を起こした。息苦しいほどの圧迫感がなくなり、私はひとまず安堵の息を吐く。

「だが……」

辺境伯の手が、ゆっくりと私の喉元にかかる。

「口に合わなかったら、その場でお前の命をもらう」

「は、はい……」

彼の手の冷たさに怯《おび》えながらも、私はどうにか声を絞り出した。

「結局、調理場にとんぼ返りだな」

立ち上がった辺境伯が、おかしそうに笑った。私には笑う余裕なんてなかったけれど、自然と口元が引きつり笑ったようになってしまう。

――もう後戻りはできない。


食べることは昔から大好きだった。食べることだけではなく、料理をすることにも興味を持ったのは、母方の祖母の影響だ。

祖母は私が住んでいた町から電車で数駅のところに、小料理屋を開いていた。家庭料理とは一味違う、プロの味。それを小さいころからたびたび食べていたため、自然と味覚が磨《みが》かれた。

両親は共働きでとても忙しかったので、私が家族の食事を作ることを進んで引き受けた。小学校高学年のころには大抵の料理が作れるようになっていたけれど、祖母の味にはまだまだ遠く……

私は週末ごとに電車に乗って祖母の店に通い、助言を求めた。

「ねぇ、おばあちゃん。レシピ本のとおりに煮物を作ってるんだけどね、どうしてもおばあちゃんが作ってくれたような味にならないんだ。何が足りないのかな？」

祖母は笑って言った。

「結は、どのくらい時間をかけてお料理するの？」

「うーん、大体一つの料理に十五分くらいかかるかな」

「もっとゆっくり作りなさい。ゆっくりと言っても、だらだら作るんじゃないのよ。時間をかけて丁寧に作るの。お出汁《だし》を取るときなんかもそう。市販の顆粒《かりゅう》出汁も悪くないけど、昆布とかつお節で取ったお出汁を使うと、味が全然違うのよ。おばあちゃんはお客さんに喜んでもらえるのが嬉しいから、その顔を思い浮かべながらゆっくり面取りをしたり、隠し包丁を入れたりするの」

私は驚いた。「手早く」「簡単に」「時間短縮」――それがよかれと思い、そのころの私はそういう料理本を好んで買っていたからだ。

その話を聞いて以来、私はできるだけ丁寧に料理を作るようになった。テスト前や用事がある日以外は、下処理や下味をつけるのになるべく時間をかけている。

今では祖母からもそれなりの評価をもらい、家族や友人たちからも好評なので、そこそこの腕前になっていると思う。それでも私は不安だった。

この見るからに美食家っぽい男を納得させられるかどうか……。味覚が私たちと一緒だとも限らない。はっきり言って不安要素しかないけれど、もう後戻りはできない。

まずは今日一日を生き延びる。そして帰る方法を探すのだ。

「なんだ、結局戻ってきたのか？」

調理場に戻ってきた私たちを見て、ハインリヒは呆れたようにため息をついた。彼は丸くて黄緑色をした何かの皮を、手際よくむいている。夕食の仕込みをしているのだろうか。

「実は、これから閣下《かっか》を説得するための料理を作ることになりました」

私の言葉を聞いて、ハインリヒは作業の手を止め、驚いた様子を見せた。

そんな彼に構わず、私は部屋の隅に転がっていた買い物バッグの中身を確認する。

よかった。中身は無事だった。これがあれば、なんとか料理を作ることができる。

しかし、問題が一つ。ここにはガスコンロも水道もない。

私は辺境伯を振り返った。

「あの、一つお願いがあります。ハインリヒさんに、お手伝いをお願いしたいんです」

「なぜだ？」

怪訝《けげん》な顔をする辺境伯に、私は理由を説明した。

「この調理場は、私の故郷のものとはだいぶ勝手が違います。慣れない環境では上手く料理が作れません。だから、彼に使い方を教えてもらいたいんです」

辺境伯は面倒くさそうに、私は期待を込めてハインリヒを見る。

二人分の視線を集めた乾燥人間は、肩を竦《すく》めて頷いた。それを見て、私は胸を撫で下ろす。

「ありがとうございます。では、さっそく準備に取りかかります」

辺境伯は鬱陶《うっとう》しそうに手を払い、近くにある椅子を引きずって調理場の隅に座った。

まさか料理ができるまでの間、ここにいるつもりなのだろうか？

「閣下《かっか》。ずっとここで見ているおつもりなのですか？」

ハインリヒが私のほうをチラリと見てから、気持ちを代弁してくれた。

「もちろんだ。何か不都合でもあるのか？」

大ありだ。彼がいるとプレッシャーが半端ないし、手元だって狂いかねない。

「この娘が緊張してしまいます。まともなものを作らせたかったら、自室でお待ちください」

「ハインリヒ、お前はいつも私を邪魔者呼ばわりするんだな」

「失礼を承知で申し上げますが、できあがったそばから料理をつまみ食いされては、俺が邪魔に思うのも仕方がないでしょう」

ハインリヒは口をへの字に曲げて腕組みをした。身に覚えがあるらしい辺境伯は、しぶしぶといった様子で立ち上がる。

「わかったわかった。ここは潔《いさぎよ》く退散しよう。娘、お前は確かユイといったな。――期待しているぞ」

それは、私が失敗するほうに期待しているという意味だろう。その証拠に、彼は私の体を舐めるように見回している。私は思わず身震いした。

2

「それで、あんたは何を作りたいんだ？」

辺境伯の靴音が完全に遠ざかったのを見計らい、ハインリヒはカサカサした手で私の肩を優しく叩いた。彼は見かけによらずいい人だ。

涙が出てきてしまい、私は目元を擦《こす》ってから話し始める。

「作りたいものの候補はいくつかあるんですけど、まずはそれらの料理がここでも同じように作れるのかどうかを知りたいんです」

「というと？」

「私が使いたい食材が、ここにもあるとは限らないんです。例えば、ほうれん草とかにんにくとか、できればジャガイモも――」

ハインリヒは腕組みをして眉を寄せる。

「俺は四百年間コックとして働いているが、そんな食材は聞いたことがない」

まるで誰かに聞かれるのを恐れているみたいに、彼は低い声で呟《つぶや》いた。

「あんた、一体どこからやってきたんだ？」

落ちくぼんだ目で、私を探るように見つめている。きっと警戒されているのだろう。

彼はいい人だから、本当のことをすべて話してしまおうか。でも、話したところで信じてもらえるだろうか。私は迷いながらも口を開く。

「あの、私、本当は……」

「いや、やっぱり言わんでいい。余計なことは知らないほうが身のためだ」

意を決して告白しかけたのに、すぐさえぎられてしまった。

「それより、さっきのあんたの話じゃあ、何が必要なのか俺にはさっぱりわからん。だから、あんたが自分の目で見て選んだほうがいいだろう」

そう言うと、ハインリヒは出入り口の扉へ向かう。

「ついてきな。氷室《ひむろ》へ連れていってやる」

手招きされた私は、大人しく彼のあとに続いた。

目的の部屋は、調理場のすぐ隣にあった。よく見ると、扉に細かな霜《しも》がついている。

その扉を開くと、中から痛いほど冷たい空気が流れ出てきた。まるで真冬の雪山に来たみたいだ。

もしかすると、ここは危うく私が放り込まれそうになった部屋だろうか？　……あのとき必死に拒否して本当によかった。

「使えそうなものがあれば、なんでも持ってってていいぞ」

「ありがとうございます。でも……」

私は天井近くまである、背の高い棚を見上げた。木箱が隙間《すきま》なくぎっしりと詰まっている。

とりあえず手近にある箱を覗き込んでみたものの、私は途方に暮れてしまった。

白い毛がびっしりと生えた、細長い何かがたくさん入っている。これが野菜なのか、はたまた動物なのか、私にはさっぱりわからない。

「それはムーサといって、茹《ゆ》でて皮をむいて食べるんだ。甘くて美味《うま》いぞ。よくデザートに使われるな」

デザートに使われるということは、果物なのかもしれない。しかし、見た目は白いサルの尻尾みたいで、とても美味《おい》しそうには見えない。

ここの食材を使って料理をするのは、思っていたよりも難しそうだ。無意識に吐き出したため息は、白く染まって瞬《また》く間に霧散《むさん》した。

「ひとまず、脂身《あぶらみ》の少ないさっぱりした肉が欲しいです。ここでは主になんの肉を使っているんですか？」

ハインリヒは「そうだなぁ」と顎《あご》に手をやってから、ごそごそと棚を漁《あさ》った。

「今ここにあるのは、牛、豚、羊。あぁ、鳥肉も数種類あるな」

そう言いながらハインリヒが取り出したのは、アヒルくらいの大きさの鳥だった。その鳥には首がついておらず、羽もすべてむしられている。それなのに、足だけはしっかりとついていた。

スーパーで切り身を買うことに慣れている私は、この状態をいきなり見せられ、衝撃を受けてしまった。深呼吸して気持ちを落ち着かせてから、首なし鳥を指差す。

「じゃあ、その鳥肉を使わせてください。それから、肉料理のつけ合わせに向いている野菜も欲しいです」

「そういう野菜ならこっちにある」

そう言って、ハインリヒは氷室の奥にある扉を開き、中へ消えていく。私も彼のあとに続いた。

その部屋はさっきの部屋と同様に薄暗いものの、温度が違っていた。さっきの部屋が冷凍室なら、こちらは冷蔵室といったところか。

「野菜や果物の中には、凍らせると味や食感が落ちるものもあるだろう。そういうデリケートな食材はこっちの部屋で保存してるんだ」

ハインリヒは食材の箱を開けては、目を細めて中身を検分している。まるで野菜ソムリエみたいだ。

「大体こんなもんか。ちょっと試しにかじってみな」

「えっ、大丈夫ですか？」

「自分で食ってみるのが一番早い。かじったところは切り落とせば使える。……あぁ、でも人間の歯型がついていたほうが、閣下《かっか》は喜びそうだな」

「いえ、そうじゃなくて。私が食べても平気なんでしょうか？　例えば毒があるとか、人間の体に合わないとか……」

ここは私の知らない世界だ。何が起こるかわからない。

「あぁ、その可能性もあるか。じゃあエルドレアで採れたものは駄目だな。人間の国から取り寄せたものだけを使うことにしよう」

「人間の国……」

私はため息をこぼして自分の運の悪さを嘆く。

こんなわけのわからないところじゃなく、そっちにたどり着けばよかったのに。そうしたら、食べられる心配なんて全然なかったのに……

しかし、今そんなことを考えても空《むな》しいだけだ。私はハインリヒが選んでくれた野菜や香料を少しずつ口に入れてみる。

食べたことのない風味のものもいくつかあったが、私の知る食材に驚くほど近い味のものもたくさんあった。これなら、なんとかいけそうな気がする。

「人間の国と貿易できるということは、お互いの関係は意外と良好なんですね」

これだけたくさんの食材を輸入しているのだから、お互いの国への行き来もスムーズに行われているに違いない。もしそうなら、私もいつか人間の国に行けるかもしれない。

しかし、ハインリヒは私の希望をあっさりと打ち砕いた。

「いいや、昔から小競《こぜ》り合いをくり返している。まぁ、今は停戦中だけどな。これらは閣下の個人的な伝手《つて》を使って輸入してるんだよ。いわば闇ルートってとこだ」

「……そうなんですか」

私は肩を落とす。どこまでもツイていない。

「なんだ？　人間の国に興味があるのか？」

ハインリヒが眉間《みけん》に皺《しわ》を寄せた。そうすると、ますます凶悪な面構《つらがま》えになる。

「闇ルートとはいえ、さすがに人間となると簡単には入手できない。だから、人間の国に逃げようとしても無駄だぞ。貴重な食材であるあんたを、閣下《かっか》がみすみす逃がすと思うか？」

「思いません。彼は完全に私を食べる気でいるみたいですから」

ハインリヒにアイスピックを突きつけられたときの恐怖を思い出し、私は慌てて頭を振った。

やがて食材選びを終えた私たちは、冷凍室へ戻ってきた。

「冷蔵部屋に出入りするときは、扉が完全に閉まったかどうか必ず確認してくれ。少しでも開いていたら、氷室《ひむろ》の冷気で中の食材が凍りついちまうからな」

扉がきちんと閉まっているかを慎重に確認してから、ハインリヒは真剣な口調で言った。

その後、私たちは選んだ食材を抱えて廊下に出た。暖かな空気に触れると、こわばっていた肌が緩《ゆる》む気がする。

「頑張れよ。これからが正念場なんだろ」

少なくともハインリヒだけは私を応援してくれる。私は力強く頷いて調理場へと向かった。


さて料理を始めるぞ——という段階になってから、私にとってここの水が有毒かもしれないと言いだしたのは、ハインリヒだった。心配しすぎだと言いたかったが、そうも言いきれない。だから実験をしてみることにした。

巨大な水瓶《みずがめ》の中には、澄んだ水がなみなみと入っていた。それを柄杓《ひしゃく》ですくって手の甲に数滴落とす。

「それは、この城の井戸から汲《く》み上げた水なんだ」

ハインリヒがそう言いながら、私の手元を心配そうに覗き込む。

しばらく待ってみたけれど、何も起こらない。手が白い煙を上げて溶けることも、皮がめくれてピリピリと痛むこともなかった。

私は柄杓の中の水をほんの少しだけ口に含んだ。拍子抜けするほどなんの味もしない。いや、むしろ冷たくて美味《おい》しかった。

そういえば、ここに来てから何も口にしていない。急に喉の渇《かわ》きを覚えた私は、今度はもっと大胆に飲んでみる。本当に美味しい。生き返るようだ。

「どうやら大丈夫そうですね」

この城にどのくらい滞在することになるのかわからないが、水も飲めない生活なんて耐えられないので、私は心から安堵した。

「よし。それじゃあ始めましょう」

まずはお湯を沸かそうと思い、鍋に水を入れてかまどの上に置いた。

次は火を起こさなければいけないのだが、どうやって火をつければいいのだろう。

かまどの中を覗くと真っ黒い炭が入っていて、その周りに白い灰が山のように溜まっていた。

「まずは灰をかき出すんだ。これを使いな」

ハインリヒがそう言って、先端にヘラがついた長い棒を手渡してくる。私はそれをかまどの中に突っ込んで、灰をかき出した。

そしてハインリヒに用意してもらった大きなたらいに灰を落とし、かまどに炭を補充する。これでかまどの準備が完成した。

チャプチャプという音がしたので振り返ると、ハインリヒが爪楊枝《つまようじ》のような小さな棒と壺を持って歩いてきた。壺の中には何かの液体が入っているらしい。

「ファイヤードレイクの唾液だ。これを棒の先につけて石で擦《こす》ると発火する」

ハインリヒは教師のように説明してから、目の前で実演してくれた。マッチみたいなものかと思ってのんびり見学していた私は、予想以上に大きな炎が上がったことに驚き、慌てて後ろに下がる。

「あの、ファイヤードレイクってなんですか？」

私は恐る恐る聞いてみた。

「火を噴く大きなトカゲだ。この唾液の取り扱いには気をつけろよ。たったこれだけの量で、この調理場が吹き飛ぶくらいの火力が出る」

まさか、この世界にそんなに危険なモンスターまでいるとは思わなかった。とはいえ、幸いエルドレアには生息していないらしいので、ばったり出会うことはなさそうだ。

私はかまどに火をつけた。お湯が沸くまでの間に、ハインリヒに選んでもらった野菜を洗い場で洗うことにする。

今回彼に選んでもらったのは、ジャガイモとほうれん草に似た野菜だ。メインの鳥肉料理のつけ合わせに、マッシュポテトを作ろうと思っている。茹《ゆ》でて刻んだほうれん草を混ぜると、濃い緑色がアクセントになって、見た目が綺麗に仕上がるのだ。

ちなみに、ジャガイモに似た野菜はタルモという名前だそうだ。茹でると柔らかくなり、つぶすことができるらしい。

一方、ほうれん草に似た野菜の名前はわからない。氷室《ひむろ》で濃い緑色の葉野菜が欲しいと言ったら、ハインリヒはそこらへんにある野菜を放ってよこした。そんなに適当に選んで大丈夫なのかと尋ねたら、絶対にこれを選ぶべきだと強く言われた。念のため生のまま味見をしてみたら、癖がなくてほんのりと甘みのある野菜だった。

まずはタルモを小さなさいの目切りにして、水にさらす。なんのためにするのかとハインリヒに聞かれたので、変色を防ぐためだと答えたら、妙な顔をされた。どうやらタルモはジャガイモと違って、空気に触れても変色しないらしい。

水切りしたタルモを沸騰《ふっとう》している鍋に入れて茹でる。緑色の野菜も丁寧に洗って同じ鍋に入れ、さっと湯がいただけで取り出した。茹でると緑色がより鮮やかになるのは、ほうれん草と同じだ。それをみじん切りにして、皿の上で粗熱《あらねつ》を取る。

今度は茹で上がったタルモをボウルに入れてつぶす。ポテトマッシャーがないので、大きめのフォークでガンガンつぶしていく。

細かくつぶしてから、舌触りが滑らかになるように裏ごしした。そこに牛乳を少しずつ加えて混ぜる。本当は生クリームが欲しかったが、ここにはないそうなので諦めた。

マッシュポテトにほうれん草もどきを入れて混ぜたあと、塩とコショウを使って味つけする。そこまでできたところで、日本から持ってきた買い物バッグに手を突っ込んだ。

これこれ、ガーリックパウダー！　にんにくの香りをほのかにきかせたいときに重宝している。すり下ろしたにんにくだとにおいが強すぎるが、これだと手軽だし香りにも嫌味がない。

それをマッシュポテトにぱらぱらと振りかけ、一品目が完成した。そして次の料理に取りかかろうと調理台の下を覗き込み――私は思わず固まってしまった。

「どうした？　大丈夫か？」

しゃがみ込んだまま動かない私に気づき、ハインリヒが心配そうに声をかけてきた。

「次の料理、作れないかもしれないです……」

私は調理台の下に置かれているザルを指差した。そこには、例の首なし鳥が入っている。ハインリヒがときおり水をかけてくれていたので、解凍がだいぶ進んでいた。

「これがどうした？」

「さばけません」

よく考えてみれば、原形を残した状態の鳥肉をさばいたことなんてない。普段何気なく食べている肉が、元は生きている動物だということを思い知らされ、気分が悪くなりそうだ。

「じゃあ、あんたは普段どうやって肉を食ってたんだ？」

首を傾げるハインリヒの言葉に、私はショックを受けた。

スーパーに行くと、切り身の肉がパックに詰めて売られている。誰かが私の代わりに生き物を殺して切り分けてくれたものだ。そんな当たり前のことも忘れて、私は気軽に肉を買っていた。

ハインリヒは私と目線を合わせるようにしゃがみ、気遣わしげに言った。

「無理することはない。俺がこいつをさばいてやろうか？」

「お願いします！」

私はその申し出に飛びついた。彼は頷くと、鳥をザルごと調理台の上にのせる。

「血は抜いてあるからそれほどグロテスクじゃないと思うが、あんたは見ないほうがいいかもしれんな」

そう言われて、私は思わず目を伏せた。肉が包丁で骨ごと断ち切られる音がする。

料理を辺境伯に気に入ってもらえなければ、この調理台の上で次に切り刻まれるのは私だ。そう思うと、骨を削るようなゴリゴリという音が一層恐ろしく聞こえた。

「どこの部分を使うんだ？」

「あ、胸肉をください」

「はいよ」

私の手の上に、さばきたての鳥胸肉がのせられた。スーパーで見かけるなじみの形になっていて、もう生きていたときの姿なんて想像もできない。

……私もいずれこうなるのかな。

鳥肉をまな板の上に置き、包丁を握っても、不安が収まらなかった。肉を包丁で切る感触がいつになく生々しくて、手が震えてくる。

今まで悪いことなんか一度もしたことがないと思っていた。でも、本当はそうではなかったのだ。

生き物を殺して食べるのは生きるためなら仕方がないことだと思うけれど、失われた命に感謝しないのは立派な罪。それに気づいたことが、一番ショックだった。

「おいおい、切れてるぞ」

ハインリヒの声に、ハッとして手元を見る。すると、なぜか鳥肉が真っ赤に染まっていた。いつの間にか包丁で手を切ってしまっていたらしい。

「だいぶ動揺してるな。まぁ、無理もないか」

ハインリヒが呆れたように言う。そして私の手を取り、血を水で洗い流してくれた。

彼はどこからか清潔そうな布を取り出し、私の手に巻きつける。真っ白い布の一部が、みるみる赤く染まった。

「悪いが、これ以上は手伝えない。俺も俺で閣下《かっか》にお出しする料理を作らなくちゃならないからな。だから、あとは自分一人で頑張るんだ」

ハインリヒはそう言って、洗い場から調理台のほうへ戻っていく。そして黄緑色をしたソフトボール大の野菜の皮むきを始めた。彼の足元には、その野菜が段ボール一箱分くらい置かれている。

「ありがとうございます。私、やれるだけやってみます」

ハインリヒはちらりと私を見てから、口をへの字にして照れくさそうに頷いた。

私は気を取り直して、買い物バッグの中から大きなボトルを取り出す。

みんな大好き、お醤油である。これこそ日本人の味覚の原点。お袋の味だ。

メインの料理は、鳥の照り焼きにしようと思っている。

深めの皿に醤油を注ぎ、そこに砂糖を大さじ二杯くらいと酒を少し加えてよく混ぜる。本当は日本酒がいいんだけれど、ここにはそれがない。その代わりワインなら赤白両方あるそうなので、白を選んで使ってみた。たったこれだけで照り焼きのソースの完成だ。

味が染みやすいよう、フォークで穴を開けた鳥肉をソースに浸《ひた》し、しばらくしてからひっくり返す。充分に下味がついたところで、私はかまどの前に立った。

あとはフライパンで焼いて、ソースを絡めれば完成なのだが、轟々《ごうごう》と燃えている炎の勢いに気圧《けお》されてしまう。

これ、どうやって火加減を調節するんだろう。中火とか弱火とかにできるのかな？

とりあえずフライパンに油をひき、鳥肉を並べてみる。まず皮目から焼くのがコツだ。

中で真っ赤な炎が燃えているかまどに、恐る恐るフライパンをのせてみる。すると、ジュウという音と共に、肉の焼ける香ばしいにおいが立ちのぼった。思ったよりも火力が強い。

すぐに肉をひっくり返したけれど、端のほうがもう焦げていた。どうしたらいいのかわからずオロオロする私に、ハインリヒがアドバイスしてくれる。

「フライパンをかまどから離せ」

なるほど、その手があったか。手を打ち鳴らしたかったが、あいにく両手が塞《ふさ》がっているので、大人しく彼の言葉に従う。

フライパンを火から離し、中まで熱が通るようにじっくりと焼く。

鳥肉から出た油を軽く拭き取ってから、さっき作った照り焼きソースを入れた。砂糖が入っているので、いい具合に照りが出るはずだ。

ソースを焦がさないよう、フライパンを少し浮かせたまま煮絡める。すると、醤油の甘辛い香りがふわりと広がった。

鳥の照り焼きを皿にのせ、上からソースをたっぷりとかける。その横にマッシュポテトを盛りつけて完成だ。

端が少し焦げてしまったが、それなりに美味《おい》しそうにできあがった。

「いいにおいだな。なんていう料理だ？」

「これは鳥の照り焼きといいます」

ハインリヒが興味津々《しんしん》な様子で照り焼きを見つめている。ときおり香りを確かめるように削《そ》げた鼻を近づけていた。

「この茶色いソースはどうやって作ったんだ？」

「醤油という調味料をベースにして作りました。私の故郷では、ごく一般的なソースです」

ハインリヒはしきりに唸りつつ照り焼きを眺めている。

「……辺境伯は満足してくださるでしょうか？」

私は震えながらハインリヒを見上げた。彼は何も答えず、照り焼きの皿とカトラリーをのせた大きなトレーを私に差し出す。

「俺からはなんとも言えない。とにかく、冷めないうちに自分で届けてこい。閣下《かっか》の部屋は最上階の一番奥だ。他の部屋と違って黒い両開きの扉だから、すぐにわかるだろう」

「は、はい」

有無を言わせぬ口調で言われ、私は頷く。そして重い足取りで調理場を出た。

誰もいない廊下を迷いながら進む。薄暗い廊下には大輪の薔薇《ばら》が等間隔に飾ってあり、真っ赤な花弁がチラチラと視界の端に入る。見惚れてしまいそうなほど美しいが、今は血の色を連想するので見たくなかった。

――いっそのこと、このまま逃げてしまおうか。

私は立ち止まって考えた。殺されるかもしれない場所へわざわざ行くよりも、こっそり逃げてしまったほうが生き残れる可能性は高いんじゃないだろうか。

「でも、約束したしなぁ」

湯気の立つ料理をしばし見つめたあと、私はまた歩きだした。自分から提案した約束を破るのは悔しい。何より、せっかく作った料理を誰かに食べてほしかった。

階段をのぼりきった先に、黒い両開きの扉を見つけた。妙に黒光りしている不吉な雰囲気の扉を、思い切ってノックする。緊張のあまり、私の手の平は汗でじっとりと湿っていた。

しばらく待っても返事はない。私はためらいながらも、扉を少し開けて中の様子を窺《うかが》った。

部屋の中は廊下と違い、ランプの淡い光に満ちていた。正面には古そうな執務机が置かれ、その横には巨大なベッド。それ以外に目ぼしい家具は見当たらない。驚くほどシンプルな部屋だ。

ここへ来る途中には、薔薇が活《い》けられた花瓶や煌《きら》びやかな調度品がしつこいほど飾られていたというのに、ここには華美なものなどまるでない。

いや、たった一つだけあった。ベッドの上に横たわる辺境伯だ。

真紅《しんく》の髪をベッドに散らし、青白い顔で目を閉じている姿は、まるで幻想的な絵画のようだった。

……もしかして寝てる？

しばらく迷ってから、私はすでに開けてしまった扉をもう一度ノックして、そっと声をかけた。

「失礼します。料理ができあがったので、お持ちしました」

それでも辺境伯の目は開かない。

私はそろそろと部屋に入る。無理に起こすのは恐ろしいので、執務机の上に料理を置いて退散することにした。

音を立てないようにトレーを置き、くるりと踵《きびす》を返す。幸い、毛足の長い絨毯《じゅうたん》が私の足音を吸収してくれるので、彼には聞こえないだろう。

辺境伯が眠るベッドの脇を通り過ぎようとしたそのとき、不意に手を掴まれた。見ると、辺境伯が私の手を掴んだまま、バネ仕掛けの人形みたいな動きでベッドから起き上がっていた。

「ひっ！」

私は小さく悲鳴をあげる。パチリと目を見開いてゆっくりと起き上がる様《さま》は、夢に出てきそうなほど恐ろしい。

「遅い。待ちくたびれて眠ってしまった」

「も、申し訳ありません」

辺境伯は焦点の合わない目で私をぼうっと見ていた。

「料理は？」

「そこに」

私が執務机を指差すと、辺境伯は床の上を滑《すべ》るような足取りでそちらに向かい、椅子に座る。そして優雅な手つきでフォークを持ち上げ、まずはマッシュポテトを口に運んだ。

私は胸の前で両手を握り、彼の動きをじっと見守る。

辺境伯は無言のままマッシュポテトを平らげると、ナプキンで口元を拭《ぬぐ》った。

「滑らかな舌触り、クリーミーな味わい、ほんのりと香る香辛料。前菜としては悪くない。だが――」

淡々と感想を述べる辺境伯。私は祈るような気持ちで次の言葉を待つ。

「平凡な味だ」

それを聞いた瞬間、ナイフで心臓を刺し貫《つらぬ》かれた気分になった。鳥の照り焼きにも同じ評価が下されれば、私の生存は絶望的だ。

辺境伯はつまらなそうな顔で、鳥の照り焼きにナイフを入れた。だが、一口食べて目を大きく見開く。

「これは、お前が一人で作ったのか？」

「は、はい。食材を選ぶときや、かまどを使うときはハインリヒさんに助けてもらいましたが、料理自体は私が一人で作りました」

辺境伯は目をさらに大きく見開いたあと、照り焼きを次々と口に入れる。そのスピードは驚くほ

ど速い。もしかして噛まずに丸呑みしているのだろうか？

「甘辛く濃厚な味つけなのに、後味はさっぱりしている。皮は香ばしくパリパリと焼き上げられ、噛みしめるほどに肉汁があふれ出してくる」

辺境伯はそう言って、ごくりと喉を鳴らした。

「ユイ」

不意に名前を呼ばれて、私はびくっとした。辺境伯はすでに照り焼きを完食しており、ナイフとフォークを置いている。ナプキンで口元を拭《ぬぐ》う彼の表情は冷たく、感情が読めない。

「美味《うま》かった。この料理は気に入った」

「あ、ありがとうございます」

予想外の高評価をもらって、私はヘナヘナとその場に崩れそうになった。

よかった、本当によかった……！

「こんなに変わった味つけの料理は初めてだ。何より隠し味がよかった」

「隠し味、ですか？」

な、何も隠しておりませんが？

そう思って辺境伯を見返すと、彼は皿の上に残ったソースを指ですくい、真っ赤な舌で舐めた。

「自分の血を入れたのだろう？　まさに最高の調味料だな」

私が包帯代わりに巻いている布には、じわりと血が滲《にじ》んでいた。辺境伯はそれを見ながら、うっすら微笑んでいる。

そういえば、鳥肉についた血を洗い流さず、そのまま調理してしまった。辺境伯はそれを隠し味だと勘違いしているのだろう。私は思わず青ざめた。

「これは、その、決してわざとではなくて――」

「約束どおり、今夜はお前を食べるのを我慢してやろう。一度に食べ尽くすのもいいが、こうやって少しずつ味わうのもまたいいものだ」

私は震えながら、怪我をしている手を後ろに隠した。

これは何かの罰なのだろうか？　例えば、他の動物の命を食らっておきながら、なんとも思わなかった罰とか……。それならもう身に染みてわかった。自分が食べられる立場になって、嫌というほど思い知らされた。だから、夢ならどうか覚めてください！

「明日も楽しみにしているぞ。ユイ」

「……お、お気に召していただけて、よかったデス」

ぎこちない口調で応え、そのまま退出しようとした私を、辺境伯が「待て」と言って引き留めた。

彼は考え込むように頬杖をつき、難しい顔で口を開く。

「なぜネリエムの葉を使用した？　誰かに言われたのか？」

「え？　ネリエムですか？」

なんのことかわからず、私は辺境伯の言葉をくり返した。

「練ったタルモの中に入っていた緑色の葉だ」

ほうれん草もどきのことを言っているのだとわかって、私は頷く。

「あれは、彩《いろど》りをよくするために入れました。癖のない緑色の葉野菜が欲しいと相談したら、ハインリヒさんが選んでくれたんです。――あれが何か？」

辺境伯は自分の髪をひと房取って指に絡ませ、ため息をついた。

「もしかしてお嫌いでしたか？」

「いや、味は好ましいと思っている。ただ、あれを食べると気分が高揚して食欲が増すのだよ。ネリエムにはそういう効能がある」

気分が高揚して食欲が増す。つまり、楽しくなって食が進むということだろうか？

そこまで考えて、私はハッとした。きっと、ハインリヒは少しでも私に有利になるように取りはからってくれたのだろう。

私は胸元をぎゅっと押さえる。知らない間に、また彼に助けてもらっていた。早く調理場へ戻って、ありったけの感謝を込めてお礼を言おう。

「そういうわけで、あれっぽっちの食事ではとてもじゃないが満足できん。ハインリヒに伝えろ。今日の食事は普段の倍の量を用意しろとな。自分でやったことの責任はきっちり取れとも」

そこで辺境伯のお腹がグゥと鳴った。彼は苛立《いらだ》ちも露《あら》わに命じる。

「急げ、いつまでも私を飢えさせておく気か！」

「は、はい！」

私は慌てて部屋を出た。きっとこうなることがわかっていたから、ハインリヒはあんなにたくさんの野菜の皮をむいていたのだろう。

私は廊下を走り、調理場へと急いだ。

3

ハインリヒにお礼を言ったあと、私は手伝いを買ってでた。鬱陶《うっとう》しそうに断られたものの、私は野菜の皮むきの仕事をほとんど無理やり奪い取る。

「まったく！　手伝いなんか必要ないって言ってんのが、わかんねぇのか⁉」

鼻息を荒くして悪態をつくハインリヒ。その形相は迫力があったが、本当はとても優しい人だとわかっているので怖くない。

作業は延々と続き、ようやく料理が完成して後片づけを始めるころには、かなり遅い時間になっていた。腕と瞼《まぶた》がだんだん重たくなってきて、最後のほうは寝ているのか起きているのか自分でもよくわからない有様だった。それを見たハインリヒが皺《しわ》だらけの顔をさらにしかめる。

「もう立っているのも限界だろう？　あとは俺に任せてさっさと上がれ」

「いえ、最後までやっていきます」

正直へとへとに疲れていたが、仕事は最後まできちんとやりたい。私がそう言うと、ハインリヒは「勝手にしろ」とぶっきらぼうに呟《つぶや》いた。

「失礼。こちらに新しい使用人はいますか？」

夜がすっかり更《ふ》けたころ、調理場に一人の男が入ってきた。口元をスカーフで隠した、顔色の悪い男だ。

彼は私を見つけると、まっすぐこちらへやってきた。

「なるほど、確かに人間の娘ですね。私は執事のリュシアンと申します。閣下《かっか》の命令であなたの部屋を用意しました。案内するのでついてきてください」

リュシアンと名乗った男は、恐ろしく正しい姿勢で私を見下ろした。背が高いせいかものすごく威圧感がある。口調は丁寧なのに、その言葉にはなんだか棘《とげ》があった。

私がハインリヒに視線を向けると、彼は頷いてから、私を追い払うような仕草をする。

「では、お先に失礼します」

私はハインリヒに頭を下げ、リュシアンのあとについて調理場を出た。

「あなたの部屋は二階の端です。生活に必要なものはこちらで揃えておきましたが、何か不自由なことがあれば、夜が明ける前に私に声をかけてください」

リュシアンはこちらを一度も振り返ることなく、事務的な口調で説明する。長い足を大きく動かし、どんどん進んでいってしまうので、私はついていくだけで精いっぱいだった。

「着替えやシーツはクローゼットに、身支度に必要な小物類は机の引き出しに入っています。昼の間は自由に行動していただいて結構ですが、この城から出ることは禁じます。自分で食事を作って食べても構いません。ただし、あまり高価な材料は使用しないでください。閣下のお食事は日に一度。日が暮れてすぐに召し上がります。基本は食堂で取られますが、食堂を覗いても閣下がいらっしゃらなければ、食事は部屋へ運んでください。何か質問は？」

もはや小走りになっている私に構わず、リュシアンは一息に説明した。私は肩で息をしながら、とりあえず頷く。

リュシアンの顔の下半分はスカーフに覆《おお》われている。だから、どんな表情をしているかよくわからないけれど、私を歓迎してはいないのだろう。温度を一切感じさせないグレーの瞳が言っている。厄介なものを抱え込んでしまったと……

「ここがあなたの部屋です。寝具が足りなければ言ってください。できる限り居心地をよくするようにと閣下《かっか》から言われておりますので」

私を部屋の中に押し込み、リュシアンはすぐに扉を閉めようとする。私は慌ててそれを遮《さえぎ》った。

「待ってください！　あの、本当にこの部屋を使っていいんですか？」

「たった今、そう説明しました。閣下があなたを生かしておく限り、ここはあなたの部屋です。夜の間、城の者たちにはこの部屋へ近づかないように言っておくので、安心して眠ってください。鍵は内側からかけられます」

やはり冷たい言葉しか返ってこず、私はリュシアンが少し苦手になった。

「……ありがとうございます」

「いえ、閣下の財産を管理するのも私の仕事ですから」

私は辺境伯の財産などではないけれど、そんなことをリュシアンに言っても仕方がない。

「あの、リュシアンさんも……アンデッドなんですか？」

彼は病的なほど青白い顔をしているが、ハインリヒとは違って綺麗な外見をしている。こうして話をしていると、死んでいるとはとても思えない。

リュシアンは口元に巻いていたスカーフを無言でスッと下ろした。左側の頬の肉がごっそりと削られている。まるで大型の肉食動物に噛みちぎられたかのように、歯や顎《あご》の骨がむき出しになっていたのだ。

私は悲鳴をあげそうになり、両手で口を押さえた。なんの気構えもなく見せられるには、あまりにも恐ろしすぎる顔だった。

「私もアンデッドですが、それが何か？」

「い、いいえ、なんでもありません。案内をありがとうございました」

そう言うや否《いな》や、扉がバタンと閉められた。私は衝撃からなかなか立ち直ることができず、バクバクと鳴る心臓が落ち着くまで扉の前で立ち竦《すく》む。

やがて、のろのろとベッドに近づき、靴を脱いで上がった。すると、一気に眠気が襲ってくる。

私は顔を洗うことも歯を磨《みが》くこともせず、そのまま失神するように眠ってしまった。

翌朝の寝覚めは悪くなかった。しかし、ここが自分の部屋ではないことにとてもがっかりしてしまう。やっぱり夢じゃなかったんだ。

家に帰るあてはない。今日一日を生き延びられるかどうかもわからない。不安なことだらけだった。

静かな部屋に一人でいると、どうしても色々と考えてしまう。元の世界では、私は失踪したと思われているんだろうか？　父も母も、それから祖母も、きっと心配しているだろう。それに、学校のことも気がかりだ。もうすぐ卒業だったのに……

カーテンを開けて外を見ると、空は厚い雲に覆《おお》われていた。太陽は見えないし、部屋には時計がないので、今が何時なのかわからない。

けれど、お腹の空き具合と体のだるさから、長い時間寝ていたように思えた。恐らくお昼は過ぎているだろう。

私はベッドの上から室内を見回す。

あてがわれたのは、六畳くらいのこぢんまりとした部屋だった。家具はベッドと机、それにクローゼットがあるだけだが、昨夜通された豪華すぎる客室よりもよほど落ち着く。

ギシギシと軋《きし》むベッドから下りて、猫足のクローゼットを開けた。ハンガーには黒いメイド服と真っ白なエプロンが二枚ずつかけられている。

「これを着るしかないか」

私は昨日から着続けている服を脱ぎ、裾の長いメイド服に袖を通した。鏡に映る自分の姿を見て、ため息をつく。こんな服を着たことがないので少し恥ずかしい。

部屋の扉をそっと開けて、廊下の様子を恐る恐る窺《うかが》った。薄暗い廊下はとても静かだ。誰にも会わないように願いながら、私は調理場へ向かう。

歩きながら、昨日の出来事を思い返す。お世辞にも、あの照り焼きは大成功とは言えない。何しろ、端を真っ黒に焦がしてしまったのだ。もしソースに血が混ざっていなければ、今ごろ私は死んでいたかもしれない。

今度はもう失敗なんてしない。じっくりと時間をかけて、丁寧に作ろう。祖母が言っていた——時間をかけて丁寧に作られた料理は、どんなに高級な食材を使った料理にも劣らないと。

私は背中を丸め、足音を殺しながら廊下を歩いた。だけど、いくら歩いても調理場になかなかたどり着けない。それどころか、下の階へ下りるための階段すら見つからない。さっきから同じところをグルグルと回っている気がした。

「完璧に迷子だ……」

足を止め、がっくりと項垂《うなだ》れる。

とにかく一度引き返そう。そう思ってくるりと踵《きびす》を返したとき、背後から靴音が響いてきた。

私は恐る恐る振り返り、廊下の暗がりをじっと見つめる。やがて現れたのは辺境伯だった。

彼を見た瞬間、私はギクリとした。口元が真っ赤に染まっていたからだ。右手には何か赤くて丸いものが握られていて、赤い液体がねっとりと糸を引いて床に落ちていた。

彼が歩いてきた道には、点々と赤い跡がついている。それが血痕のように見えて、私は眩暈《めまい》がした。

「こんな場所で何をしている」

辺境伯は歩みを止めて質問してきたが、私はそれに答えるどころではなかった。彼が手の中の赤いものにかじりつき、鋭い歯でブチブチと噛み切ったからだ。

鮮やかな赤い液体が飛び散り、辺境伯の白いシャツを染める。間違いない。あれは生の肉だ！

「なぜこんな場所にいるのかと聞いている」

「ひっ」

こちらに向かって伸ばされた手を見て、私はその場に尻餅《しりもち》をついた。

「いやぁぁ！　来ないで！　お願いします、殺さないで！」

思わず目をつぶって顔を背《そむ》けてしまった。しかし、辺境伯の手はいつまで経ってもやってこない。恐る恐る目を開けてみると、辺境伯は眉間《みけん》に皺《しわ》を寄せて私を見下ろしていた。

「何を恐れている？　今晩まで生かしておいてやると約束しただろう」

「え？」

「それに、そんな大きな声を出すものではない」

「すみません、閣下《かっか》が血まみれの生肉を食べていたので、つい……」

血の滴《したた》る肉を直視することができず、私は目を逸らしながら言った。

辺境伯は私のそばへ来てしゃがみ込み、例の赤いものを私の鼻先に近づける。

「よく見なさい。これは肉ではない。フラグリアの実だ」

鼻先に突きつけられたものをよく見ると、小さな種がたくさん詰まっていた。ベリー系の甘い香りが立ちのぼっている。

「間違いなくフラグリアだろう？　さっき氷室《ひむろ》の奥から取ってきたものだ」

辺境伯はそう言うと、赤い実に再び鋭い歯を立てた。果汁がブシュッと噴き出し、私の頬に飛んでくる。フラグリアというのは初めて聞く名前だが、どうやら果実の一種らしい。

辺境伯はニヤリと微笑むと、ビックリして固まっている私の頬に触れる。そしてフラグリアの果汁を指で拭《ぬぐ》って、それを舐めた。

「さっきの悲鳴はなかなかよかった。実に食欲をそそられたぞ。お前を味わうときは、まず生きたまま血をすするというのもいいかもしれないな」

そのときを待ち望んでいるのか、うっとりとした表情で私の喉元を見つめる辺境伯。

私は慌てて立ち上がった。

「こ、今夜私が作る料理も、きっとお気に召していただけると思います。どうぞ期待してくださ い！　……ところで、調理場へはどうやって行けばいいでしょうか？」

そう尋ねると、辺境伯は怪訝《けげん》そうな顔をした。

「今から料理を作るのか？」

「はい。昨夜はだいぶ時間がかかってしまったので、今日は余裕をもってお作りしたいんです」

「今日のメニューは？」

辺境伯が口元をだらしなく緩《ゆる》めて聞いてくる。

「えっと、メインはロールカツにしようと思っています」

「ふむ、聞いたことのない料理だが楽しみにしているぞ」

辺境伯の口元が一層緩んだ。口元に飛び散った赤い果汁とも相まって、とても凶悪に見える。

「ところで、もうお昼ですよね？　まだお休みにならないんですか？」

「いや、これから部屋へ戻って眠ろうと思っていたところだ」

「そうですか。ごゆっくりお休みください」

私は頭を下げて辺境伯を見送ろうとした。しかし、彼はこんなことを言う。

「調理場まで案内してやろう。お前を迷子にしたままでいると、食事にありつくのが遅くなりそうだ」

くっくっと喉の奥で笑う辺境伯は、ずいぶん機嫌がよさそうに見える。これは、私の料理を楽しみにしてくれていると解釈してもいいのだろうか？

私はなんとなくほっとして、彼のあとを大人しくついていく。

「あの、好き嫌いはありますか？」

私はおずおずと話しかけてみた。彼の好みをリサーチするのは重要なことだ。

「そうだな……食べられないものは特にない。好んで食べるものは肉だな」

肉食。私は心の辺境伯メモに、そう書き加えた。

「甘いものもお好きみたいですね」

「甘いもの？」

私の言葉に、辺境伯は首を傾げる。

「ええ。だってそれ……なんという果物でしたっけ？　とても甘い香りがしますよ」

辺境伯は手に持っている果実をじっと見下ろした。さっきまでグレープフルーツほどの大きさだったそれは、小さなミカンくらいの大きさになっている。

「フラグリアか。確かに甘みもあるといえばあるが……そうだな、食べてみるのが一番早いだろう」

辺境伯はそう言って、フラグリアの実を私の口元に持ってきた。かじってみろということらしい。

私は赤い実と辺境伯を交互に見る。

なんとなく食べづらい。家族や仲のいい友人ならともかく、昨日会ったばかりの人が直接口をつけたものを食べるのは抵抗があった。

しかし、辺境伯はフラグリアをぐいぐいと押しつけてくる。私は観念して、甘い香りを放つ実にほんの少しだけ歯を立てた。

イチゴのような食感だ。汁気が多く、少しかじっただけで口の中いっぱいに果汁があふれる。

「うわ、すっぱい！」

私は思わず口を押さえた。耳の下が痛くなるほどきつい酸味が襲ってきて、口の中がきゅっと縮まる。香りはとても甘いのに、味はレモンのようにすっぱかった。

「フラグリアは甘みもあるが、それよりも酸味のほうが強い。普通は砂糖に漬け込んだり、蜂蜜をかけたりして食べるのだ」

「そんなすっぱい実を、よく平気で食べられますね」

「生で食べられるものが、これしか見つからなかったからな。慣れれば大したことではない」

辺境伯は顔色一つ変えずに、残りをすべて口に放り込んだ。

「けど、せっかくならもっと美味《おい》しく食べたいじゃないですか。例えば、そうですねぇ……煮詰めてジャムにしてはどうでしょうか？　果汁を搾《しぼ》ってゼリーにしても、さっぱりして美味しいかもしれません。あ、でもここにゼラチンはないかな？」

後半は完全な独り言になってしまった私に、辺境伯が不思議そうな目を向けてくる。

「お前は料理に関する仕事をしていたのか？」

「いいえ、私はまだ学生なので仕事にはついていません」

「それにしては料理の知識が豊富なようだし、何よりずいぶん熱心だ」

私は料理が好きになったきっかけを思い出し、少し微笑んだ。

「祖母が料理人をしているから、きっとその影響だと思います。母は忙しい人なので、料理はほとんど祖母から習いました」

「そうか」

高校を卒業したら、私は調理学校へ進もうと思っていた。祖母が一人で守っている店を継げたらいいなと、ずっと夢見ていたのだ。

『結の作ってくれる料理は、本当におばあちゃんの味にそっくり。美味しいし、いつも助かるわぁ』

もうずいぶん昔のことだけれど、母のその一言で、祖母の店を継ぎたいという気持ちが芽生えた。

今ごろみんなどうしているだろう？　きっと、買い物に出たまま帰ってこない私を心配しているはずだ。鼻の奥がツンとして、みるみるうちに視界が涙でぼやける。

しきりに瞬《まばた》きをして泣くのを我慢していると、隣を歩く辺境伯が急にソワソワしだした。彼は胸のポケットからハンカチーフを引き抜き、私の前に突き出す。

「フラグリアの汁で口元が汚れている。これで拭《ぬぐ》いなさい」

私はぽかんとして辺境伯を見上げた。彼は私と目を合わせることなく、ハンカチーフを無理やり握らせる。

「この廊下を左に曲がると調理場がある。この先は一人で行きなさい」

まくし立てるように言うと、辺境伯はさっさと踵《きびす》を返した。

「は、はい。ありがとうございました」

ものすごい速さで遠ざかる背中にお礼を言ったが、果たして彼の耳に届いただろうか。

私は借りたハンカチーフで口元を拭った。

「あれ？　なんにもついてない」

ハンカチーフは白いままだった。もしかして、これで涙を拭けという意味だったのだろうか？

そのことに気づいた私は、思わず噴き出してしまう。ハンカチーフを貸してくれた辺境伯の口元こそ、フラグリアの果汁で真っ赤に汚れていたのに。

「そんなにひどい人じゃないのかもしれないなぁ」

私は涙を拭きながら、少し笑った。

辺境伯が言ったとおり、廊下を左へ曲がると調理場に着いた。

重い扉を開き、暗い調理場の中を進んで、窓の木戸を外す。空は相変わらず曇っていたが、部屋の中がいくらか明るくなって、私は少しほっとした。

これから夕方までの間に、辺境伯を満足させる料理を作らなければいけない。大丈夫、作業する時間はたっぷりあると、私は自分を奮い立たせた。

調理器具の使い方としまってある場所は、昨夜ハインリヒに教えてもらった。彼はぶっきらぼうではあったが、私がきちんと理解するまで教えてくれたのだ。

ここは彼の調理場であり、私は彼の道具を借りて料理を作る。そのことを忘れず、包丁やら鍋やらを丁寧に並べていく。

さぁ、頑張って作るぞ。そう意気込んだ矢先、私は大変なことに気がついた。

「私一人じゃ、食材を選べないじゃない……」

これは困った。とりあえず、駄目元で氷室《ひむろ》へ行ってみようか？　いやいや、行ったところで、何を選んでいいのかわからず途方に暮れるのがオチだ。

結局、私は一人では何もできない。どんなにやる気があっても、知らないことが多すぎるのだ。

さっき引っ込んだはずの涙が、またじわりと滲《にじ》んできた。

「弱気になっちゃ駄目だ。一人でできないのなら、ハインリヒさんに助けてもらおう」

調理場の奥にはもう一つ部屋があり、ハインリヒはいつもそこで寝泊まりしているという。彼の手を煩《わずら》わせてしまうのは心苦しいが、ここは助けてもらうしかないだろう。

私はランプに火を入れ、さっき開けたばかりの窓の木戸をすべて閉めた。アンデッドは日の光が苦手らしいので、せめてハインリヒが少しでも活動しやすい環境を整えようと思ったのだ。

私はハインリヒの部屋の前に立って、扉をノックした。少し経ってから二度目のノックをしようとしたところで、ドアが独りでに開く。そこにはハインリヒが眉を寄せて立っていた。

「ハインリヒさん。起こしてしまってすみません、あの……」

しどろもどろになってしまった私を一瞥《いちべつ》したあと、ハインリヒは調理台の上に並んでいる鍋や包丁に視線を移す。

「勝手に触ってごめんなさい」

私はさらに申し訳なくなった。彼の許可を得るまで器具に触るべきではなかったのだ。

ハインリヒは寝違えたかのように首をゴキゴキと鳴らしてから、また私を見た。そして、怯《おび》えて縮こまる私の頭に、干からびた手をポンとのせる。

「それくらい構わねぇよ。それより、こんな時間から仕事か？」

「はい。昨夜は色々手間取ってしまって、満足のいく料理が作れませんでした。だから、今日は余裕を持って作業したいんです」

私はハインリヒに向かって深く頭を下げた。

「お願いがあります。私に食材の選び方を教えてください！」

腰を直角に折って、ハインリヒに頼み込む。

「ご迷惑をおかけして、本当にごめんなさい。でも、どうしても教えてもらいたいんです！」

顔を上げることなく、縋《すが》る思いで頼み続ける。突然こんなことを頼まれても、彼にとっては迷惑でしかないだろう。しかし、私も諦めるわけにはいかなかった。

やがてハインリヒが、ふぅと息を吐き出す。

「顔上げろ」

私は彼の言葉に従った。ハインリヒは腕を組んで険しい顔をしている。きっと断られるだろうと思ったとき、彼は大きく頷いた。

「わかった。じゃあ、さっさと食材取りに行くぞ」

「……怒ってないんですか？　こんな時間に起こしてしまったのに」

私が恐る恐る尋ねると、彼は眠そうな顔でガリガリとお尻をかいた。

「まぁ正直に言えば、もう少し寝てたかったけどな。でも、昨夜あんたを助けてやろうと判断したのは俺だ。だから最後まで責任を持ってやる。今からあんたは俺の弟子だ。遠慮なく頼りな」

「ありがとうございます！」

私のお礼を軽く笑い飛ばし、ハインリヒは調理場を出ていった。

今の言葉がどれだけ私を救ってくれたか、きっと彼は知らないだろう。私は彼の懐《ふところ》の深さに感謝しながら、その背中を追った。

二人で薄暗い廊下を歩いていると、ハインリヒが尋ねてくる。

「さて、今日は何がいるんだ？」

「えっと、薄切りの豚肉が欲しいです。それから根菜を中心に野菜をいくつか。甘みが強いものがあるといいですね」

「なるほど、まずは豚肉か。脂《あぶら》たっぷりなのと赤身と、どっちがいい？」

今日の料理には、赤身の肉が向いている。私は迷わず赤身を選んだ。

氷室《ひむろ》に着くと、ハインリヒはいくつかの肉を持ってきて、それぞれの特徴を説明してくれる。私はそれを忘れないよう、しっかりと記憶した。

「野菜について何か注文はあるか？」

そう聞かれて、私は少し考えた。

「カラフルな野菜をお願いします。赤と黄色、それから緑色が欲しいです」

「緑色は葉野菜じゃ駄目か？」

ハインリヒの手には濃い緑色の葉野菜がある。私は首を横に振った。

「できるだけ歯ごたえのある野菜がいいです」

「そうか、じゃあ葉野菜は駄目だな。熱を入れるとへたるからな」

ハインリヒは私のリクエストに応じて、手早く食材を選んでくれた。私は説明を聞きながら少しずつ食べさせてもらい、味を確かめる。

「あとは卵とチーズ。あ、それと今日は揚げ物をしたいので、油を多めに使いたいです。……そういえば、ここでは揚げ物をすることはありますか？」

私はちょっと不安になってハインリヒに尋ねた。すると、彼は鼻息を荒くして答える。

「するに決まってるだろ。馬鹿にしてんのか！」

「い、いえ、決してそんなつもりは……ただ、私の故郷は少し特殊な料理が多いので確認しただけです。揚げ物をすることがあるなら、パン粉もありますよね？」

その言葉を聞いたハインリヒは、眉間《みけん》に皺《しわ》を寄せた。

「パン粉ってなんだ？」

揚げ物をすることはあっても、パン粉はないようだ。私はパンを細かく砕いたものだとハインリヒに説明した。幸い、余って硬くなったパンがあるそうなので、それを砕いて使うことにする。

「これで材料は揃ったな。じゃあ戻るぞ」

私たちは選んだ食材を抱え、氷室《ひむろ》の外へ出た。


今日はロールカツと、蒸し野菜のディップを作ろうと思っている。

まずは蒸し野菜から作ることにした。野菜の皮をむいて適当な大きさに切ったあと、蒸し器で蒸すだけのお手軽料理だ。しかし、下処理から完成まで手を抜くつもりはない。

実は、家で作るときは皮ごと蒸している。ゴミがあまり出ない上に、野菜の栄養を損なわずに食べることができるからだ。

今日も皮ごと蒸そうとしたら、ハインリヒはいい顔をしなかった。腐っても貴族である辺境伯に、皮つきの料理を出すのは不敬に当たるという。

楕円形《だえんけい》をした黄色い根菜はネルボスというらしい。試しにかじってみると、レンコンのようなサクサクした食感だった。味も風味もどことなく似ている。

よく洗ったあとに皮をむき、輪切りにした。それを水にさらして灰汁《あく》を抜く。

大人の手の平ほどの大きな莢《さや》に入った豆はピジムというそうだ。黄緑色をした綺麗な野菜で、火を通すと甘みが増して美味《おい》しいらしい。スナップエンドウのようなものだろうか。

ピジムは両端に固い筋があるので、豆を傷つけないよう慎重に取り除く。

「ハインリヒさん、蒸し器ってありますか？」

「ここにはないな。蒸し料理は味気ないと閣下《かっか》が言うから、今まで作ったことがないんだ」

「そうですか……」

まさか辺境伯が蒸し料理を好まないとは。これは予想外の事態だ。

「悪いことは言わないから、蒸し料理はやめときな。あんたの命がかかってるんだ。わざわざ閣下が好まない料理を作ることはないさ」

「いえ、大丈夫です。あっさりしたものがあまりお好きでないなら、ソースをこってりしたものにするので。きっと閣下に美味しいって言わせてみせます」

ハインリヒは黙って口をへの字にした。知らないぞ、という顔である。でも私には秘策があるので、大丈夫だ。

ちなみに、蒸し器がなくても蒸し料理は作れる。

深い鍋を用意し、三分の一くらいのところまで水を入れて湯を沸かす。沸騰《ふっとう》したら、深皿をひっくり返して鍋の中に沈める。このとき、皿の底が湯の上に出るようにしなければならない。

下処理をした野菜をひっくり返した皿の底に並べ、あとは鍋に布を巻いた蓋《ふた》をして、十分ほど蒸せば完成だ。鍋の蓋に布を巻くのは、野菜の上に水滴が落ちるのを防ぐためである。

次はソース作りに取りかかる。私は買い物バッグを棚から取り出した。常温保存が可能な調味料ばかりなので、ハインリヒに頼んでここで保管してもらうことにしたのだ。

バッグの中をごそごそと漁《あさ》って、私は青ざめた。

「ない！」

「どうした？」

「使おうと思っていた調味料がないんです。どうしよう。てっきり買ったものと思っていたのに、買い忘れていたなんて……」

「なんだ、何がないんだ？」

「マヨネーズです！」

私が叫ぶと、ハインリヒは面食らったように体を引いた。そして、怪訝《けげん》そうに首を捻《ひね》る。

「なんだそりゃ。それがないと駄目なのか？」

「駄目なんです。蒸し野菜をマヨネーズにディップして食べるのが美味《おい》しいんです。それなら、閣《かっ》下《か》にも絶対気に入ってもらえると思ったのに……」

私は予想外の出来事に動揺していた。何か代わりになるものはないかとバッグの中を探ったが、ケチャップと味噌くらいしかない。確かドレッシングも買ったはずだけど……

「なんだかわからないが、ないなら自分で作ればいいだろう」

「え？」

自分でマヨネーズを作る？

私はハインリヒの言葉について考えた。確かマヨネーズの材料は、酢と油と塩と卵黄だ。ここにはワインビネガーがあるから、酢はそれで代用できるだろう。

作り方はうろ覚えだが、材料はすべて揃っている。

「ハインリヒさん、油をたくさん使っても大丈夫ですか?」

私は恐る恐る尋ねた。今日は揚げ物をするので、ただでさえ油を多く使う予定なのだ。

「大丈夫だ。昔は油は貴重だったが、今は安価な油が出回ってるから、たくさん使っても問題ないぞ」

そう言うと、彼は調理台の下から巨大な瓶《びん》を取り出し、私の目の前にドンッと置いた。

「これがブラッシカの種から取った油だ」

「ありがとうございます!」

植物性の油なら上手くいきそうだ。動物性の脂《あぶら》は独特の臭みがある上に、冷やすと白く固まってしまうので、マヨネーズ作りには向かない。

私はさっそくマヨネーズを作り始めた。大きめのボウルに卵黄を入れ、少量のワインビネガーをたらす。とりあえず小さじ一杯くらい。正確な分量はわからないが、作りながら調節していけばいいだろう。

それを泡立て器でよく混ぜて、塩を一つまみ加えた。そしてさらにかき混ぜてから、カップ半分ほどの油をゆっくりと注ぐ。

「ワインビネガーと卵と塩と油か。こう言っちゃ悪いが、あんまり美味《うま》そうじゃないな」

私の手元を見ていたハインリヒが、眉をひそめて感想を述べた。

マヨネーズの美味《おい》しさは食べてみないとわからない。今は不気味なものを見るような顔をしているハインリヒも、きっとマヨネーズの美味しさにびっくりするに違いない。

「ふふふ、そんなことを言っていられるのも今のうちですよ。完成したら味見をしてもらうので、楽しみにしていてくださいね」

ボウルの中身をかき混ぜながら、不敵に笑う私。それを見て、ハインリヒはさらに顔をしかめた。

作り方はなんとなく知っているものの、実はマヨネーズを作った経験はない。私が幼いころに祖母が作ってくれたのを見ていただけだ。

その当時、私は野菜があまり好きではなかった。苦いし青臭いし、何より食感が苦手だった。そんな私を見かねて、祖母が蒸し野菜を作ってくれた。そのときちょうどマヨネーズを切らしていたため、祖母が手早く作ったのだ。

私は嫌々ながらも、祖母がせっかく作ってくれたものだと思って一口食べた。そして、とても驚いたのである。

蒸すと野菜の味が濃く感じられるのに、苦味がまったくない。また、わずかに酸味のあるマヨネーズが野菜の自然な甘さを引き立てていた。

それをきっかけに、私は少しずつ野菜を食べられるようになっていった。

そんなことを思い出しながら、私はマヨネーズの材料を混ぜる。しかし……

「これで完成か？」

ハインリヒが私の手元を覗き込む。ボウルの中身は混ぜ始めたときと同じ、黄色い液体のままだった。

もしかすると油の量が足りないのかもしれない。

そう考えた私は、さらに油を足してみた。しかし、いくら混ぜても乳白色にならないし、固まる気配もない。

試しにスプーンですくって味見をしてみた。とてもじゃないが美味しいとは言えない。

材料を混ぜればマヨネーズになると思っていたのに。ボウルに大量に残ってしまったマヨネーズのできそこないをどうすればいいのかもわからず、私は途方に暮れてしまう。

そのとき、ハインリヒがうーんと唸った。

「ワインビネガーと卵と油で作るソースかぁ。誰かが同じようなことを言っていた気がするな」

「え？」

私は驚いて顔を上げた。

「どこかの国の一地方に珍しいソースがあって、その材料が、確かワインビネガーと卵と油なんだ」

「それってもしかして、マヨネーズっていう名前じゃないですか？」

私は一筋の光を見た気がして、興奮して尋ねた。

「名前は知らん。えぇと、誰から聞いたんだっけな？」

記憶の扉をノックするかのように、ハインリヒは人差し指で自分の額《ひたい》をトントンと叩く。

「そうだ、リュシアンだ。あいつが故郷でよく食べていたと言っていたんだ」

「リュシアンさん、ですか……」

あの冷たい目をした執事が私は苦手だ。しかし、どうしてもマヨネーズ作りを成功させたいなら、彼に話を聞くしかない。

「わかりました。リュシアンさんに相談してみます」

「今はまだ部屋で休んでいるはずだ。あいつは多少日に当たっても平気だから、起こしても問題ないだろう。ただなぁ……面倒ごとを嫌うから、協力してくれるかどうか」

「頼むだけ頼んでみます」

「心配だから一緒に行ってやりたいが、俺はあいつとどうも馬が合わなくてな。あいつは俺と違って育ちがよさそうだろ？」

「大丈夫です、一人で行けます。リュシアンさんのお部屋を教えてもらえますか？」

「閣下《かっか》の部屋の向かいだ。閣下に何かあったときすぐに駆けつけられるようにな。常識的に考えれば、主人と使用人が同じ階に部屋を持つっていうのはあんまりよろしくないんだが、まぁ閣下が決めたことだ。あの人はそういう細かいことは気にしない性質《たち》だからな」

私は城の間取りを思い出す。辺境伯の向かいの部屋なら、どうにか行けそうだ。

「ありがとうございます、さっそく訪ねてみます」

「気をつけろよ。あいつに頼むのは無理だと思ったら、すぐに戻ってこい」

ハインリヒが心配そうな顔で言う。私は彼に「行ってきます」と告げてから、リュシアンの部屋へ向かった。

4

「私が協力できることは何もありません。お引き取りください」

底冷えするような視線を向けられた私は、何も言えなくなってしまった。

リュシアンの部屋までやってきた私は、彼に事情を話した。そして、マヨネーズに似たソースの作り方を知っているなら教えてほしいと頼んだのだ。

睡眠の邪魔をしてしまうのは心苦しかったので、丁寧に謝罪してからお願いしたのだが、即座に断られてしまった。

「不躾《ぶしつけ》なお願いで本当にすみません。でも、頼れる人がリュシアンさんしかいないんです」

私は縋《すが》るような気持ちで頼み込んだが、リュシアンは鬱陶《うっとう》しそうに眉をひそめる。

「他に用件がないのなら、申し訳ありませんが失礼します」

そう言って、さっさと扉を閉じようとするリュシアン。

その瞬間、私の中の何かが弾《はじ》けた。

どうせ嫌われているのなら、もう遠慮は無用だ。

気がつけば、私は閉まりきる直前の扉をガッと掴んでいた。そしてドアの隙間《すきま》にすかさず足を滑《すべ》り込ませる。まるで押し売りの手口みたいだけれど、構うもんか。

「どうしてもそのソースを作りたいんです！」

「手と足を引っ込めてください。ドアに挟みますよ」

リュシアンは迷惑そうに扉を引く。しかし、私も負けじと踏ん張った。

「今日の料理には、絶対に欠かせないソースなんです。リュシアンさんにどうしても教えていただきたいんです！」

「私には関係のないことです。それに、これ以上ここで騒がれては迷惑です」

絶対に扉を閉めさせまいと全力で引っ張る私に、すっかり困惑しているリュシアン。けれど、どうやら私の足を気遣って、手加減してくれているらしい。

奇妙な綱引き（ドア引き？）は絶妙な力のバランスで拮抗《きっこう》していた。

私は扉の前で声を荒らげる。

「もしマヨネーズが作れなければ、今日の料理を閣下《かっか》に気に入ってもらえないかもしれません。それだけ重要なソースなんです。もし閣下に気に入ってもらえなかったら、私は……」

——明日まで生きていられない。

たかがソース一つで何を言っているんだ、とリュシアンは思うだろうか。しかし、私にとっては絶対に必要なものなのだ。彼にアドバイスをもらえなければ、私は辺境伯に食べられてしまうだろう。

「お願いします。リュシアンさんも同じようなソースを故郷でよく食べていたと聞きました。本当に美味《おい》しいですよね。ちょっとすっぱいけどコクがあって、なんにでもよく合って……」

ふと、実家の食卓を思い出して言葉に詰まった。もう二度とあそこには帰れないかもしれないと思うと、胸が苦しくなる。

「お願いです、どうか私を助けてください……」

涙まじりに呟《つぶや》いてしまったその言葉は、隠しきれない私の本心だった。リュシアンには私を助ける義理などない。それでも、私は彼に縋《すが》るしかないのだ。

突然、リュシアンが力を抜いた。全力で扉を引っ張っていた私は、勢い余って尻餅《しりもち》をつく。顔を上げると、戸口に立つリュシアンが私を見下ろしていた。

「マニエールです」

「え？」

「私の故郷に伝わるソースの名前は、マニエールといいます。あなたの知るソースとまったく同じものではないかもしれませんが、それでもレシピを知りたいですか？」

私は驚いてリュシアンを見上げた。険しかった彼の目が、心なしか柔らかくなっていた。

「はい、是非お願いします！」

「あなたは押しの強い人ですね。正直呆れましたよ。しかし、私もずっと故郷の味が恋しかったのです。私は料理がまったくできないので、ソースだけ作っても仕方がないと思っていましたが、あなたならソースに合う料理も作ってくれそうですね」

やれやれと言わんばかりにため息をつくリュシアン。けれど、その目が優しく細められる。そして彼は、手袋をはめた手を私に差し出してくれた。

「仕方がないので、ソースの作り方を教えてあげます」

「あ、ありがとうございます！」

私もつられて微笑みながら、彼にお礼を言った。


リュシアンの説得に成功した私は、意気揚々《ようよう》と調理場に戻った。ハインリヒはずっと起きていてくれたようで、私たちが調理場に入ると、隣の部屋からのっそりと顔を覗かせる。

「お、見事にリュシアンを引っ張り出してきたな」

「はい、無理を言って来てもらいました」

「彼女の熱意に負けたのです。さっさと作業を始めましょう。一度失敗したそうですが、どのように作ったのか詳しく説明してください」

私は、何をどのタイミングで入れてどのくらい混ぜたのかを、リュシアンに細かく伝えた。そして、マヨネーズになりそこなった液体を見せる。

「なるほど。ユイさんの作り方で大体合っていますよ」

「それなら、どうして固まらなかったんでしょうか？」

「油の入れ方がまずかったんでしょう。よく見ていてください」

リュシアンは新しいボウルを取り出し、ワインビネガーを小さじ一杯くらい入れたあと、割った卵から卵黄だけを綺麗により分けてボウルに落とした。そして、泡立て器でかき混ぜ始める。

「この段階で、ある程度かき混ぜておく必要があります。泡立つくらいよく混ぜてください」

そう説明しながら、リュシアンはリズミカルにかき混ぜた。速すぎて手元が見えない。

「なんかお前、ずいぶん手馴《てな》れてるな」

ハインリヒの感心したような声が、シャカシャカという音に混ざる。

「私の家は貧しかったので、使用人を雇《やと》えませんでした。だから、兄弟全員が幼いころから母の手伝いをしてたんですよ。油は高価で滅多に使えなかったので、我が家ではマニエールソース作りを失敗することは、絶対に許されませんでした。そのため、必然的に長男である私の仕事になったのです」

「へぇ。てっきり、お前は貴族の出身かと思ってたよ」

ハインリヒの口調が、少しだけ柔らかくなった気がした。

「教養や知識はあとからでも身につきます。それに、今となってはどうでもいい話です」

「まぁ、それもそうだな」

お互い昔の話はあまりしたくないのか、リュシアンとハインリヒは揃ってため息をついた。

「それよりユイさん、ここからが一番肝心なところです。混ぜる役を代わってください」

リュシアンがボウルと泡立て器を手渡してくる。ボウルの中ではワインビネガーと卵黄が綺麗に混ざり、細かい泡が立っていた。

「すごい。こんなに綺麗な泡が立つんですね」

「ここでしっかり混ぜておくのが失敗しないコツです。混ぜながら塩も入れておきました。本当ならこれから油を入れていくのですが、油の代わりにコレを使いましょう」

そう言ってリュシアンが手にしたのは、先ほど私が作ったできそこないのマヨネーズだった。

「油は高価ですからね。一滴たりとも無駄にできません」

「いつの時代の話だよ。今はそんなに高価でもないぞ」

ハインリヒがツッコんだが、リュシアンはそれを華麗にスルーした。

「ユイさんも食材を無駄にするのは気分が悪いでしょう。これを使うと卵黄が多めに入ってしまうので、できあがりが少し黄色くなりますが、味はそれほど変わらないはずです」

失敗したものを再利用できるなんて、願ったり叶ったりだ。私は一も二もなく頷いた。

リュシアンは、できそこないのマヨネーズをボウルに少し垂らす。

「すぐに混ぜてください、絶対に手を止めないで」

「は、はい！」

できそこないのマヨネーズを少しずつ加えるリュシアンと、彼の指示に従って泡立て器を動かす私。それにハインリヒを加えた三人は、瞬《まばた》きすら忘れてボウルの中身を凝視し続けた。

「あ、ちょっとトロッとしてきました」

「いい調子です。このまま油を加えていけば白くなって、口当たりの優しいフワフワしたソースになります。もう少しですから頑張って」

すでに腕がだるくなっていたが、私は嬉しくなって休まずかき混ぜ続けた。

「これくらいでよいでしょう。お疲れ様でした」

最後にリュシアンが固まり具合を確かめ、ようやくマニエールソースが完成した。私はできたてをスプーンですくって、恐る恐る口に入れる。

「ま、マヨネーズだぁ！」

ふんわりした舌触りと、ほんの少しの酸味。日本ではおなじみのあの味が見事に再現できている。市販のものよりも素朴な味わいだが、自分で作ったと思うといつもより美味《おい》しく感じた。

「すごい、私の故郷で食べていたものとまったく同じです！」

ハインリヒもスプーンを持って試食に加わった。

「美味《うま》いなコレ。作ってるのを横で見ていたときは、ちっとも美味そうに見えなかったのに。どうしてこんな味になるんだ？」

「ですよね、本当にどうしてこんな味になるんでしょうね。あ、そうだ。蒸し野菜と一緒に食べてみてください。絶対に美味しいと思います！」

私は即席の蒸し器に入っていた野菜をいくつか取り出し、まずはレンコンに似たネルボスをハインリヒに渡した。

興奮している私たちとは対照的に、リュシアンは至って冷静だ。スカーフの奥にスプーンを差し込んで静かに味わっている。

「リュシアンさんもどうぞ」

ホクホクのネルボスと、スナップエンドウによく似たピジムをリュシアンに手渡す。

リュシアンは頷いてからそれを受け取ると、スカーフを顎《あご》の下までずり下げた。そして、できたてのマニエールソースをたっぷりとつけて蒸し野菜を頬張る。

「美味しいです。とても懐《なつ》かしい味がします」

左側の唇が削《そ》げているので食べにくそうだが、リュシアンは顔を右側に傾けて器用に食べていた。

「久しぶりに作ったわりには上手くできました。一度覚えたことは、なかなか忘れないものですね」

リュシアンは私に向き直って微笑んだ。

「ユイさんのおかげで懐かしい気持ちになれました。ありがとうございます」

「お礼を言うべきなのは私のほうです。手伝ってくださって本当にありがとうございました。もう少しだけ時間をいただいてもいいですか？　これからメインの料理を作るので、是非マニエールソースをつけて食べてください」

蒸し野菜も美味しいけれど、メインのロールカツにこのソースをつければ、また格別なはずだ。協力してくれたリュシアンにも食べてほしかったのだが、彼は首を横に振った。

「いいえ、今日はこれで充分です。ごちそうさまでした」

「そうですか……」

嫌いな私が作ったものなど、これ以上食べたくないのかもしれない。私は少し悲しくなったが、リュシアンは片方しかない唇をほころばせた。

「食べたくなったら、また作ってもらいますから」

「でも、私は明日まで生きていられるかわからないですよ」

料理がどんなに上手にできたところで、辺境伯に気に入ってもらえなければ私の命はない。明日以降の約束なんてできないのだ。

だが、リュシアンは本当にこれ以上食べる気がないらしく、ずり下げていたスカーフを元の位置に戻してしまった。

「大丈夫。私も微力ながら、ユイさんが少しでも長く生きていられるように協力させてもらいます。閣下《かっか》にワインを給仕するのは私の仕事ですので、あなたのために料理に合う美味《おい》しいワインを開けましょう」

思わぬことを言われて、私は驚いた。これまでは目を合わせるたびに鬱陶《うっとう》しそうな顔をされていたのに、どうして私のためにそこまでしてくれるのだろう？

「どうしてそんなによくしてくれるんですか？　私、リュシアンさんには嫌われていると思っていたのですが……」

「嫌ってなどいませんよ」

「でも、会うたびに嫌そうな顔をして、話を早く切り上げたがっていたでしょう？」

あれだけ露骨《ろこつ》な態度を取られたら、好意を持たれていないことくらい私にもわかる。しかし、リュシアンは「違うんですよ」と言い、ばつが悪そうに視線を逸らした。

「もしかしたら、ユイさんはそのうちいなくなってしまうかもしれないでしょう？　あなたと親しくなってしまったら、いなくなったときに喪失感を覚えるので……」

つまり、私と仲よくなったらいなくなったときに悲しくなるから、仲よくならないように気をつけていた、ということだろうか？

私は拍子抜けしてしまった。

「お前、捨てられた動物を拾ってきて親に怒られるタイプだったろう」

ハインリヒが呆れたように言った。

「ええ。目を合わせてしまうと、もう駄目でしたね。……さて、私もそろそろ仕事に向かいます。閣下がお目覚めになるまで、あと半刻ほどしかありませんから」

リュシアンがコートのポケットから懐中時計を取り出して、時間を確認する。

窓の木戸を閉めたままだったので、そんな時間になっていたとは気づかなかった。

「それでは、私はこれで」

そう言うと、リュシアンは足早に去っていく。

「大変！　すぐにメインの料理に取りかからなくちゃ！」

「ああ、俺も仕込みを始めなくちゃな」

私たちは慌ててお互いの作業に取りかかった。

メイン料理は野菜とチーズを巻いたロールカツだ。ハインリヒにお願いして、氷室《ひむろ》にある野菜の中でも特にカラフルなものを選んでもらった。きっと切り口が鮮やかになるだろう。

狐色に揚がったサクサクの衣と、トロトロのチーズ。私ならご飯を三杯は食べられる自信がある。

そんなことを考えていたら、お腹が鳴ってしまった。

ちょっと多めに作って、私も食べさせてもらおうか。確か、リュシアンが食事は自分で作って食べても構わないと言っていたはずだ。

ハインリヒが豚肉の塊《かたまり》を調理台の上に置いた。それは艶々《つやつや》でピンク色をしていて、私の希望どおり脂身《あぶらみ》があまりない部位だった。

「俺も今日は豚肉を使った料理にするかな。ついでにあんたの分も切り分けてやるよ。どんな風に切ればいい？」

「できるだけ薄く、少し細長く切ってください」

そう言って、私も自分の仕事を始める。まずはロールカツに使う野菜を洗い場で洗った。人参に似た赤い野菜はアルカンというらしい。人参よりも赤みが薄く、癖がない。加熱すると甘みが増すのは人参と同じだ。そのアルカンは皮をむいて、鉛筆ほどの太さの太千切りにしておく。

インゲン豆によく似た野菜はパセオルというらしい。少し苦味が強いが、しゃきしゃきした食感が楽しめるという。かじってみると、味はピーマンに似ていた。

私はハインリヒに切ってもらった豚肉を叩き、厚さが均等になるよう薄く伸ばした。そのほうが、揚げたとき火が均一に通りやすい。

肉の上に薄く切ったチーズをのせ、さらに太千切りにしたアルカンと丸ごとのパセオルをのせてくるくる巻いた。塩コショウをふっておくと、下味がついてより美味《おい》しく食べられる。

小麦粉をまんべんなくまぶしたあとは、溶いた卵にくぐらせる。そして、あらかじめ作っておいたパン粉で衣づけした。

マニエールソースを作るときに使った植物性の油を熱し、パン粉をほんの少しだけ落としてみる。

すると、シュワシュワと音を立てて小さな気泡が現れ、パン粉はたちまち狐色になった。

うん、ちょうどいい温度だ。

油が跳ねないように、カツの先端を油にそっとつけてから、鍋肌に沿って滑《すべ》らせる。いくつも入れると油の温度が下がってしまうので、一度に揚げるのは三つまで。

祖母は揚げ物をするとき、幼い私を決して台所に近づけなかった。私はそれが不満で鍋の中を見たいとせがんだが、祖母は絶対に許さなかったのだ。

その代わり、祖母は笑いながら言っていた。「結、耳を澄ましてごらん。揚げ物がお喋《しゃべ》りしてるみたいでしょ?」と。

揚げ物をしていると、しだいに音が変わってくる。祖母はその音をじっくり聞いて、美味しく揚がったかどうかを判断するのだと教えてくれた。

私は少しの間、目を閉じた。油の中に入れたカツは、初めはシュワシュワという音を立てていたが、しだいにカラカラという音に変わる。揚げ物のお喋りは、この世界でも変わらない。

こんがり狐色に揚がったカツをすくい、油を切って皿にのせた。ここからが一番楽しい作業だ。

棒状のカツの真ん中に、斜めに包丁を入れる。サクサクの衣を一刀両断するときのザクッという音がたまらない。切り口から赤と緑の野菜が覗き、その間からとろけたチーズが出てきた。

熱い唾液が湧いてきて、私の喉がゴクリと鳴る。

いけない、いけない。これは辺境伯の分だ。

私は残りのカツも手早く揚げて、皿に盛りつける。半分に切ったロールカツの片方を横にし、それにもたせかけるようにして残りのカツを立たせた。

さっき作ったマニエールソースと蒸し野菜も、大皿に盛りつける。それだけでは味がマンネリ化してしまうので、オーロラソースと味噌マヨネーズも作ってみた。

オーロラソースは、マヨネーズとケチャップを一対一で混ぜ合わせたもので、ピンク色をしていて見た目も綺麗だ。味噌マヨネーズはその名のとおり、味噌とマヨネーズを合わせたもの。どちらも簡単にできる上に美味しいソースである。

「そろそろいい時間だぞ。料理ができたんなら、先に閣下《かっか》のところへ持っていきな」

木戸を開けて外を眺めていたハインリヒが、そう言ってくれた。私は彼にお礼を言って、給仕の用意をする。料理が冷めないうちに運ばなければならないので、手早く行う。

調理場を出ると、廊下の窓から夕日が差し込んでいた。ピンクと藍色のグラデーションになった空の端から、欠けた月が顔を覗かせている。

「急がなくちゃ」

料理がのったワゴンを食堂の前で止め、ノックをして中の様子を窺《うかが》った。もしここに辺境伯がいなかったら、全部の皿を手に持って最上階まで上がらなければならない。

幸い、食堂の中に二つの人影が見えた。長いテーブルについている赤毛の男と、その隣に立つ灰色の髪の男。辺境伯とリュシアンだ。

私は扉の前で会釈《えしやく》をしてから、しずしずとワゴンを押して入った。

「失礼いたします。お食事をお持ちしました」

「腹が空《す》いた。前菜から順に出せなどと堅苦しいことを言うつもりはないから、持ってきた料理をすべてここに並べてくれ」

「かしこまりました」

私は辺境伯の言うとおり、テーブルの上にすべての料理を並べ始めた。リュシアンがタイミングを見計らい、ワインクーラーで冷やしてあったワインのコルクを静かに抜く。

何をどこに置くべきかなんてさっぱりわからないけれど、二人とも何も言わない。何より辺境伯の口元から滴《したた》る涎《よだれ》が気になったので、私は急いで皿を並べた。

すべての皿を並べ終えたのと同時に、リュシアンがワイングラスにワインを注《つ》ぐ。暗い赤褐色《せきかっしょく》のワインはまるで血のように見える。

私は緊張しながら料理の説明をした。

「まずはネルボスとピジムの蒸し料理です。こちらの三種類のソースをつけてお召し上がりください」

そのとたん、辺境伯の顔が曇る。

「肉がないではないか。野菜だけの料理は好《す》かない」

子どもか！

危うく、そうツッコみそうになってしまった。前に苦手なものは特にないと言っていたくせに、肉が入っていなければ食べたくないだなんて、小さな子どもみたいだ。

しかし困った。この様子じゃ、蒸し野菜には手をつけてもらえそうもない。食べてもらえないんじゃ、間違いなくマイナス評価だ。

そのとき、手袋をはめた長い指が横から伸びてきて、ネルボスを一つ摘《つ》まんだ。見ると、リュシアンが野菜にマニエールソースをたっぷりつけて、露出させた口元に運んでいる。

私と辺境伯の視線を集めているのに気づいたリュシアンは、にっこりと微笑んだ。

「失礼。閣下《かっか》が召し上がらないのなら、私が代わりにいただきます。個人的な意見ですが、マニエールソースはこの世で一番美味《おい》しいソースだと思っておりますので」

そう言って、またもや野菜に手を伸ばすリュシアン。

「おや、こちらのソースは色合いが変わっていますね。ユイさん、これは？」

「あ、これはオーロラソースです。マニエールソースに、ケチャップというトマトのソースを合わせました」

「ふむ、これもなかなか美味ですね」

リュシアンの手は止まらない。三種類のソースをつけつつ、野菜をどんどん口に入れていく。その手が最後の一つを摘まみ上げたところで、辺境伯がリュシアンの手を掴んだ。

「おや、どうしました閣下。ご無理をなさらず、すべて私にお任せください。野菜はお嫌いなのでしょう？」

「……食べる」

辺境伯はひったくるようにして野菜を奪い取ると、マニエールソースをたっぷりつけて一口で食べた。

「いかがですか？」

野菜を咀嚼《そしやく》するシャクシャクという音を聞きながら、私は祈るような気持ちで尋ねた。

「美味《うま》い」

辺境伯は口元をナプキンで拭きつつ、驚いた様子でそう言った。

「野菜特有の青臭さはなく、それでいて甘い。何よりこのソースが美味いな。ほのかに酸味を感じるのに、こってりとしていて実に濃厚な味だ」

ほっと胸を撫で下ろした私に、リュシアンが目だけで微笑んだ。そして、スカーフを元に戻す。いらないものを他人にあげようとしたとき、突然惜しく感じられることがある。きっと、さっきの辺境伯はそんな心境だったに違いない。リュシアンはその心理を利用したのだ。

私は感謝の気持ちを込めて、彼にそっと会釈《えしやく》をした。

「次の料理はロールカツです。薄切りの豚肉でチーズと野菜を包み、油で揚げました。そのままでも美味しく召し上がっていただけますが、マニエールソースをつけるとより美味しくなります」

辺境伯はナイフとフォークを優雅に操《あやつ》り、まずはそのまま口に運んだ。彼がカツをかじると、サクッという軽快な音が聞こえてくる。

次に辺境伯は味噌マヨソースに手を伸ばした。カツにたっぷりつけて食べた瞬間、彼は目を見開く。

「これは初めて食べる味だ。サクサクの衣と甘みのある野菜。柔らかい肉の中から濃厚なチーズがとろけ出る。この不思議な味のソースがいいアクセントになっているな」

辺境伯はそう言ったあと、無言でカツを平らげた。

「……さて、ユイ」

フォークとナイフを置き、辺境伯は静かに私を見た。両手を組んでいる彼の顔からは、なんの感情も窺《うかが》えない。

けれど、彼の口調が改まったのを感じて、私の体に緊張が走った。さっきまでの食べっぷりを見ていると、手ごたえは悪くないように思えるが……

「今夜の料理には、実に新鮮な驚きがあった。野菜とチーズを肉で巻いて揚げるというアイディアは面白い。それに、蒸し野菜が美味《うま》いものだと知る、いいきっかけにもなった」

「ありがとうございます」

よかった、今日もなんとか乗りきった。

そう思って肩の力を抜いたとき、辺境伯が厳しい目を向けてきた。

「しかし、なぜ今日はアレが入っていないのだ？」

「え？　なんのことですか？」

「どの料理にも、お前の血が入っていなかった。私がそれに気づかないほど愚かだと思っているのか？」

「いいえ、決してそんなつもりは……」

辺境伯の言葉で、緩《ゆる》んでいた気持ちが一気に凍りついた。まさか、今日も隠し味として私の血を期待されていたとは思わなかった。

たったそれだけのことで、辺境伯の機嫌を損ねてしまうだなんて。どうしたらいいのかわからず、私は金縛りにあったようにただ身を竦《すく》ませる。

そんな私を救ってくれたのは、辺境伯の後ろに控えるリュシアンのため息だった。

「閣下《かっか》。血の味を期待していたお気持ちはわかりますが、ユイさんの料理をお気に召したことを隠して脅《おど》すのはいただけません。彼女の技量と努力に敬意を払って、正当な評価を下すべきです」

「ちっ」

リュシアンに諭《さと》され、辺境伯は忌々《いまいま》しそうに舌打ちした。

えーとつまり、こういうことだろうか？

料理は気に入ったけど、私の血が入っていなかったのは気に入らない。ここでごねれば血が飲めるかもしれないから、ちょっと難癖《なんくせ》つけてみようかな……ということですか？

「閣下、ひどいです！」

私は呆れを通り越して怒りを覚え、声を荒らげた。私の恐怖心を弄《もてあそ》ぶのもいい加減にしてほしい。

「閣下、彼女にきちんと謝罪してください」

リュシアンが厳しい口調で辺境伯を責める。辺境伯はリュシアンをひと睨《にら》みしたあと、私のほうに向き直り、真剣な顔で見つめてくる。

「悪かった。今夜の料理は素晴らしく美味《うま》かった。だが、ユイの血を期待していた私の気持ちも察してほしい」

辺境伯は、隣に立つ私の手を握り、まるで懇願《こんがん》するように下から見上げてきた。熱い欲望を湛《たた》えた琥珀《こはく》色の瞳が、ひたと私をとらえる。

「あの味が忘れられないんだ。今夜もお前の血を口にさせてはくれまいか？」

脅《おど》して駄目なら拝み倒そうと思ったのだろう。辺境伯の赤い唇が開き、鋭い牙がチラリと覗いている。

どうしよう、すごくむかつく。

リュシアンの様子をそっと窺《うかが》うと、彼は不快そうな顔で大きく頷いた。

「お断りします」

私は辺境伯の手から自分の手を取り戻し、にっこり笑った。

「閣下《かっか》が私の血をどれほど楽しみになさっていたのかはよくわかりました。でも、毎晩血の入った料理をお出しすることはできません。私自身が必要だと判断したら、そのときだけ使用します」

それだけ言うと、私は空いた皿に目を落とす。

「お食事がお済みのようですので、食器をお下げしますね」

ワゴンにてきぱきと皿を戻して、さっさと食堂から出る。

「自業自得ですね」

扉を閉める直前、リュシアンの呆れ声が聞こえてきたので、私は心の中で大いに同意した。

料理を気に入ってもらえなかったと思った瞬間、目の前が真っ暗になった。それなのに、実は閣下は私の血を飲みたかっただけだと知り、ものすごく腹が立ったのだ。

しかし、なぜか辺境伯を心の底から憎むことはできない。それはきっと、彼に悪意があるわけではないと知っているからだろう。彼は自分の食欲に忠実すぎるだけなのだ。

私は彼に借りたハンカチーフをポケットから取り出した。

「そう。悪い人ではないんだよね……たぶん」

そのとき、私のお腹がグゥと鳴る。自分用にとっておいたロールカツが調理場にあることを思い出し、私は歩みを速めた。

競争×凶相

1

仕事を終えて自室に戻ってきた私は、部屋の空気を入れ替えるために窓を開けた。

窓がすんなりと開いたことにちょっとびっくりした。普通、人を監禁するなら窓ははめ殺しにしておくものではないだろうか？　そんな用意が間に合わないほど急な出来事だったからか、私のあがきなんて大したことないと思われているかのどちらかだろう。

少し強めの風を頬に受けながら、窓枠にもたれてぼんやり外を眺めた。風が雲を飛ばしてくれたおかげで月や星がよく見える。輪郭《りんかく》がぼんやりと滲《にじ》んでいる月には、いつまでも見ていたくなるような美しさがあった。

遠くのほうに明かりが見える。あれが城下町だろうか。それなりに活気があるのだとハインリヒは言っていた。なんでも、夜になると市《いち》が立つらしい。

アンデッドたちの市とはどんなものだろう。見てみたいな。

そんな想像をしていたら、赤くてひらひらしたものが風に乗って部屋に飛び込んできた。拾い上げてみると、それは薔薇《ばら》の花びらだった。

エルドレア城に来てから、薔薇の花を見ない日はない。廊下や食堂のあちこちに大輪の薔薇が活《い》けられているのだ。

それにしても、一体どこから飛んできたのだろう？

私は少し身を乗り出して、薔薇の花びらの出所を探した。青白い月明かりにぼんやりと浮かび上がる城の中庭を、端から端まで見回す。

特に手入れをされているようには見えない殺風景な中庭の奥に、こんもりとした大きな植え込みを見つけた。青々としたその茂みは、物寂しい中庭の中でひどく場違いな印象がある。

私はなんとなく、その植え込みを心に留めておいた。いつか気持ちに余裕ができたら、中庭を探検してみよう。たわいもない小さな目標でも、持っていたほうが気持ちに張りが出る。

そんなことを考えながら私はベッドに戻り、眠りについた。

昼の間は、自由に過ごすことを許されている。

ハインリヒによれば、エルドレア城には様々なアンデッドたちが暮らしているらしい。肉体を持つアンデッドは城内の仕事を主に任され、レイスと呼ばれる肉体を持たないアンデッドたちは城の外を漂《ただよ》って外敵から守っているという。彼らは昼の間は活動できないので、城はまるで人が住んでいないかのように静まり返る。

城の住人たちが寝静まったのを確認してから、私は廊下に出た。今日こそお風呂に入ると決めていたからだ。ここに来てからもう三日。そろそろ体を清めたい。

私の部屋には備えつけのバスタブがない。というか、そもそもこのお城には風呂場がないのだ。この世界には元々入浴の習慣がないのか、それともアンデッドしか住んでいないからなのかはわからないが、風呂がないと知ったときは愕然《がくぜん》とした。

私は洗濯用の大きなタライを借りて、それに湯を溜めることにした。所詮タライなので足は伸ばせないし、せいぜい腰の辺りまでしか浸《つ》かることができないが、贅沢は言えない。

まず井戸から水を汲《く》んで、かまどでお湯を沸かし、それを自分の部屋まで運ぶ。それだけで汗だくになってしまうのに、何往復もしなければならない。

ろくに体を鍛《きた》えた経験がない私にとって、力仕事は辛い。しかし、お風呂に入りたいという欲求には抗《あらが》えなかった。

お風呂に限らず、この城での生活は今までの生活とはまるで違っていて、まだまだ慣れることができない。何より、他の人と生活リズムが違うのが辛い。

夜になれば緊張と恐怖が襲ってくるが、仕事が忙しいので孤独を感じることはない。また、一緒に仕事をしているハインリヒが何かと世話を焼いてくれるので、それが嬉しかったりする。

むしろ城のアンデッドたちが寝てしまい、時間をもて余すほど暇になる昼間のほうが、精神的にきつい。おかげで、私は昼間が少し嫌いになってしまった。

私はタライの中で膝を抱えた。重いお湯を何度も運んできたので、腕も足もパンパンになっている。

「本当に帰れるのかなぁ」

お湯に浸かりながら、そう呟《つぶや》く。元の世界に帰る方法は、相変わらずわからない。そもそも、どうやってこの世界にやってきたのかも不明なままだった。

「お母さんやお父さん、心配してるだろうなぁ」

二人と最後に会話をしたのは、いつだったかな。

母も父も毎日仕事で忙しく、一緒に過ごせる時間はほんのわずかしかなかった。二人が帰宅するのは深夜で、私が寝たあとだ。そして朝も慌ただしく出勤していく。出張で家に帰ってこられない日も珍しくなかった。

同じ家で暮らしていながら、私たちはほとんどすれ違いの生活を送っていた。とはいえ、私が用意した夕飯を、喜んで食べてくれているのはわかっていた。毎日欠かさずテーブルの上に置かれていた小さなメモ書きに、ごちそうさまと書いてあったから。

朝起きると一人でメモを読んで、学校へ向かう。ずっとそれのくり返し……

本当はごちそうさまと、顔を見て言ってほしかった。一緒にご飯を食べてほしかった。でも、寂しいという一言がどうしても言えなかったのだ。

もしかしたら、もう永遠に言うことができないかもしれない。そう思うと涙があふれてくる。だいぶぬるくなってしまったお湯からなかなか上がることができず、私は膝を抱えてぼんやりしていた。

どのくらいそうしていただろうか。グゥとお腹が鳴った。こんなときでも、私のお腹は食べ物を欲している。なんだかおかしくなってちょっと笑った。

「よし、何か食べよう」

考えてばかりいても仕方がない。今は何もわからないけれど、諦めずに頑張っていれば、いつか家に帰る方法が見つかるかもしれない。それに、気持ちが沈むと体の調子もおかしくなる。前向きに、前向きに！

私は湯から上がると、素早くメイド服を着た。もうこの服にもだいぶ慣れてきた。初めは長い裾に足を取られて転びそうになっていたが、今ならこれを着て反復横跳びだってできるだろう。

水だけで洗った髪をタオルで拭いて乾かす。本当はシャンプーとコンディショナーが欲しいけれど、贅沢は言えない。でも、せめて石鹸《せっけん》くらいはもらえないだろうか？　今度リュシアンに相談してみよう。

私はクゥクゥと鳴るお腹を押さえながら、空腹を満たすべく調理場に向かった。

自分の部屋から廊下へ出るときは、いつも緊張する。ゲームにたとえるなら、セーブポイントのある安全な場所から魔物のいるダンジョンへ戻るときの気持ちに似ている。

ゴシックな雰囲気漂《ただよ》う朽ちかけた城はただでさえ怖いのに、本物のアンデッドが住んでいるのだ。昼間は基本的に出歩かないとわかっていても、油断はできない。ハインリヒが言うには、その気になれば日の高い時間から活動できるアンデッドが多いそうだ。

ここに来てから、もう一つわかったことがある。アンデッドたちは基本的に食事を取らないのだ。味覚や嗅覚《きゅうかく》はもちろん、食欲も衰《おとろ》えている者が多いらしい。空腹だってあまり感じないし、栄養を取る必要もないので、食事をするアンデッドのほうが珍しいという。

「そもそも、俺たちはもう死んでるんだから当たり前だろ」

昨晩そう教えてくれたのは、ハインリヒだった。

では、辺境伯の旺盛な食欲はどこから来ているのだろう？　気になってハインリヒに尋ねてみると……

「知らん。興味もない」

彼は鼻で笑って、皺《しわ》だらけの口元を歪めた。

「でもな、空腹を感じないアンデッドでも、唯一食べたくなるものがあるんだ」

「ハインリヒさんにも食べたいものが？」

「ある。それも目の前に」

そう言って、ハインリヒは私の顔をじっと見つめた。暗く落ちくぼんだ影の向こうから、強烈な視線を感じる。私が恐る恐る自分を指差すと、ハインリヒは重々しく頷いた。

「個人差はあるけどな。俺は何を見ても食欲なんてほとんど感じないが、あんたを見ていると美味《うま》そうだなって思うときがあるぞ」

ゾッとして若干距離をとってしまった私を見て、ハインリヒが苦笑した。

「いきなり噛みついたりはしないから心配するな。もしそうしたくなったら、ちゃんと警告してやる」

「……是非、早めにお願いします。でも、どうして人間だけは食べたくなるんでしょう？」

「俺たちにも詳しいことはわからない。それに唯一と言ったが、人間以外のものが食べたくなるアンデッドもいるみたいだぞ。ほら、リュシアンはマニエールソースを食いたがってただろう」

「言われてみれば、確かにそうですね」

「だろ？　ただ、人食いはアンデッドの本能なのかもしれない。人間を見て食べたいと思っちまったとたん、理性とか倫理とかが頭から吹っ飛んじまうんだから。閣下《かっか》なんて人一倍食欲旺盛だから、あんたを見てると辛いだろうな」

ハインリヒは同情するように呟《つぶや》いた。

辺境伯が私を見て涎《よだれ》を垂らしていたのは、そういうわけだったのか。謎が一つ解けたような気がした。

そんな風に、昨夜のハインリヒとの会話を思い出しながら廊下を歩いていた私は、辺境伯から借りたままのハンカチーフをポケットから取り出す。綺麗に洗って干したのだが、少し皺《しわ》が寄っている。

「このままじゃ返せないな」

辺境伯はいつも糊《のり》がきいたような、きっちりした礼服を着ているので、皺が寄ったハンカチーフを返すのは申し訳ない。きっとアイロンをかける係の人がいるだろうから、その人を探してアイロンのかけ方を教えてもらおう。

私は今夜の予定を頭のメモに一つ書き加えて、ハンカチーフをポケットにしまった。

調理場に着いた私は、手始めに窓の木戸を開けた。薄曇りだけれど、少しは光が入ってくる。

さて、昼食は何を作ろうかな。最近はどうしても夜更《よふ》かししてしまうので、起きる時間が遅くなってしまう。そのため、一日二食の生活になっていた。

こちらの世界にある国の多くは、小麦を主食にしているらしい。とうもろこしや芋類を主食にしている地域もあるようだが、米は存在していない可能性がある。なぜなら、ハインリヒは米を知らなかったからだ。私は米が大好きなので本当にがっかりした。

しかし、まだ希望を捨てたわけではない。これだけ地球に似た文化があるのだから、どこかで稲作が行われている可能性もある。

私は戸棚を開けて、昨夜使い残した食材がないか調べた。辺境伯が出された料理を残すことはないが、料理を作る過程で食材が余ることはある。

余った食材は、冷やしておかなければならないものなら氷室《ひむろ》に戻すが、それ以外のものは戸棚の中に入れておいて、次の日に必ず使い切るようにしていた。

戸棚の中にあったのは、カラカラに乾いてしまった二切れのパンと、小麦粉だけだった。私はうーんと首を捻《ひね》る。

これだけカチカチになってしまったパンだと、サンドイッチにしても美味《おい》しくないだろう。スープに浸《ひた》せば柔らかくなるが、なんとなくスープを作る気分ではなかった。

試しに他の棚も覗いてみる。蜂蜜の瓶《びん》を見つけた瞬間、私はコレだ！　と思った。そして他の食材を取ってくるべく、氷室へ急いだ。

今日の昼食はフレンチトーストを作ることにした。パンと蜂蜜の他に必要なのは、卵と牛乳とバターだ。氷室《ひむろ》の冷蔵室に入った私は、箱の中身を一つずつ確認していく。目当てのものをすべて見つけて籠《かご》に入れたところで、赤い木の実が視界に入った。

「確かこれって、フラグリアだよね」

昨日、辺境伯がかじっていた、あのすっぱい果実だ。グレープフルーツ大の果実を持ち上げてみると、ずっしり重たい。中に果汁がたくさん詰まっている証拠だろう。

私は柔らかい実を傷つけないよう、そっと籠の中に入れた。これでジャムを作ったら美味《おい》しそうだと思ったのだ。ジャムなら保存もきくし、料理に色々とアレンジを加えることができる。何より、私は甘いものに飢えていた。

「よーし、これを使ってジャムを作ろう！」

想像したら楽しくなってきた。私は急いで調理場へ戻る。

深めの皿に卵を溶いて、牛乳と砂糖を加える。乾いて硬くなったパンを卵液に浸《ひた》してふやかした。かまどに火を入れて、熱したフライパンの上に少量のバターを落とす。バターが溶け、香ばしくて甘い香りがふわりと広がった。フライパンを火から離しながら、卵液に浸しておいたパンをフライパンの上に並べると、ジュウッという音があがる。

軽く焦げ目をつけてからひっくり返し、反対側も同じように焼けばできあがりだ。

フレンチという名のとおり、本来はフランスパンで作るらしい。フランスパンは時間が経つと噛みちぎるのが困難なほど硬くなるため、卵液に浸して柔らかくしてから焼くのだそうだ。

実はフレンチトーストを作ったことはなく、テレビで見たレシピを思い出して作ってみたのだが、ちゃんと柔らかくふっくらと焼き上がった。

私は黄金《こがね》色に輝くフレンチトーストの上に、琥珀《こはく》色の蜂蜜をかける。艶々《つやつや》していてとろみのある蜜がかかると、さらに美味しそうだ。

「いただきます」

さっそくナイフを入れる。表面はしっとりしているのに、中はふわふわだ。蜂蜜の濃厚な甘みとバターの香ばしい風味がたまらない。

私はあっという間にフレンチトーストを食べ終えた。甘いものを食べると疲れが取れるというのは本当なのだろう。空腹が満たされた上に、ここ数日の疲れが取れた気がした。

しかし、正直言って食べ足りない。だから、私は次の作業に取りかかった。

さっき見つけたフラグリアの実を洗い、へたをとって水気を拭く。これがイチゴなら、切らずにそのまま鍋に入れたほうが程よく食感が残る美味しいジャムになる。だが、フラグリアはあまりにも巨大なので、ザクザクと適当な大きさに刻んだ。

甘い香りに胸がときめく。こんな香りなのに、かじるとレモンのようにすっぱいのだから意外だ。

片手鍋に刻んだフラグリアを入れ、砂糖を加える。どのくらいがいいかな？　と少し迷った末、カップ二杯分ほど投入した。砂糖は多めに加えたほうが日持ちする。

つけっぱなしにしていたかまどの火が弱まったのを確認してから、鍋を火にかけた。ジャムを作るときは弱火が基本だ。強火にすると、すぐに砂糖が焦げてしまう。

鍋をかき混ぜながら、できあがったジャムを何に使おうかと考える。素直にパンに塗るのもいいけれど、料理の隠し味に使っても美味《おい》しい。

そんな楽しい想像をしていると、果肉が煮崩れてきた。砂糖が水あめのようになって、鍋をかき混ぜるヘラがしだいに重くなる。

しかし、私の記憶にあるジャムよりも、若干緩《ゆる》いような気がした。

そういえば、前にイチゴジャムを作ったときに調べたことがある。ジャムがゲル状に固まるのは、ペクチンという成分を含んだ材料を加えるからなのだ。私はいつもレモン汁を使っているけれど、この世界でペクチンを含んだ果物を探すのは無理だろう。

「まぁいいか。このまま煮詰めていけば水分が飛ぶし、砂糖を多めに入れたから、もう少し固まるはず」

私は鍋をかき混ぜ続ける。マヨネーズといい、ジャムといい、私は色んなものが固まらない星の下に生まれてきたに違いない。

額《ひたい》がうっすら汗ばんできたころ、ジャムがようやく完成した。やっぱり以前作ったイチゴジャムよりは緩めだが、味は美味しいのでこれでよしとする。

せっかく作ったのだから、より美味しく食べたい。私の食欲は留まることを知らなかった。

「よし、次はクレープを作ってみよう！」

幸いクレープの生地は、今手元にあるものだけで作れる。

私は戸棚から小麦粉を取り出した。いつも生地をたくさん作って余らせてしまうので、ほんの少しだけにしておく。恐らく大さじ三杯から四杯くらいだろう。計量スプーンなんてないから、その辺は適当だ。こういうところが失敗の原因かもしれないが、限られた環境の中で作る以上は仕方ない。

ふるいにかけた小麦粉に卵を落とし、砂糖を混ぜた牛乳を少しずつ加えてよく混ぜる。砂糖は溶けにくいので、牛乳を温めておく。そうすると小麦粉と合わせたときにもダマになりにくいのだ。

フライパンを弱火で温めてから、ほんの少し油をひく。かまどの火はさっきよりも小さくなっているので、これならクレープを焦がさず上手く焼けそうだ。

フライパンにクレープ生地を流して丸く伸ばす。おたまがあれば、クレープ用のトンボがなくても丸く仕上げることができるのだ。

薄い生地の端をフォークでちょっと持ち上げ、指で摘《つ》まんでひっくり返す。まるでキリンの網目模様のような綺麗な焼き目がついていたので、私はよしよしと頷いた。

まだ温かいクレープ生地を皿に移して、フラグリアのジャムをたっぷりと塗る。四つ折にすれば、クレープの完成だ。

行儀が悪いとわかってはいるけれど、手づかみでまず一口。

「美味しーい！」

思わず叫んでしまったが、隣の部屋でハインリヒが寝ていることを思い出し、慌てて口を閉じる。

しっかりした甘さと程よい酸味のあるジャム、しっとりとしていて端はカリカリのクレープ生地。すごく美味しくて、私は夢中で食べた。

クレープ生地は、あと三枚分ほどある。私は残りの生地も焼いてしまうと、さっきと同じようにジャムを塗って四つ折にした。

これだけ美味しくできたのだから、あとでハインリヒにも食べてもらいたかったのだ。もし彼が甘いものが苦手なら、自分の夜食にしよう。

私はクレープを紙ナプキンで包み、氷室《ひむろ》の冷蔵室に持っていった。

「閣下《かっか》にデザートとして出してもいいかもしれないな」

フラグリアを紹介してくれたのは辺境伯だし、ハンカチーフのお礼に出してみようかな。氷室からの帰り道、私はそんなことを考えていた。

2

甘いものを食べたおかげで、私は心も足取りも軽く調理場へ戻った。そして、使用した皿と道具を片づける。

腹ごしらえをしたら、急に元気が出てきた。やっぱり食べるってすごいことだなと感じる。

窓の外を見ると、まだ明るい。ちょっと腹ごなしに散歩に出ようか。

私はエプロンを外して調理台の上に置くと、調理場をあとにした。

どこに行こうかと少し迷ってから、外の空気を吸いに行くことにする。城の外に出ることは許されていないが、城内なら出歩いても問題ない。あの跳ね橋を越えない限りは、城内だと言い張れる。

昨夜さんざん迷ったおかげか、難なく外へと出ることに成功した。

私は、昨夜見つけた植え込みを間近で見てみようと考える。

中庭を歩いていると、花壇の跡らしきレンガの残骸《ざんがい》を見つけた。雑草だらけの小道には、白いタイルが敷かれている。今は荒れ果ててしまっているが、昔は誰かがきちんと手入れしていたのかもしれない。

しばらく歩くと、ようやく例の植え込みを見つけた。上から見ていたときはわからなかったが、植え込みというよりちょっとした林だった。

ただでさえ薄暗い天気なのに、林の中はさらに暗い。私は少しの間考えていたが、結局好奇心に負けて足を踏み入れた。

ちょっとだけ探検して、すぐ引き返そう。そんな軽い気持ちで林に入ったのがまずかった。

奥へ奥へと入っていくうちに、伸び放題の枝葉に日光が遮《さえぎ》られ、だんだん視界が悪くなってくる。

……もう引き返そうかな。

そう考えたとき、今まで感じたことがないほど強烈な眠気に襲われた。頭の中が一瞬で真っ白になり、意識を保っていられなくなる。

霞《かす》む目を何度も擦《こす》り、急いで踵《きびす》を返そうとした瞬間、突然視界が開《ひら》けた。

目の前で、真っ赤な薔薇《ばら》の花が風に揺れる。見渡す限り薔薇の花で埋め尽くされ、まるで真っ赤な海の中に飛び込んだみたいだ。むせ返るような薔薇の香りが辺りに漂《ただよ》っている。

あぁ、綺麗。そう思った直後、私の眠気はついに限界を越えた。

何か硬いものが脇腹に触れた気がした。その硬いもので何度も小突かれるけれど、私はうつ伏せに倒れたまま、小指一本だって動かすことができなかった。

意識はあるのに、眠くて目が開かない。私、一体どうしたんだろう？

体の感覚がぼんやりしていて、夢の中にいるかのようにすべてがあやふやに感じられる。自分がどこにいて、何をしていたのかも思い出せなかった。

突然、自由がきかない体を仰向《あおむ》けにされる。

「あれ？　知らない女の子だ」

真上から男の声が降ってきた。柔らかくて、耳に心地よい声だ。

誰かはわからないが、私は彼に助けを求めようとする。しかし、喉から出てきたのは声にならない ため息だけだった。

「なんだ、てっきり城の誰かが僕の薔薇を荒らしに来たのかと思ったのに」

声の主が私の手首を持ち上げた。とても冷たい手だった。

「どうしてこんなところに来たの？　……って聞いても喋《しゃべ》れないか。僕の薔薇に何もしないって約束するなら動けるようにしてあげるけど、どう？　約束できる？」

私は必死に頷こうとしたが、瞼《まぶた》をかすかに震わせることしかできなかった。それでも男は私の意図を汲《く》み取ってくれたらしく、私の手首を掴んだまま何かを呟《つぶや》く。

彼は不思議なリズムで、私には理解できない言葉を歌うように口にする。目が開かないので見えないが、男が紡ぐ不思議な言葉が私の周りをぐるりと取り囲んだ気がした。

そのとたん、手足に急に力が戻る。眠気もすっかり消え、さっきまでの状態が嘘のように体が軽い。

目を開けると、もう夜になっていた。

「君は誰？」

穏やかで柔らかい声が、すぐそばから聞こえた。お礼を言おうとしてそちらを見上げた私は、驚きのあまり言葉が出なくなってしまう。

そこにいたのは、にっこりと微笑む美しい青年だった。月の光に照らされて輝く金髪に、長い睫《まつげ》に縁取《ふちど》られた青い瞳。しかし、肌は所々紫色に変色していて、額《ひたい》や頬にはざっくりと裂けた傷がある。その裂け目を太い糸でジグザグに縫い、無理やり塞《ふさ》いでいるのだ。

輝かんばかりの美貌《びぼう》なのに、グロテスクな肌の色と傷口がそれを台無しにしていた。

「ねぇ、君の名前は？　初めて見るけど、もしかして新しく来た子？」

「ユ、ユイといいます。二日前からこちらでお世話になっています」

「へぇ。君、温かいんだね……」

青年が自分の青ざめた唇を、ゆっくりと舐めた。

「感じるよ、この皮膚の下に熱い血が脈打ってるのを」

青年は穏やかな笑みを浮かべたまま私の手を口元へ持っていく。そして、小指をぱくりと咥《くわ》えた。

冷たい口の中で湿った舌が、小指の形をなぞるようにうごめく。

「いたっ！」

指先をカリッと噛まれ、私は声をあげた。男はますます笑って歯に力を込める。

「これ。おいひほう。ひょうらい？」

これ美味《おい》しそう。ちょうだい？　彼は小指を咥えたままそう言った。

私の背筋が凍りつく。

「嫌、放してください！」

青年は私の頼みなんてお構いなしに、小指を噛みちぎろうとする。私はたまらず悲鳴をあげた。

手を引っ張っても、彼の力が強すぎてびくともしない。私の目から涙があふれてくる。

このままでは、本当に噛みちぎられてしまう。誰か助けて！

にっこりと微笑んでいた青年の顔が、急に驚きの表情に変わる。

「その娘から離れろ」

鋭い声が聞こえたとたん、青年が私の小指を解放した。

私はかじられた小指をとっさに庇《かば》い、涙を流したまま後ろを振り返る。そこには薔薇《ばら》よりも真っ赤な髪をした辺境伯が立っていた。

「これは私のものだ。私以外、勝手に口にすることは許さん」

辺境伯は眉間《みけん》に皺《しわ》を刻んで、青年を睨《にら》みつけていた。そして自分のものだと主張するかのように、私の肩を引き寄せる。

上等な上着を着た腕と辺境伯の赤い髪に包まれると、私の震えはようやく治まった。噛まれた小指を見てみたら、第二関節近くに歯形がついている。

「なんのつもりだリヨン。この娘に手を出すことは許さんと、伝えておいたはずだが」

「失礼いたしました、閣下《かっか》。彼女の手の温かさと魅惑的な香りに誘われ、つい口に含んでしまいました」

ついい、で小指を噛みちぎられてはたまらない。私は辺境伯の背に隠れ、リヨンと呼ばれた青年の視線から逃れた。しかし、彼はあくまで優しげな微笑を浮かべながら、私を目で追ってくる。その目がやたらギラギラしているのが怖かった。

「可哀想に、すっかり怯《おび》えて」

「お前がそんな目で見るからだ。私の食料に無断で手をつけた罰として、南側の城壁の修理を命じる。城の者の手を借りることなく、日が昇るまでに終わらせろ」

リヨンが不満そうな顔をする。

「お言葉ですが閣下、あの城壁を直すにはかなりの人手が必要です」

「知らん、せいぜい頑張るんだな。そんなにのんびりしていていいのか？　今すぐ手をつけなければ、日が昇るまでに終わらんぞ」

リヨンは口を尖《とが》らせて一礼すると、不満顔のまま去っていった。

「傷を見せてみろ」

辺境伯は、噛まれた小指を見せるよう促した。まだじくじくと痛む指を、私は彼に差し出す。赤い歯型がくっきりとついてはいるが、血は出ていなかった。

「すまなかったな」

「いいえ。閣下《かっか》が来てくださったおかげで助かりました」

辺境伯は申し訳なさそうな顔で私の手を取った。まるで壊れ物を扱うみたいな触れ方をされて、私は落ち着かない気持ちになる。

月明かりの下、真っ赤な花弁が揺れる薔薇《ばら》園で、二人寄り添っているせいだろうか。なんだか胸がドキドキしてきた。男の人なのに、なんて綺麗なんだろうとため息が出てしまう。

「無事でよかった」

辺境伯の睫《まつげ》が伏せられ、私の小指が彼の細い顎《あご》に引き寄せられる。

「閣下、あの、私……」

「小指の肉が無事で本当によかった。ハインリヒによれば、肉の中には繊細な扱いが必要なものがあり、傷をつけたところからどんどん傷《いた》んでいくこともあるそうだ。放っておくと肉全体に腐敗が及んで、食べることができなくなるらしい」

愛《いと》おしそうに私の手に頬擦《ほおず》りする辺境伯に、私は唖然とした。

「お前を食べるときにはひと欠片《かけら》も損なわずに味わいたい。だから、誰にも傷つけさせはしない」

私の手――正確には肉を見つめる辺境伯の瞳は、うっとりとしている。私が今まで感じていた甘くて痺《しび》れるような気持ちはいっぺんに吹き飛んだ。

今にも涎《よだれ》を垂らさんばかりに口元を緩《ゆる》めている彼から、自分の手を取り戻す。さっきまで頼もしく感じていた辺境伯の手が、今は気持ち悪くて仕方がなかった。

「申し訳ありません閣下。もう日が暮れてしまいました。すぐにお食事の用意をいたしますので、私はこれで失礼します」

辺境伯の返事を待たずに、私は駆けだした。

なんだか裏切られた気がして、とても悔しかった。いや、辺境伯に人間的な感情を期待した私が愚かだったのだ。一人でドキドキして、本当に馬鹿みたいだ。

どうやら私はずいぶん長い間倒れていたらしく、すでに城内のあちこちに明かりが灯《とも》り、窓辺を行き来する黒いシルエットが見えた。もうアンデッドたちが起きだして、それぞれの仕事に取りかかっているのだろう。

そのとき、走る私の隣を、何かがすうっと通り過ぎた。よく見ると、影のようなものが庭のあちこちでゆらゆらと揺れている。目を凝《こ》らしてみれば、その影には目鼻がついていた。

私はゾッとした。これは一体何？

「こんなところに一人でいたら危ないよ？」

背後から、柔らかな声がかけられた。ハッとして振り返ると、そこにはリヨンがいた。彼はさっきまで着ていなかったはずの黒いコートを羽織《はお》っている。

「そんなに警戒しなくても、もう何もしないよ。本当は食べたくて仕方ないんだけど、また焼肉ちゃんにかじりついたら閣下が許してくれないだろう」

焼肉ちゃん？　それって、もしかして私のことだろうか。

「……私は焼肉じゃありません」

「焼肉は嫌い？　じゃあフリカッセちゃんにしようか？」

「フリカッセってなんですか？」

「僕の好物。美味《おい》しいんだよ。肉をトロトロになるまでじっくり煮込んであって、ソースがクリーミーでさ」

彼とは話が通じない気がして、私は少し距離を取った。もう油断はしない。

「そんなことより、夜の庭はレイスが多いから気をつけて。彼らは君の肉には興味がないけど、取り憑《つ》いて体を乗っ取ろうとするから」

気づけば、ふわふわと漂《ただよ》っていた黒い影が、私たちの周りに集まってきていた。一定の距離は保っているものの、決して離れようとはしない。

「彼らがレイスなんですね」

ハインリヒから聞いてはいたが、こうして間近で見てみるとちょっぴり気味が悪い。

「そう、彼らは肉体が消滅して魂《たましい》だけの存在になってしまったんだよ。大丈夫、気を強く持っていれば取り憑かれることはない。けど……そんなに怯《おび》えているようじゃ、ちょっと心配だね」

リヨンは足をカタカタと震わせている私を見て笑った。そして、ポケットから銀色のチェーンを取り出す。華奢《きゃしゃ》な作りのそれには、ムーンストーンのような白く透き通る石がついていた。

「これあげるよ。さっき噛んじゃったお詫びに」

リヨンは私の首にそれをかけた。

「お守りだから、いつも身につけているといいよ。レイスたちは、それがあれば取り憑けなくなる。でも、できればあまり怖がらないであげてほしいな。彼らも僕や閣下《かっか》と同じく、元は人間なんだから」

そう言われると、庭に漂うレイスたちがなんだか哀れに思えてきた。

「ありがとうございます。遠慮なく受け取っておきます」

「でも、あんなところで無防備に寝ている君も悪いんだよ？　君は僕らにとって素晴らしく美味しい食べ物なんだってことを、もっと自覚してほしいな」

「それは、すみませんでした。最近疲れていたせいか、薔薇《ばら》の花を見たとたんに、ものすごく眠くなってしまって」

「あぁ、それは僕の魔法のせいだ。僕以外の誰かが薔薇園に近づくと、眠りの魔法が発動するようになっているんだよ。せっかく綺麗に咲かせた薔薇を誰にも荒らされたくないからね」

魔法という言葉を聞いて、私は驚いた。言われてみると、あの暴力的なまでの眠気は普通ではなかった。しかし、この世界には魔法まで存在していたとは……

「あの薔薇園はリヨンさんが？」

「そうだよ。この城の連中は美意識に欠けている。こんな陰気な城なんだから、せめて華やかな薔《ば》薇《ら》でも飾っていないと、気が滅入《めい》ってしょうがないよ」

城のあちこちに飾られている大量の薔薇を、一体どこから調達してくるのかと、いつも不思議に思っていた。なるほど、リヨンがあの広い薔薇園で育て、夜な夜な城中に飾っているらしい。

「それにしても、フリカッセちゃんは本当に肌が綺麗だね。血色もよくて、すごく美味《おい》しそう――」

リヨンがさらりと、とんでもないことを言い始めた。ようやくまともに話ができたと思っていたのに、彼のスイッチは一瞬で切り替わるらしい。

フニフニと頬を指でつつかれそうになって、私はとっさに避けた。

「本当、羨《うらや》ましいなぁ。僕のこの顔色、ぞっとするだろう？　鏡を見るたび憂鬱《ゆううつ》になるよ」

リヨンの肌はあちこち紫色に変色していて、お世辞にも綺麗とはいえない。顔が非常に整っているだけに、傷と顔色の悪さが余計に際立ってグロテスクだ。

「せめて閣下《かっか》やリュシアンくらいの色ならよかったんだけどね」

リヨンに言われて、私は初めて気がついた。辺境伯とリュシアンの肌の色は、リヨンに比べるとかなり人間に近い。

「同じアンデッドでも、色々違うんですね」

「そうだよ。僕はアンデッドになるまで結構時間がかかってしまったからね。だからこんなに腐敗が進んでしまったんだよ。死んだあとすぐアンデッドとして生まれ変われば、人間に近い外見のままでいられる。まぁ長い年月を経れば、だんだん傷《いた》んでくるけどさ」

「そうだったんですか……」

思わぬ形でアンデッドの知識が深まってしまった。私はリヨンの紫色の肌を見つめながら、彼らがもう亡くなっているということを改めて実感する。

「フリカッセちゃん、いいこと教えてあげようか？」

リヨンが優しげな表情を崩し、ニヤリと意地悪く笑った。

「この城には、アンデッドに生まれ変わるまで四十年近くかかった者がいる。そいつは今、どんな姿になっていると思う？」

四十年……途方もない時間だ。私はその人がアンデッドになるまでの四十年間を思って悲しくなった。その間、意識はあったのか、それともなかったのか。そして、アンデッドとして蘇《よみがえ》った自分を見てどう感じたのか……。私には想像もつかない。もちろん、その姿も。

「今からそいつのところへ行くんだ。よかったらフリカッセちゃんも一緒に行こうよ」

リヨンは私の背を押して、さっさと歩きだした。私は気が進まなかったけれど、その人に会ってみたい気持ちもあったので大人しくあとについていく。

リヨンは中庭を抜けて厩舎《きゅうしゃ》の脇を通り、城門の前までやってきた。

しっかり閉じられた城門の前に、黒い人影が見える。

「やぁキャスリーン。君は相変わらず、折れそうなほど華奢《きゃしゃ》だね」

リヨンは人影に向かって軽く手を上げ、気安い口調で話しかけた。

「黙れ。お前と無駄話をする気はない」

「そう邪険にするなよ。今日は本当に用事があって来たんだから」

城門の前にいたのは、鎧《よろい》を身にまとった骸骨《スケルトン》だった。彼女は長い黒髪を風になびかせ、自分の背丈よりも長い槍《ランス》を手にしている。その切っ先をリヨンのほうへ向けて威嚇《いかく》していた。

「リュシアンから通行許可証をもらってきたんだ。確認してくれ」

リヨンが懐《ふところ》から紙を取り出し、掲げてみせた。

キャスリーンは慎重に書類を確かめている。生真面目な性格なのか、それともただリヨンを嫌っているだけなのか。きっとその両方なのだろうなと思った。

「閣下《かっか》の命令で、城壁の修理をしなくちゃいけない。だから人材を集めに城下町へ行くんだ」

「なるほど……今日の書類は本物のようだな」

キャスリーンはしぶしぶといった様子で、リヨンに許可証をつき返した。リヨンはにっこり笑ってそれを受け取る。

私はリヨンの言葉を聞いて首を捻《ひね》った。確か、辺境伯は一人で修理をするように言ったはずだ。

私の疑問を感じ取ったのか、リヨンが意味深なウインクをしてくる。

「閣下は、城の者の手を借りてはいけないと言っていただろう？　つまり、城の外のやつらを駆り出すのは構わないってことだ」

彼の悪知恵に、私は感心しつつも呆れてしまった。リヨンは子どものように得意気な顔をしている。

「して、そちらは？　お嬢さんも、この男と一緒に城門を出ますか？」

突然キャスリーンに話を振られて、私は焦った。骨だけになってしまった彼女の瞳はもう存在しないけれど、好奇の視線を向けられているのを感じる。

私は慌てて首を振った。しかし、ここに来た本当の理由を話すことはできないので、困ってしまう。あなたに興味があったので会いに来ただけです、とはとても言えない。

なんと説明しようかと考えていたら、リヨンが助け舟を出してくれた。

「彼女は僕の見送り。閣下の大切なお客様で、人間のユイさんだ」

「左様でしたか。私は門番のキャスリーンと申します。以後お見知りおきを」

キャスリーンが拳《こぶし》を胸に当てて礼をした。

私も慌てて頭を下げる。

「ご丁寧にありがとうございます。どうぞよろしくお願いします」

私たちのやり取りがおかしかったのか、リヨンが声を殺して背中を震わせている。私だけでなくキャスリーンに対しても失礼なので、私はムッとした。

「このような男に見送りなど必要ありませんが、ご苦労さまです。それではユイさん、もう少しお下がりください。これから跳ね橋を下ろします。大きな振動がくるので、どうぞお気をつけください」

そう言って、キャスリーンは城門の脇にある鎖を操作する。すると、鎖が擦《こす》れる耳障《みみざわ》りな音が響いた。

「それじゃあ行ってきます」

格子状の城門が開き、リヨンが下りたばかりの跳ね橋に向かって歩いていく。彼は一度振り返って、私とキャスリーンに手を振った。

私は一応手を上げたが、キャスリーンは完全に無視を決め込んでいる。

「あの男に関わるのは、あまりお勧めできません。早いうちに縁を切ったほうがよろしいかと思います」

真剣な口調で忠告してくれたキャスリーン。きっと過去にリヨンと何かあったに違いない。

「彼とは今日知り合ったばかりですが、私もそう感じました」

私も真剣な顔で頷いて、キャスリーンに同意した。

3

私はキャスリーンと別れて調理場へ向かった。もうすっかり夜が更《ふ》けてしまっている。きっとハインリヒはとっくに仕事を始めていることだろう。

今日は何を作ろうか。ここでの調理にもだいぶ慣れてきたが、原形を留めたままの肉をさばくのだけはやっぱりできない。どうしても未来の自分と重ねてしまい、息が苦しくなってしまうのだ。

「おはようございます。遅くなってすみません」

調理場の扉を開けると、見慣れた背中が黙々と仕事をしていた。

「ずいぶん遅かったじゃねぇか。何かあったんじゃないかと心配したぞ」

「すみません、ちょっと中庭を散歩してみたら、色々ありまして……。そちらのメニューはなんですか？」

「豆と肉の煮込みと、芋のフライだ」

ハインリヒは一切手を止めずに答えた。

辺境伯は、私が作る食事とハインリヒが作る食事を一度に食べる。そんなに食べて大丈夫なのかと尋ねたら、鼻で笑われた。どうやらそれでも足りないらしい。

満足するまで食べたら、一体どんな量になるのだろう。考えただけでも恐ろしいので、その件にはもう触れないことにした。

ハインリヒは辺境伯だけでなく、この城で働くアンデッドたち全員の食事を作る。といっても、他のアンデッドたちはあまり食事を取らないので、ほとんどは朝方に辺境伯のお腹に収まるらしい。本当に、彼はどれだけ食べれば気が済むのだろう……

私は大鍋をかき回しているハインリヒの隣に立って、鍋の中を覗いてみた。とろみがついた赤いスープに、柔らかく煮込まれた肉が浮かんでいる。他にも野菜や豆などの具がたくさん入っていて、とても美味《おい》しそうだ。

「お芋はこれから揚げるんですよね？　皮むきを手伝いましょうか？」

「いや、ユイは自分の料理に専念してくれ。遅刻してきたから時間がないだろう。今日は何を作るつもりなんだ？」

私はちょっと考えた。ハインリヒのほうは肉と豆と芋を使った料理だ。内容がかぶらないように、こっちは魚料理なんかどうだろう。

「そうですね、今日は鯖《さば》の味噌煮を作ります」

ハインリヒが怪訝《けげん》そうに眉を寄せた。献立《こんだて》を告げると、彼はよくこの顔をする。

「魚を味噌という調味料で煮込む料理です。鯖っていうのは鱗《うろこ》がほとんどない、つるんとした青魚なんですよ。身が柔らかくて、できるだけ脂《あぶら》がのった魚を使いたいです」

「魚は貴重品だから、あまり手に入らない。ユイの思うような魚があるかどうかわからんぞ」

「それじゃあ、別のメニューにしたほうがいいでしょうか？」

「いや、俺もその味噌煮ってやつを見てみたい。魚を選んで来てやるから、俺が戻るまでその鍋をかき混ぜていてくれ」

私におたまを渡し、ハインリヒはいそいそと調理場を出ていった。彼はいつも私の料理に強い興味を示してくれる。

真っ赤なスープをかき混ぜると、色々な香辛料が入り混じったスパイシーな香りが立ちのぼった。鍋から聞こえるクツクツと煮える音も食欲をそそる。

……少し食べてみたいな。

焦げないように底のほうからかき混ぜているうちに、そんな気持ちになってきた。ちょっとだけ。後学のために、ほんのちょっとだけ……

私はスープをスプーンですくって口に運んだ。

「美味《おい》しい！」

赤い見た目からトマトのような味を想像していたが、酸味はほとんどなくて甘みのある味わいだった。柔らかく煮込んだ豆と肉が、口の中でほぐれていく。体も温まるし、何杯でもお代わりしたくなるほど美味しいスープだ。

もうひとさじだけもらおうと思って新しいスプーンを手にした瞬間、戻ってきたハインリヒがものすごい形相で近づいてきて、私の手からスプーンをもぎ取った。

「何やってんだ！」

「ご、ごめんなさい。すごく美味しそうだったので、つい味見してしまいました……」

「このスープには、エルドレアで取れたビリーツの実を使っているんだ。人間が食べすぎると中毒症状を引き起こす！」

私は思わず口を覆《おお》ったが、もう遅い。

「体はなんともないか⁉」

「い、今のところ大丈夫です」

ハインリヒは大きく息を吐き出すと、怒《いか》らせていた肩をストンと落とした。

彼は勝手に味見をしたことを怒ったのではなく、ただ私を心配してくれていただけのようだ。そう思うと、無骨で不器用な彼の優しさが身に染みた。

「すみません。材料のことまで考えていませんでした」

「まぁ、幸い食べた量が少なかったみたいだな」

ハインリヒは、さっき床に放り出してしまった魚を拾い始めた。私も一緒に拾う。普段あまり動じない彼が私のためにひどく取り乱していたことが、とても嬉しかった。

「それで、俺の作った料理の味はどうだった？」

ハインリヒが眉間《みけん》に皺《しわ》を寄せ、ぶっきらぼうに尋ねてくる。

「美味《おい》しかったです。特にスパイスのきかせ方が抜群でした。あの香りを嗅《か》いだら、何杯でもお代わりしたくなりますよ」

「そうか、それはよかったな。嫌々始めた仕事だが、この四百年で俺の腕も少しはマシになったようだ」

彼の言い方に、私は引っかかりを感じた。

「お料理、好きじゃないんですか？」

「俺は元々コックじゃない。まったく違う仕事をしていたんだが、この城で料理ができるやつが俺しかいなかったから、仕方なくな」

「それじゃあ、ハインリヒさんの本当の仕事ってなんだったんですか？」

「……もう忘れちまったよ」

それきりハインリヒは口を閉じた。これ以上話をするつもりはないようだ。

私は聞くのを諦めて、彼が氷室《ひむろ》から選んできてくれた魚を調理台に並べた。注文したとおり、鱗《うろこ》がなくてつるんとした青魚ばかりだ。

中でも特に鯖《さば》に似ている魚を手に取ってみた。少し指でつついてみると、身が引き締まっているのがわかる。

魚の目は、濁《にご》りがなくて潤《うる》んでいる。これなら新鮮で美味しいはずだ。問題は、これを切り身にできるかどうかなのだが……。

私は包丁を握りしめ、エラの下から斜めに包丁を入れた。ぐんにゃりした感触と、硬い骨を断ち切るゴリッという音。まな板に赤い血がじわりと広がったのを見てしまうと、それ以上作業を進めることはできなくなった。私は包丁を手放す。

やっぱり駄目だ。魚ならさばけるかもしれないと思ったけれど、血を見たとたん、眩暈《めまい》がした。

「無理するな。俺が代わりにやってやるから、遠慮せずに言えばいい」

「……ありがとうございます」

情けない。本当に情けなくて涙が出そうだ。

魚を手際よく三枚におろすハインリヒ。私はその手元を見ないように目を逸らした。

「その魚、なんていう名前ですか？」

「マッケル。海で獲れる魚だ。一年中獲れるが、この時期は特に脂《あぶら》がのっているんだ」

「どうして魚は貴重品なんですか？」

「海が遠いからだな。エルドレアは内陸にあるから、魚はすべて他の領地や人間の国から輸入している」

私は調理台の上にのっている他の魚を手に取った。どれもついさっき獲れたみたいに新鮮だ。

「遠い海から来たにしては、すごく鮮度がいいですね。魔法みたい」

「そりゃ、魔法を使って運んでるからな。そこにあるのは今朝獲れたものだ。うちでは転移魔法を使って貿易してるんだよ。知らなかったのか？」

眉間《みけん》に皺《しわ》を寄せるハインリヒを見るのは、これで何度目だろう。私はまたおかしなことを聞いてしまったようだ。

けれど、ハインリヒはそれ以上聞いてこなかった。深いところには決して立ち入らないと決めた彼は、頑《かたく》なにそれを守っている。

「ほれ、三枚におろしてやったぞ。あとは好きにしろ」

「ありがとうございます」

私はお礼を言うと、まずは魚の骨を毛抜きで抜く。

鯖《さば》は臭みを取るために熱湯をかけるのだが、この魚も同じ扱いでいいのだろうか。

少し迷ったが、いつもの手順どおりに調理することにした。

魚の生臭さを消すには生姜《しょうが》も効果的だ。幸い生姜によく似た風味の野菜を見つけたので、それを輪切りにする。

「ジンギルを見つけてきたのか。なるほど、そいつで魚の臭みを消すんだな」

「はい。私の国にもこれにそっくりな野菜があって、鯖の味噌煮には欠かせないんです。私はそれ以外に梅干しも入れるんですけどね」

「ウメボシ？」

ハインリヒが不思議そうな顔をする。

「梅という名前の果物をたくさんの塩で漬け込んだ、すっぱくて塩辛い漬け物です」

「なんだか、あんまり美味《うま》そうじゃねぇな。とにかく、ジンギルなら特別な下ごしらえも必要ないから、ユイ一人でも大丈夫だな」

ハインリヒが言うには、うっかり使い方を間違えると大変な苦労をする食材もあるらしい。長時間水にさらしてから包丁を入れないと涙が止まらなくなる玉ねぎみたいな野菜や、棘《とげ》が鋭すぎて指に刺さる胡瓜《きゅうり》みたいな野菜、一度皮のまま加熱しないと毒が抜けないカボチャみたいな野菜など……

ハインリヒが大きな鍋をワゴンにのせ、それを押しながら私を振り返った。

「俺はこれから閣下《かっか》のところへ料理を運んでくる。本当なら先に行かせてやりたかったが、今日はそっちの用意が遅れたから仕方ない。もう閣下の空腹も限界が近いはずだしな」

ハインリヒに会釈《えしゃく》をして見送ったあと、私はすぐに調理に戻る。

まずフライパンに水と、日本酒代わりのワインをほんの少し入れた。そこに輪切りにしたジンギルを加え、砂糖と醤油を入れてひと煮立ちさせる。最後に味噌を溶かしながら入れれば、煮汁のできあがりだ。

本当ならみりんが欲しいところだが、ないので仕方なく諦めた。

煮汁をひと煮立ちさせてから、熱湯をかけておいた魚の切り身を入れる。このとき魚の皮目に十文字の切れ目を入れておくと、煮崩れしにくくなる。

時々煮汁をかけながら、蓋《ふた》をして十分ほど煮込めば完成だ。

味噌独特の甘い香りが漂《ただよ》ってきて、たちまち口の中に涎《よだれ》が湧いてくる。

味の染み具合を見るため、自分用に作っていた味噌煮を少し味見してみた。脂《あぶら》がのったマッケルの身は簡単にほぐれるほど柔らかく、プルプルの食感に仕上がっている。けれど、鯖《さば》よりやや臭みが強い。

その臭みを消すために、ジンギルの欠片《かけら》をほんの少しだけすりおろし、汁ごとフライパンの中に入れる。そして、さっとひと煮立ちさせてみた。さっきよりも生姜《しょうが》に似た香りが強まり、魚の臭みを上手く消してくれる。

昨夜、辺境伯は味噌マヨをいたく気に入っていたから、きっと味噌の味が嫌いではないはずだ。むしろ私の読みが当たっていれば、今日の勝算は充分にある。


私はできあがった味噌煮を皿に盛りつけ、食堂へ向かった。今日は調理を開始するのが遅くなってしまったので、この一品だけで勝負する。

一瞬、氷室《ひむろ》に入れておいたクレープの存在を思い出したが、鯖の味噌煮とはまるで合わないデザートだ。それに、中庭で辺境伯に肉扱いされたばかりなので、なんとなく彼に食べさせてあげるのは嫌だった。

食堂の扉の前に着くと、入れ違いにハインリヒが出てきた。

「ちょうどこっちの食事が終わったところだ。閣下《かっか》はまだまだ食べ足りなさそうだから安心しな。頑張れよ」

「はい、ありがとうございます」

毎日ここへ通っていても、この瞬間だけはやっぱり慣れない。いつもトレーを持つ手が震え、背中には嫌な汗をかいてしまう。

扉を三回ノックする。返事を待ってから入室すると、今日も辺境伯は食卓につき、数歩離れたところにはリュシアンが控えていた。

「おはようございます、ユイさん」

リュシアンは相変わらず襟を立てたロングコートを羽織《はお》り、口元をスカーフで隠している。

「おはようございます。閣下のお食事をお持ちしました」

「こちらへ運んでください」

リュシアンがそう言いながら、空《から》になったグラスにワインを注《つ》いだ。辺境伯はナプキンを膝の上に広げ、私にちらりと視線をよこす。さっきの出来事などまったく気にしていないようだ。

「いいにおいだな」

辺境伯は本当に食べることが大好きだ。彼の意識のすべては、皿の上の料理へと集中している。

私は音をなるべく立てないよう、辺境伯の前にそっと皿を置いた。

「なんだそれは？」

私の首にかけられているお守りを、辺境伯が目ざとく見つけた。

「さっきリヨンさんからいただきました」

「……リヨンと親しい仲になったのか？」

辺境伯は眉間《みけん》に皺《しわ》を寄せている。もしかすると、彼に無断で贈り物を受け取るべきではなかったのかもしれない。私は叱られるのかと思い、怯《おび》えながら口を開いた。

「いいえ、私に怪我をさせてしまったから、そのお詫びの品だそうです。これをつけていればレイスに取り憑《つ》かれることはないと聞いたので、ありがたく受け取りました。でも、問題があるようならあとでリヨンさんにお返しします」

「ユイはこういう装飾品が好みなのか？」

私は正直に話したのに、辺境伯はますます不機嫌になっている。

「いえ、お守りの効果を期待してつけているだけです。とても綺麗なネックレスだとは思いますが、普段あまり装飾品の類《たぐい》はつけません。仕事の邪魔になりますし、何より失くしてしまうのが怖いので」

これを身につけているのは、あくまでもレイス避《よ》けの効果を期待してのことだ。

「気に入らないな」

辺境伯はぼそりと呟《つぶや》くと、さらに表情を険しくした。もはや私を睨《にら》みつけているといってもいい。

「閣下《かっか》、料理が冷めてしまいますよ」

すっかり震え上がっていた私を救ってくれたのは、リュシアンだった。

料理と聞いて、辺境伯は自分が空腹であることを思い出したらしい。さっきまでの不機嫌が嘘のように、いそいそとフォークとナイフを手に取る。リュシアンがいてくれて、本当に助かった。

「これは？」

「えっと、マッケルの煮込み料理です」

「ふむ、この香りは昨夜食《しょく》したソースにも入っていた味噌というものだな」

香りを確かめるように、辺境伯は皿の中身を覗き込む。たった一度食べただけで味噌の風味を覚えてしまうとはさすがだ。

彼はナイフで魚の身を綺麗にほぐし、それをフォークで口に運ぶ。辺境伯の食べ方は、優雅でありながらも豪快だった。大きな切り身をあっという間に平らげ、フォークとナイフをテーブルに置く。

さぁ、審判のときだ。

「普段、私は肉料理を好んで食べるが、たまには魚もいいものだな。何より、マッケルを煮るという発想が面白い。これは焼いてもなかなか臭みが取れない魚だが、この味噌という調味料が生臭さを完全に消している。むしろ……」

辺境伯はそこで一度言葉を切った。そして皿を持ち上げ、残っていた煮汁を綺麗に飲み干す。

私はその光景を見て唖然とした。

鯖《さば》の味噌煮はご飯のおかずにすることを想定しているので、家で作るときは濃い目の味つけにしていた。今回は単品で出すので、少し薄味にしたつもりだが、それでも煮汁をそのまま飲むのは、どう考えてもしょっぱすぎる。

「スープまで美味《うま》い。見事だ」

ハラハラしながら見守っていると、辺境伯は皿をテーブルに置き、満足げにため息をついた。

「ありがとうございます」

美味いという言葉を聞き、私はほっとして胸を押さえた。今日の試練も無事にクリアできた。

さっそく皿を片づけて下がろうとした私を、辺境伯が「待て」と呼び止める。

「その、なんだ。不自由しているものや、足りないものはないか？」

「足りないものですか？」

なかなか風呂に入れないとか、洗濯が手洗いで面倒だとか、不便なことなら山ほどある。けれど、彼が言っているのはそういうことではないのだろう。

「ユイの作る料理はとても独創的で、予想以上に楽しめている」

「あ、ありがとうございます」

「だから、その、あれだ。何か欲しいものがあれば言いなさい」

辺境伯は落ち着かない様子で、テーブルの上をトントンと指で叩いた。私に話しかけているはずなのに、こちらを見ようともせず、視線は天井の辺りをさまよっている。

私は首を捻《ひね》って、辺境伯の言葉の意味を考えた。

「閣下《かっか》がユイさんの料理の腕に敬意を表して、褒美《ほうび》をくださるそうですよ」

リュシアンが補足してくれたので、私はようやく納得した。

「でしたら、私を食べることを諦めてくださ――」

「それとこれとは話が別だ」

私の一番の望みは、どうやら叶えてもらえないらしい。舌打ちしたくなる衝動を抑えて、欲しいものを考えてみる。

「そうですねぇ。体や髪を洗うための石鹸《せっけん》が欲しいです。今は水洗いしかできないので」

食器や洗濯に使う石鹸はあるが、灰のような細かな粉末で、体や髪を洗うのにはあまり適さない。

「それでは贈りがいがない。他にはないのか？」

私は切実に欲しいと思っているのだけれど、辺境伯はお気に召さなかったようだ。

「ええと、じゃあ服がもう一着欲しいです。料理をしているとどうしても油やソースがはねてしまうので、もう一着あればとても助かります」

「服か。なるほど」

今度の答えは満足のいくものだったらしく、辺境伯は何度も頷いている。

何やら物思いにふけっている彼に、もう下がっていいかとお伺いを立てた。するとお許しが出たので、私はようやく食堂をあとにした。なんだかよくわからないが、私の料理を気に入ってもらえたのは嬉しい。

「お疲れ様です、今日も大変でしたね」

辺境伯の食事が終わったので、リュシアンも給仕を終えて食堂から出てきた。彼は両手に空《から》のワインボトルを二本ずつ持っている。

「はい、無事に終わってほっとしました」

「しかし、あなたも気苦労が絶えませんね。閣下はどうやら、リヨンと張り合うつもりらしいですよ」

「え？　何をですか？」

リュシアンは「それのことです」と言って、私の胸元で光っているネックレスを指差した。

「あなたがリヨンからもらった装飾品を身につけているのを見て、ご自分も贈り物をしたくなったようです。まったく、迷惑な独占欲ですね」

リュシアンは喉の奥で小さな笑い声を立てた。

「どんな服が贈られるのか楽しみです」

「えっ？　私はこのお仕着せをもう一着頼んだつもりなんですけど」

リュシアンはますますおかしそうに目を細め、首を横に振った。

「いいえ。ユイさんは服としか言っていません。どんな服でも、受け取ってあげてくださいね」

意味深な言葉を残して、リュシアンは去っていった。

もしかすると、私は厄介なものをねだってしまったのだろうか。もういっそのことリヨンからの贈り物を返したほうが、面倒なことにならずに済むような気がする。

私はどっと疲れを感じて、のろのろと調理場へ戻った。

4

使用済みの食器や調理器具を片づけてしまうと、私にはもうやることがない。

私は自分の夕食用にとっておいた味噌煮を温め直して、ハインリヒと一緒に少しずつ摘《つ》まんだ。

彼も味噌煮に興味津々《しんしん》で、是非味わってみたいと言いだしたからだ。

「閣下《かっか》はこの味噌ってやつをいたく気に入ったようだな。今日も上手く切り抜けられてよかったじゃないか」

「はい。今日は血を強要されることもなく、すんなり美味《おい》しいと言ってもらえました」

「マッケルは煮込むのにはあまり向かない魚だ。だから煮込むとしても香りの強い香草を使うか、濃い味つけにしてごまかしちまうかのどっちかなんだ。それがこの味噌ってやつで煮ると、臭みが気にならないし、魚の旨みも引き立つ」

ハインリヒは味噌煮を口に放り込み、きゅっと酒を呷《あお》る。

私は彼がほとんど食べ尽くしてしまった味噌煮の皿を両手で持ち上げ、辺境伯の真似をして煮汁を飲んでみた。

「あ、馬鹿。煮汁まで飲み干したらしょっぱいぞ」

ハインリヒが慌てて言う。このしょっぱい煮汁を熱々のご飯にかけたら最高なのに。そう思うと、真っ白いご飯が恋しくなった。

「はぁ……。どこかに温暖湿潤気候の国ってないですか？」

「なんだそりゃ」

ハインリヒはわけがわからないという顔で私を見ている。

「なんでもありません。そうだ、ハインリヒさんにもう一つ食べてもらいたいものがあるんです」

私は昼間のうちに作っておいたクレープを氷室《ひむろ》から持ってきて、ハインリヒの前に置いた。日ごろのお礼の意味もあるけれど、私の作るスイーツがこちらの人たちの口にも合うのか、確かめたかったからだ。

しかし、彼はクレープの紙ナプキンを外して首を横に振った。

「せっかくだが、俺は甘いものは食えないんだよ。悪いな」

「そうですか、残念です」

てっきり喜んでもらえると思っていたので、本当に残念だ。

「あ、でもサリーなら喜んで食うんじゃないか？　前になんでもいいから焼きたての菓子が食いたいって言われたことがあるぞ」

サリーという名前は初めて聞いた。一体どんな人だろう？　ハインリヒに尋ねると、メイドの仕事をしている女性だそうだ。

「これは焼きたてではありませんけど、食べてもらえるでしょうか」

「甘けりゃなんでも食べるんじゃないか？　ちなみに、あいつなら掃除してるか、洗濯してるか、閣下《かっか》の服にアイロン当ててるか、そのどれかだと思うぞ」

アイロン！

私は目を輝かせた。ちょうどアイロンのかけ方を誰かから教わりたいと思っていたのだ。

「閣下の洋服のアイロンがけって、その方が担当してるんですか？」

「日によってリュシアンがやったり他のやつがやったりすることもあるが、大体サリーが担当してるな。あんたとは歳が近いし親しみやすいやつだから、いい友達になれるかもしれないぞ。もし興味があるなら部屋に行ってみな。二階の使用人が住んでるエリアにあいつの部屋がある」

「ありがとうございます！」

私はさっそく、クレープを紙ナプキンで包み直してサリーの部屋を目指した。同年代の――といってもアンデッドになった年齢という意味だろうけど——女の子がいるなんて思いもしなかったので、ドキドキしながら彼女の部屋を訪ねる。

「はーい、開いてますよ。今、手が離せないので勝手に入ってきてください」

ノックをしたら明るい声が聞こえたので、私は「失礼します」と言って扉を開ける。中に入ると、立ったままアイロン台に向かっている少女の姿が目に入った。栗色の長い髪をツインテールにし、焦げ茶の大きな目をぱちくりさせている。

「あれ？　誰ですか？」

小さな口から飛び出した声は、鈴の音《ね》のようだった。まるでビスクドールみたいな可愛らしい少女だが、肌の色は青白いを通り越して紫色をしている。

「初めまして。ユイといいます」

「あぁ、あなたが閣下のお肉ね！」

そんな言われ方をされると悲しくなるが、サリーに悪気はなさそうだ。彼女は人形のように整った顔でにっこりと笑う。

「確かに美味《おい》しそうな血の香りがしますね。それに、なんだか甘いにおいも……」

サリーはうっとりしながら呟《つぶや》いたが、私が恐怖に固まっているのを見て、コホンと咳払いした。

「ところで、私に何かご用ですか？」

ハインリヒが言っていたとおり、彼女はとても人懐《ひとなつ》っこい性格らしい。

「はい。実はサリーさんにお願いがあって来ました。ハインリヒさんから甘い物がお好きだと聞いたので、私の作ったお菓子を試食していただけないかと思って」

私が持参したクレープの包みを見せると、サリーはとたんにキャーと悲鳴をあげた。

「これお菓子ですか？　甘いものですか？　ずーっとお菓子が食べたかったんです！　ハインリヒはお菓子なんて作ってくれないから、久しぶりです！」

サリーは手にしていた四角い鉄の塊《かたまり》を、アイロン台に放り出した。これ、ほったらかしにしたら危ないんじゃ……

「本当に食べていいんですか？」

「はい、是非召し上がって率直な感想を教えてください」

私はサリーにクレープの包みを渡し、そのまま手づかみでどうぞと伝えた。

サリーは小さな口をいっぱいに開き、まだ冷えているクレープにパクリとかじりつく。

「美味しい！」

そう言って目を輝かせるサリー。一口食べたら止まらなくなったようで、二口三口と、どんどん食べ進める。彼女にとって何年ぶりのスイーツなのだろう。こんなに喜んでもらえるとは思わなかった。

「はぁ、幸せです。生地がしっとりしていて、少し果肉を残したジャムは甘みと酸味のバランスがちょうどよくて！　こんなに美味しいお菓子を食べたのは四百年ぶりです」

赤いフラグリアのジャムを口の端につけたまま、サリーは微笑む。

「サリーさんに喜んでもらえて私も嬉しいです」

天使のような笑みにつられて、私も顔が緩《ゆる》んでしまう。

「実は、サリーさんにもう一つお願いがあるんです」

「なんでしょう？　あ、さすがに城から逃がしてあげることは無理ですよ？」

「いいえ、そうではありません。あの、アイロンを使わせてもらえませんか？　閣下《かっか》からハンカチーフをお借りしたんですが、洗ったら皺《しわ》になってしまって」

「なんだ、そんなことですか。もちろんいいですけど、初めから洗濯係に任せちゃえばよかったんじゃないですか？　自分で洗うのは手間でしょう？」

城内には、洗濯物を引き受けてくれるメイドさんがいる。彼女たちに頼むと丁寧にアイロンまでかけて返してくれるのだが、仕上がるまでに二、三日かかってしまう。私はたった二枚しかお仕着せを持っていないので、今まで彼女たちに頼んだことはなく、自分の服は自分で洗って干している。

「閣下がご厚意で貸してくださったものなので、自分で洗って返したかったんです」

そう告げると、サリーは腑《ふ》に落ちないと言いたげな顔をしたものの、快《こころよ》くアイロンを貸してくれた。

「まず、この平らな部分を火にくべて熱します。かなり熱くなるから気をつけて。必ず取っ手の部分を持ってくださいね」

サリーからアイロンがけのレクチャーを受ける。やり方はとても単純で、火にくべて熱した鉄を洗濯物に押し当てるだけだ。あとは頑固な皺《しわ》を伸ばすために、ときおり霧吹きで水をかけるくらい。

作業は単純だけれど、辺境伯のハンカチーフは絹でできているので、焦がさないよう気をつけなくてはいけない。

「うん、初めてにしては上手に仕上がりましたね」

「ありがとうございます。お仕事中だったのに、突然押しかけてすみませんでした」

丁寧にアイロンのかけ方を教えてくれたサリーに、私は頭を下げた。

「いえいえ。私のほうこそ、美味《おい》しいお菓子を食べさせてもらってありがとうございます。もしまた新しいお菓子を作ったときには、是非試食させてくださいね」

二人で顔を合わせて、ふふふと笑う。新しい友達ができてなんだか嬉しい。

もう一度お礼を言ってサリーの部屋から出た私は、さっそく辺境伯の部屋へ向かった。

しかし、辺境伯の部屋には誰もいなかった。私はたまたま近くにいた下男風の男性を捕まえて、辺境伯の居場所を聞く。

「閣下《かっか》はこれからお出かけになるそうだ。戻りは明後日の晩になるらしい」

そう言われてみると、階下が少し騒がしい。私は彼にお礼を言い、急いで玄関ホールへ走った。

そこには、外出用のコートを羽織《はお》った辺境伯がいた。見送りのために集まったのか、メイド姿のアンデッドたちがその脇に並んでいる。大きなトランクを持ったリュシアンが、城の外に待機している馬車に荷物を積んでいた。

息を切らして階段を下りた私に、辺境伯が気づく。

「あぁ、ちょうどいいところに来たな。私はこれから出かけるから、明日の食事は作らなくていいぞ」

「え？　……はい、わかりました」

「できるだけ早く帰るつもりだが、明日中に戻るのは難しいだろう。何かあればリュシアンに判断を仰ぐといい」

辺境伯は足早に歩きだしたが、何かを思い出したように立ち止まる。そしてくるりと踵《きびす》を返してこちらへ歩み寄り、私の肩を掴んで顔を寄せた。

その顔があまりに真剣だったので、私は少し驚く。

「私が不在の間にこの城から出ることは、絶対に許さない。大人しく帰りを待っていなさい」

彼はそう言って、私の肩を掴む手にギリギリと力を込めた。恐らく無意識にやっているのだろうけれど、肩の骨が砕けそうだ。

私がその迫力に押されてこくりと頷くと、辺境伯は表情を和《やわ》らげた。

「いい子だ。私が戻ったら、また食事を作ってくれ」

それだけ言うと、彼は馬車に乗って出かけていった。見送りのメイドたちが一斉に頭を下げたので、私もそれにならう。

馬の蹄《ひづめ》の音がだんだん遠ざかっていく。やがてその音が聞こえなくなった瞬間、メイドたちが顔を上げてため息をついた。

「はぁ……厄介なのがやっと行ったわ」

土気色《つちけいろ》の肌をしたメイドが、エプロンを外しながらいかにも億劫《おっくう》そうに首を回した。

「休みだ休みだ！　思いっきり寝るぞー。もう二度と目覚めないくらい寝てやる！」

「ほんとやってらんないっ。私は掃除するために墓から這《は》い出たわけじゃないっつーの」

メイドたちは愚痴をこぼしながら思い思いの方向へ散っていく。私は呆気に取られたまま彼女たちを見送った。

なんだろう……ダルダルだ。辺境伯がいなくなったとたんに、みんなやる気ゼロになった。

「驚きましたか？　まぁ無理もないでしょう。彼女たちは死人ですから、安らかに眠るのが本望なんですよ。それに、閣下《かっか》は決して慕《した》われてはいません。むしろ、ほとんどの領民に憎まれているといってもいい」

振り向くと、そこにはリュシアンが立っていた。その立ち姿には、相変わらず一分《いちぶ》の隙《すき》もない。

彼やハインリヒが辺境伯のことをよく思っていないのは、なんとなく知っている。しかし、まさか辺境伯が他の領民にまで疎《うと》まれているとは思わなかった。

「悪政を敷いているんですか？」

「いいえ。閣下は私たちにとっては英雄のような存在ですよ」

「だったら、どうして――」

「色々と込み入った事情があるのです」

リュシアンは私から目を逸らし、さっさと階段を上っていってしまう。

私は結局返せなかったハンカチーフをポケットにしまったまま、仕方なく自分の部屋へ戻った。

翌朝、目が覚めた私は、今晩の献立《こんだて》を考えていた。しかし、ベッドの中で寝返りを打ってから、今日は食事を作らなくてもいいことを思い出す。

「今日は何をしようかな」

突然もらった休みをどう過ごそうか悩んでしまう。やらなければいけないことも、やりたいことも、特に思い浮かばなかった。

本当は日本に帰る方法を調べたかったが、この城に図書室はない。辺境伯の部屋には本がたくさんあるけれど、彼の不在時には鍵がかけてあるので入れない。

とりあえず、昨日の昼に洗って干していたメイド服に着替える。部屋を簡単に整えたあと、昨夜汚してしまったエプロンとメイド服を洗濯することにした。

汚れ物を井戸の近くの洗濯場に持っていき、粉の洗剤を振りかけてから洗濯板に押しつけ、ごしごしと洗う。

寒くはないが、冷たい地下水に手を浸《ひた》していると、じわじわと体が冷えてくる。きっと洗濯担当のメイドさんは、この冷えや腰の痛みと毎夜戦っているのだろう。

中腰の姿勢を取り続けていた私は、すっかり痛くなった腰を伸ばすため、立ち上がって伸びをした。すると、分厚《ぶあつ》い雲の間から何かが飛んでくるのが見えた。

それは、空飛ぶ小さな人間に見えた。いや、人間と言い切ってしまうには何かがおかしい。人間なら本来手があるはずの部分に翼があり、それをバサバサと上下しているのだ。

そいつは激しい羽音と共に、私の前に降り立つ。羽が生えた小さな体に、左右にずれてかみ合わない嘴《くちばし》。赤い外套《がいとう》を頭からすっぽりとかぶり、短い足でちょこちょこ歩いている。

その曲がった嘴《くちばし》の間に、何か手紙のようなものを挟んでいるのがチラリと見えた。

アンデッドには見えないが、可愛いのか不気味なのかいまいち判断がつかない。近寄りがたく感じて遠巻きに見ていると、そいつはキョトキョトとよく動く目で私をとらえた。小刻みに首を動かしながら、こちらへ向かってくる。

「よかった、やっと昼間も動いてるやつを見つけた。エルドレア城の者だね？」

そいつは甲高《かんだか》い声で言い、ゲフゲフと笑った。

「ここの連中は、どいつもこいつも夜にならないと動きださない。こっちは夜目《よめ》がきかない身だってのに……。これだから腐った領地のやつらは好きじゃないんだ」

——腐った領地。エルドレアはよその人からはそう呼ばれているのか。確かにここで暮らしているのは死者ばかりだけれど、私はその言い方になぜか腹が立った。

「はい、手紙だ」

そう言って、そいつは咥《くわ》えていた手紙を差し出してくる。

「私に？」

「違う違う、辺境伯宛てだ。脳まで腐ってんじゃないかね、あんた。ほら、確かに渡したよ」

そいつは私の手に手紙を押しつけると、翼を広げて飛び去った。

私はつい受け取ってしまった手紙を見つめた。まるで血を固めたような毒々しい色の封蝋《ふうろう》には、羽の生えたライオンのマークがついている。送り主の家紋だろうか。

私は何気なくその封蝋に触れてみた。すると突然赤い炎が上がり、手紙が燃え始める。私は驚いて手紙を地面に放り投げた。

手紙はメラメラと燃えながら、真っ黒い煙を上げている。私は大いに焦った。

どうしよう、水、水をかけないと火事になる！

洗濯に使っていた水をかけようと、タライを持ち上げた。しかし、煙の中から人影がゆらりと現れたのを見て、目を丸くする。

『やぁ久しぶりだね、エルドレア卿《きょう》。先の戦《いくさ》以来かな？　それはそうと、最近面白いことをしているそうじゃないか――』

髪も瞳も真っ黒な男が、煙の中から笑いかけてくる。辺境伯よりも少し若い男だ。一見、普通の青年に見えるが、薄い唇からチラリと覗いた長い舌が、蛇の舌のように割れていた。

それに男の目をよく見ると、黒目の部分がやたら大きい。私には、それがとても不気味に思えた。

『今度、是非お邪魔させてもらうよ。手土産《てみやげ》を持っていくから、貴殿もてなしの準備をしておいてくれたまえ。それじゃあ』

男が話し終えると、手紙はあっという間に炎に呑み込まれた。

モクモクと立ちのぼっていた黒い煙が細くなるころには、完全に鎮火していた。不思議なことに、地面には煤《すす》すらも残っていない。

これはまずい。辺境伯宛ての手紙を勝手に見てしまった上に、その手紙が燃えてなくなってしまった。

私は呆然とする。手の平にじわりと嫌な汗が滲《にじ》んだ。

辺境伯に知られたら、一体どんなペナルティを課されるかわからない。最悪、罰として食べられてしまうかもしれない。

嬉々として私を調理台にのせる辺境伯の姿が目に浮かび、一気に血の気が引いた。

誰かに相談しようにも、今は真っ昼間だ。おまけに今日は辺境伯が不在だからか、普段から静かで不気味な城が輪をかけたように静まり返っている。

結局、私は手紙のことを誰にも相談できないまま、洗濯を終えて自室に戻った。

薔薇《ばら》薔薇《ばら》×バラバラ

1

私は朝の大失敗を少しでも取り戻そうと、昼間はずっと城の掃除をしていた。しかし、エルドレア城は広い。私が一人で頑張ったところで、すべてを綺麗に磨《みが》き上げることは難しかった。目に見える成果を上げることもできないまま、夕方になってしまう。

あぁ、胃がキリキリと痛む。辺境伯に会うのが怖い……

いつものように調理場へ向かっていると、薄暗い廊下に人影があった。

「おはようフリカッセちゃん、今日もいい夜だね」

声をかけてきたのは、両腕いっぱいに薔薇の花を抱えたリヨンだった。

「リヨンさん、いい加減に私の名前を覚えてください」

「フリカッセちゃんって、可愛くて美味《おい》しそうな呼び名だと思わない？　君によく似合うよ」

本当の名前よりも長い呼び名なんて、言いにくいだけではないだろうか。私は呆れてため息をつく。一方のリヨンは薔薇にも負けないほど艶《あで》やかな微笑みを浮かべている。彼の顔に走る縫い目が、少し引きつれていた。

「今日も薔薇《ばら》が綺麗に咲いたよ。フリカッセちゃんにも一輪あげようか？」

「いいえ、これから仕事ですから」

辺境伯は今日中には戻れないと言っていた。しかし、予定がくり上がる可能性もある。だから、一応食事の準備だけはしておきたかった。それに、ハインリヒは今日も城のアンデッドたちの食事を作るだろうから、彼の手伝いもしたい。

「毎日大変だねぇ。でも、閣下《かっか》はまだ戻っていないよ」

「知っています。今日はお戻りにならないと聞きましたが、一応作っておこうと思って」

「食べ物のことしか考えていないように見えるけど、あれで結構忙しい人なんだよ。明日も帰ってこられるかどうか……」

「そうですか。じゃあ、閣下の食事を作っても無駄になってしまうかもしれませんね。どうせ作るなら、日持ちするメニューにしようかな――」

今日のメニューを考え始めた私を、リヨンは少し気の毒そうな顔で見た。

「閣下のことなんて放っておけばいいんだよ」

「そうもいきません」

「フリカッセちゃんは真面目だねぇ」

あなたと違ってね、とはさすがに言えず、私は曖昧《あいまい》に笑っておいた。リヨンにかじられた小指には、まだうっすら歯形が残っている。下手なことを言って、またかじられてはたまらない。

辺境伯に限らず、私のことを食欲丸出しの目つきで見る者は多い。アンデッドが人間を食べたくなるのは本能らしいので、私がここでは食料扱いされるのも当然かもしれないが。

「そういえば、城内で働く皆さんは普段あまり食事をしませんけど、食べなくても大丈夫なんですか？」

「そりゃ、僕らはもう死んでるからね。食べたってそれが血肉になるわけじゃないし」

「じゃあ、どうして人間だけは食べたがるんですか？」

私のことを肉扱いする者の一人であるリヨンに、抗議するように言う。

「美味《おい》しそうだと思ってしまうんだから、仕方がないだろう？　それと、これは僕個人の見解だけど、人間を食べると人間に戻れるような気がするから……かな」

「人間に戻る？」

「そう。僕らには人間だったときの記憶がちゃんとある。その記憶があるからこそ、やっぱり人間に戻りたいって思うんだ。そして人間を身の内に取り込めば、元の自分に戻れるかもしれないって錯覚してしまうんだよ。気のせいだってわかってるんだけどね。そこへフリカッセちゃんがふらふらとやってきたもんだから、その柔らかい肉にかじりつきたい衝動を抑えるのが大変だよ」

「……ずっと抑え込んでいてください」

プルプルと震える私を見て、リヨンは面白そうに微笑む。

「でも、お腹が空《す》いて今にも死にそうなとき、目の前にフリカッセちゃんの好物があったらどうする？」

そう言われて、私は想像してみた。私の好物はフライドチキンとたこ焼きだ。それが目の前にあったら、もちろんかじりつくに決まっている。死にそうなほどお腹が減っているなら、なおさらだ。

「つまり、そういうことなんだよ」

私の心を読んだのか、リヨンがしたり顔で頷いた。

なるほど。どうやら私は彼らにはフライドチキンに見えているらしい。それも自分が食べられないよう、必死になって料理を作るフライドチキンだ。想像すると、なかなかシュールだなぁ。料理なんてしなくていいから、早くお皿の上にのっちゃいなよって言いたくなってしまう。

「だから、もしも閣下《かっか》がフリカッセちゃんを食べることになったら、僕にも一口くらい食べさせてほしいんだ」

「それは、私からはなんとも……。閣下と相談してください」

食べられる気なんてこれっぽっちもないが、私にはそう答えることしかできなかった。なぜなら、リヨンは夢見る少女のように瞳をキラキラさせているのだ。

「僕は頬肉がいいなあ。だって、こんなにふっくらしていて美味《おい》しそうな部位、他にはないと思うんだ。閣下みたいに早食いなんて下品なことはしないで、じっくり時間をかけて味わってあげるよ」

リヨンは私の頬をじっと見つめている。今にもペンで「予約済み」と書かれそうだ。早く話を逸らさなければ。

「あの、お城で働いている方々は、閣下のことをあまりよく思っていないようですね」

私は昨夜のリュシアンの言葉を思い出し、そう尋ねてみた。

「そりゃあ、よく思ってるわけがないよ。みんな閣下には少なからず恨みがあるからね」

「どんな恨みですか？」

なんとなく聞くのが怖くて、私は恐る恐る尋ねた。しかし、リヨンは人差し指を口元に当て、芝居がかった仕草で「内緒」としか言わなかった。

そして手に持っていた薔薇《ばら》の花を、機嫌よさそうに花瓶に活《い》け始める。鼻歌まで歌っているが、その目の奥には暗い炎が燃えている気がした。

リヨンは薔薇の花を毎晩欠かさず城に飾っている。彼はこの陰鬱《いんうつ》な城を少しでも華やかにしたいと言っていたけれど、違う理由もあるのだと私は知っている。

彼は自分たちの体から出る死臭をごまかすために、こうして毎晩新しい薔薇をあちこちに飾っているのだ。その証拠に、彼はときおり自分の腕を鼻先へ近づけ体臭を確かめている。

自分だけでなく、この城で暮らすすべてのアンデッドたちが己《おのれ》の死臭を感じなくてすむようにという、彼なりの配慮でもあるのかもしれない。

そう考えると、軽薄そうに見える笑顔も少し切なく感じられた。

「そんなに見つめないでくれる？　まさか僕に惚れちゃった？」

「いえ、全然。仕事があるのでそろそろ失礼します」

「あぁ、ちょっと待って」

リヨンが私の袖を掴んで引き留めた。

「これ、やっぱりあげるよ」

彼は赤い薔薇《ばら》を一輪、私の胸ポケットに挿《さ》す。

「うん、このほうがずっと綺麗だ」

「え？」

綺麗だなんて言われたのは初めてなので、私は不覚にも頬を染めてしまった。

「ますます美味《おい》しそうに見えるよ。やっぱり赤は食欲を誘う色だね」

「……ありがとうございます」

一気にテンションが下がる。ちょっとドキドキした自分が心底情けなかった。

「そうだ。せっかくだから、今夜は僕とお出かけしない？」

「お出かけですか？」

私は無意識に嫌そうな顔をしてしまったらしく、リヨンが苦笑する。

「そう。ここに来てからフリカッセちゃん、ずっと軟禁状態でしょう？　たまには息抜きをしようよ」

「でも、私は外に出ることを許されていません。それに――」

あなたが一緒だと面倒くさいことになりそうです……とは言えず、どうやって断ろうかと考える。

するとリヨンは何もかも心得ているという顔で、そっと耳打ちしてきた。

「もちろん、見つからないようにこっそり抜け出すんだよ。フリカッセちゃんが行ってみたいと思っている場所があれば、連れていってあげる」

「本当ですか!?」

私はつい身を乗り出してしまった。

行ってみたい場所はある。城下町を見てみたいとも思っているが、それよりもっと大事な場所だ。エルドレアに来てから、私はずっと考えていた。もう一度、あの始まりの場所に行ったら、どうなるのかということを。

もしかすると、あの場所には特別な力が備わっているのではないだろうか。あそこへもう一度行けば、私をエルドレアに飛ばした力が逆に働き、日本へ帰ることができるかもしれない。

確かめてみる価値はあると思う。だから私は、何かを企んでいるかもしれないリヨンの誘いに、素直に頷いてしまった。

「それじゃあ、出かける用意をしておいで」

リヨンが縫い目だらけの綺麗な顔で、にっこり微笑んだ。

「お待たせしました。準備に時間がかかってしまって……」

私は初めてエルドレアに来たときと同じ、ジーパンに薄手のカットソーという服装で待ち合わせ場所にやって来た。

リヨンとの待ち合わせ場所は厩舎《きゅうしゃ》の前だ。厩舎の中には骨だけの馬や、巨大なダチョウみたいな鳥がいる。

リヨンはそのダチョウのような鳥の背に、一人用の鞍《くら》をつけているところだった。ここでは鳥も馬扱いされるらしい。

「なかなか面白い格好だね」

ラフな服装の私に、リヨンは興味深そうな目を向けてきた。

この世界では、女性はスカートを穿《は》くのが当たり前で、ズボンを穿くことはほとんどないらしい。もし穿くとすれば、騎士や戦士といった特別な職業の人たちだけなのだそうだ。

私がこの格好を選んだのには、わけがある。この城には馬車が一台しかなく、それを辺境伯が使っている今、馬車での移動は無理だ。つまり、馬の背に直接乗らなくてはならない。私はそれを見越してジーパンを穿いてきたのだ。

「あれ？　僕があげた薔薇《ばら》はどうしたの？」

私の服装を物珍しそうに見ていたリヨンが、急に首を傾げた。

「きちんと花瓶に挿《さ》して、部屋に置いてきました」

「せっかくお揃いだったのに」

残念そうに口を尖《とが》らせるリヨンの胸元には、数本の薔薇が飾られている。リヨンの育てる薔薇は香りが強いので、こうしておくだけで簡易的な芳香剤になるのだろう。

「まぁいいか。じゃあ、そろそろ出かけよう。あんまりグズグズしていると、誰かに見られるかもしれないからね」

リヨンは背後に置いてあった巨大な布袋を手に取り、私の鼻先に突きつけた。

「さぁ、これに入って」

「え？」

私は袋とリヨンの顔を交互に見る。リヨンの顔は真剣なので、どうやら冗談ではないらしい。

「え？　じゃないよ。フリカッセちゃんを連れたまま城門に行ったって、通してもらえるわけがないでしょう」

「それは、そうですけど……」

理屈はわかるが、それにしても扱いが雑ではないだろうか？

「ほら、早く早く」

いつまでも動かない私の腕を引っ張り、リヨンは強引に袋の中へ押し込めた。

「ちょっと、そんなに強く押し込めないでください。苦しいです！」

私の体がすべて袋の中に入ったのを確認すると、リヨンは袋の口を縄できつく縛る。

「じっとしていてね。何があっても、悲鳴をあげたり震えたりしちゃ駄目だよ」

「……それは、悲鳴をあげるようなことが、これから起きるということですか？」

その問いかけには、笑い声しか返ってこなかった。……ものすごく不安だ。

リヨンは私の入った袋を担ぐと、馬の背にくくりつける。

「このままじゃ苦しいだろうから、穴を開けておいてあげるよ」

そう言って、袋の端に小さな切れ目を入れてくれた。その穴から外の様子が窺《うかが》える。

リヨンの合図と共に、ダチョウのような鳥が、ゆっくりと歩きだした。馬と違って二本足だからか、揺れ方が半端じゃない。これじゃ、目的地に着く前に酔ってしまいそうだ。

城の周りには、底が見えないほど深い堀がある。外敵の侵入を防ぐと同時に、捕まえた人間が城から逃げ出すのを防ぐ役目もあるのかもしれない。

跳ね橋を操作するのは誰でもできるが、そこには地獄の門番のようなキャスリーンが常駐している。彼女の審査を通らなければ外出は絶対に不可能だ。

「止まれ」

案の定、鋭い声が飛んできて、鳥の歩みが止まる。袋の穴からそっと外の様子を窺うと、キャスリーンが跳ね橋の前で仁王立ちしていた。

風になびく黒髪、鎧《よろい》に包まれたスレンダーな体。自分の身長の倍近いランスを掲げている姿は、凛々《りり》しくて格好いい。生きていたときの彼女は、きっとキリリとした美人だったことだろう。

「閣下《かっか》から外出の許可は得ているのか？」

キャスリーンはリヨンに向かって声を張り上げる。

「リュシアンからちゃんともらっているよ。はい、開門許可証」

リヨンが懐《ふところ》から許可証を取り出して、キャスリーンに渡した。彼女はすでに失ってしまったはずの眼球でそれを丹念に検分している。

「よろしい。この積み荷はなんだ？」

「あぁ、これは小麦だよ。間違って粒のまま納品された小麦を、粉挽《こなひ》き所で挽いてきてくれって頼まれたのさ」

しばし無言になるキャスリーン。納得していないのだろうか。

「疑り深いな。これだからハラル出身の女性はお固いって言われるんだよ」

「クルセスの男が軽薄なのだ」

「……わかったよ。これで文句ないだろう？」

リヨンは腰のナイフを引き抜いて、私が入っている袋に突き立てた。私はびくりと反応してしまう。次いで布を切り裂く音がしたので、悲鳴をあげそうになった私は口を手で塞《ふさ》いだ。

「ね、中身は小麦だろう？」

サラサラと何かがこぼれ落ちる音と、得意げなリヨンの声がする。キャスリーンは低く唸った。

「……通ってよし」

鎖が擦《こす》れる音と共に、跳ね橋がゆっくりと下りてくる。その上をリヨンは悠々と渡った。跳ね橋を渡りきると、鳥は速度を上げて走りだす。

ついにやった！　城の外へ出られた！

真面目なキャスリーンを騙《だま》してしまったと思うと申し訳ない気持ちになるが、今は外に出られた喜びのほうが大きい。

「リヨンさん。もう袋から出てもいいですか？」

「しっ！　もう少しだけ辛抱して。彼女がまだこっちを見ている」

鳥の軽快な足音を聞きながら、私は袋の中で大人しく丸まっていた。鳥の背は荒れた海に浮かぶ小船のように揺れたが、私はひたすら耐える。

やがて結ばれていた袋の紐が解かれ、上からリヨンが顔を覗かせた。

「お待たせ。よく我慢したね」

そう言って微笑むリヨンが、天使みたいに見える。もっとも、この事態を引き起こした張本人なわけだが……

「はぁ、死ぬかと思いました」

こわばった体をバキバキと鳴らしながら、私は袋から出た。腰が痛いし、吐き気もしていてふらふらだ。

「さっきはよくも驚かせてくれましたね。心臓が止まりそうでしたよ」

憤《いきどお》る私に、リヨンはナイフで切り裂かれた袋を掲げてみせた。

「あぁ、ごめんね。この袋は二重底にしてあって、間に小麦を仕込んでいたんだよ。フリカッセちゃんが隠れているのをキャスリーンに知られないためには、ああするしかないと思ったからね」

まったく悪びれずにリヨンは謝った。むしろ、私が悲鳴を我慢しているのを想像して楽しんでいたのだろう。本当に悪趣味だ。

「せめて事前に教えてくれればよかったのに。危うく悲鳴をあげるところでした」

「それは悪かったね。帰りもあの手でいくから覚悟してて」

リヨンはそう言うと、袋を丁寧に畳んで鳥の背に縛りつけた。

「さて、この先へ進む前にちょっと準備をしなくちゃ。目をつぶっていてくれる？」

「なんですか急に」

私は警戒して身を引いたが、リヨンは構わずにじり寄ってくる。

「いいから目を閉じて。悪いようにはしないから」

素直に従うのは不安だけれど、彼は頑《がん》として譲らないので、私はしぶしぶ目を閉じた。

リヨンは私の頬に手を当て、何か冷たいものを塗りたくる。

「冷たっ！　何するんですか⁉」

「あ、動いたら駄目だよ。泥を塗って血色のいい肌を隠してるんだから」

「泥？」

目を開けてみると、リヨンの手には巨大な泥の塊《かたまり》が握られていた。彼はそれを私の顔だけでなく、手にも塗りつけ始める。

「こうしておかないと、城外のアンデッドに出くわしたときに、フリカッセちゃんが人間だとバレちゃうからね。このすべすべな肌、憎らしいな。僕だって生きてるころは、この百倍綺麗な肌をしてたのに」

口を尖《とが》らせて泥を塗り込むリヨンは悔しそうで、ほんの少し寂しそうに見える。この顔で私の百倍肌が綺麗だったら、さぞかしモテたことだろう。

肌の美しさに嫉妬したり、薔薇《ばら》の花が好きだったりするので、私の中でリヨンはどちらかというと女性的なイメージのほうが強い。

「もしかしてリヨンさんって、男の人が好きなんですか？」

リヨンの手がピタリと止まり、綺麗な顔がみるみる引きつっていく。

「どうして、そんなとんでもない勘違いができるんだ？　僕は僕が好きなだけだ。男なんて冗談じゃない」

「……それは、とんだ失礼を」

実に不毛な嗜好《しこう》だと思うのだが、口には出さないでおいた。

「そういえば、ここはどこですか？　ずいぶん静かなところですね」

私は目を凝《こ》らして辺りを見回した。月と星のわずかな明かりに照らされているのは、長く続く一本道だ。動物の鳴き声一つ聞こえず、静かというより気味が悪い。

「君をずっと袋の中に入れておくのは可哀想だから、とりあえず人気《ひとけ》のない場所で出してあげようと思ったんだ」

私は目の前に伸びる一本道を指差す。

「この道をまっすぐ行くと、何があるんですか？」

「墓地だよ」

そっけなく答えるリヨンだが、その表情はどこか暗い。

「墓地？」

死んでもなお活動することができるアンデッドを、誰がわざわざ埋葬《まいそう》するのだろうか。それとも、昼間は土の下で眠っている死者が、夜になると這《は》い出てくるとか？

そんな私の疑問を察したらしいリヨンが、おどけたように肩を竦《すく》めた。

「動く死体には、お似合いの場所だろう？　でも、あいにくここから先は、辺境伯以外立ち入り禁止なんだ」

「どうしてですか？」

首を傾げた私を、リヨンが悲しそうな目で見た。生ぬるい風が、私たちの髪を乱して通り過ぎる。

「……フリカッセちゃんは、どこの国の生まれ？」

「え？」

突然の質問に、私はぽかんと口を開けた。

「自分のご先祖様かもしれない人たちの哀れな末路なんて、わざわざ目にしたくはないだろう？知らないほうがいいこともあるんだよ」

意味はわからないけれど、なんとなくそれ以上聞いてはいけないような気がして、私は口を噤《つぐ》んだ。

「女の子なら、もっとロマンチックな話のほうが興味あるんじゃないかい？」

泥を塗るリヨンの手が私の唇に触れた。薄い皮膚をそっとなぞるように泥を伸ばしていく。

「そこが墓地になる前にね、愛する男を守ろうとして亡くなった魔物の姫がいたんだよ。アリーヤとルイスの伝説は有名だろ？」

私はまた首を傾げた。こちらの世界では有名な伝説なのかもしれないけれど、違う世界から来た私にはさっぱりわからない。

「え、知らないの？　まいったね。最近の若い子はなんにも知らないんだなぁ」

リヨンはひどく落胆した様子だった。

「城に帰ったら、アリーヤとルイスの伝説が書かれた本を貸してあげるよ。色々な解釈があるけど、その本では綺麗な悲恋として書かれているから、退屈なときに読んでごらん。さ、これでできあがり」

そう言うと、リヨンは手についた泥をハンカチで拭《ぬぐ》った。

私は泥が塗られた自分の手をしげしげと見つめる。鏡がないので顔の状態を確かめることはできないが、露出している部分をほとんど泥で覆《おお》われると、なんだか息苦しく感じた。皮膚呼吸というのは、意外に大事なのかもしれない。

「ありがとうございます。でも、これ変じゃないですか？」

一応女の子なので、顔の仕上がりがとっても気になる。

「もちろん変に決まっているさ。でも、このぐらいしないと城下町のやつらに不審に思われてしまうよ。生きた人間だとバレて、襲われたくはないだろう？」

私は飢えたゾンビに取り囲まれるのを想像した。……恐ろしすぎる。

「……そうですね」

顔を両手で触ってみると、乾いた泥がパリパリと音を立てた。あまり擦《こす》ると剥《は》がれてしまうかもしれないから、気をつけよう。

「それじゃ、そろそろ行こうか」

リヨンに促され、私は四苦八苦しながら鳥の背に跨《また》がる。鳥の呼吸に合わせて上下する背中は、思っていたよりも高い。

リヨンがひらりと鳥に飛び乗り、私の後ろに座った。その軽々とした身のこなしに私は驚く。彼は鐙《あぶみ》に足をかけることなく、自分の跳躍力だけで鳥の背に乗ったのだ。

「二人で座ると、さすがにちょっと狭いね」

一人用の鞍《くら》に無理やり二人乗りしているので、かなり窮屈《きゅうくつ》だ。背中にリヨンの胸が当たっているが、温かさを感じないので、硬めのクッションに背中を預けているような心地がする。

羽にしがみつく私と、それを抱え込む感じで支えるリヨン。そんな二人を乗せて、鳥は月明かりだけの暗い夜道をひた走る。

「私が行きたい場所なんですが、実はよくわからないんですよ。この辺りに麦畑はありますか？　毛の長い大型動物を放牧している牧場の近くなんですけど」

「それってボスタウルのこと？　毛が長い牛みたいな動物でしょ？」

「名前はわかりませんけど、そんな動物でした」

私が頷くと、苦笑するリヨンの息が耳にかかった。

「フリカッセちゃんと話していると、自分がすごく変なことを言っているような気がするよ」

どういう意味だろう？

私が首を傾げたら、リヨンは笑い声をあげた。

「君がものを知らなすぎて、話が噛み合わないってこと。ところで、そんな場所になんの用があるの？」

「秘密です」

もしかしたら元の世界に帰れるかもしれないし、何も起こらないかもしれない。ただ、そこに行けば自分の気持ちに一区切りつけられることだけは確かだ。

街灯のない夜道は真っ暗で、私にはほとんど何も見えない。しかし、リヨンには周りの景色がちゃんと見えているらしく、分かれ道があると、どちらに進もうかと聞いてくる。そのたびに、私は勘で答えた。

だから、その場所にたどり着けたのは、奇跡と言ってもいいかもしれない。どこを見ても同じような景色だが、とある道を進んでいたら、その道を通ったことがある気がしたのだ。

それは道の先にあった草むらを覗き込んだとき、確信に変わった。なぜなら、そこに小さなドレッシングのボトルが落ちていたからだ。

よく見ればドレッシングのボトルは割れて、中身が漏れ出している。

「本当に、こんなところになんの用があるの?」

麦畑しかない場所に連れてこられたリヨンは不思議そうにしている。上手く説明できなかったので、私は無言で肩を竦《すく》めてみせた。

改めて辺りを見回しても、本当に何もない場所だった。

私は頼りない足取りで歩き回る。エルドレアに来てから初めて見た景色は、今は闇に塗りつぶされていた。

やがて、ある場所で立ち止まる。あのとき、私は確かここに立っていたはず。

しかし……何も起こらない。

私は立つ位置を何度も変えてみた。空を見上げたり、土を掘ってみたりもした。けれど、私の体が光ることはなかったし、突然開いた穴に落ちることもなかった。

「ねぇ、何をしているのか僕にはさっぱりわからないけど、そろそろ戻ろう」

私の奇妙な行動を黙って見守っていたリヨンが、とうとう痺《しび》れを切らしたようだ。

私は残念な気持ちになったが、彼の言葉に従うことにした。

「すみません。もう満足しましたから、帰りましょう」

また暗く陰気な城へ戻るのだ。あそこは私の家ではないのに、あの城以外に「帰りましょう」と言える場所がない。そう思うと辛くなった。

「どうしたの、泣いてるの？」

鳥の背に揺られながら、リヨンがそっと顔を覗き込んできた。

「……なんでもありません」

震える私の肩に、リヨンが体温の感じられない手をのせた。彼は途中で町に寄って小麦粉の袋を手に入れる。その間も私はずっと泣いていたけれど、リヨンは見ないふりをしてくれた。

2

夜がだいぶ更《ふ》けたころ、私たちはようやく城に戻ってきた。跳ね橋を渡り、キャスリーンの地獄の検問を通過したとき、予想外の事態が起こる。

袋の中に隠れていた私の耳に、辺境伯の声が聞こえてきたのだ。どうやら、彼は用事を済ませて城に戻っていたらしい。

私は冷や汗を流しながらも、袋の中で息を殺した。

今、辺境伯に見つかるわけにはいかない。絶対に切り抜けなければ。

そんな必死の願いも空《むな》しく、私が隠れている袋が強い力で持ち上げられた。きつく結ばれていた口を解かれた瞬間、目に飛び込んできたのは、怒りに満ちた辺境伯の顔だった。

「ユイ、これはどういうことだ？」

子猫のように襟首《えりくび》を掴まれ、袋の中から引きずり出される。

「す、すみません」

私は素直に謝った。一方的な取り決めとはいえ、禁止事項を破ってしまったのだ。それに今の辺境伯に、適当な言い訳が通るとは思えない。

「城の外へ連れ出してほしいと、お前からリヨンに頼んだのか？」

「え、えーと……」

誘ったのはリヨンのほうだが、私もそれに飛びついてしまったので、何も言えなくなる。辺境伯は目を吊り上げ、怒りの矛先《ほこさき》をリヨンに向けた。

「なぜこの娘を連れ出した？　外へ出してはならないと言ったはずだぞ」

「申し訳ありませんでした。ですが閣下《かっか》、僕は物覚えがあまりよくないんです。何しろ、体が半分腐りかけているものですから」

リヨンは悪びれる様子もなく、馬鹿丁寧に頭を下げた。これでは火に油を注いでいるようなものだ。

私はハラハラしながら二人の様子を見守った。

突然、辺境伯がコートの裾を翻《ひるがえ》し、目にも留まらぬ速さでリヨンの首を掴んだ。そのまま腕一本でリヨンを持ち上げる。

リヨンはまったく抵抗しなかった。苦しそうな様子もなく、いつもの淡い笑みを浮かべている。

「では、その軽い頭に叩き込んでおけ。今度この娘を連れ出したら、永遠に首と胴体が離れたままになるということを」

辺境伯が手に力を込めると、なんとリヨンの頭が胴体から離れて地面を転がった。

しかし、それだけでは収まらなかった。辺境伯はリヨンの両腕を力任せに引きちぎり、バランスを失ってゆっくりと倒れる彼の胴体を、手刀で二つに裂いたのだ。

その間、私はただ立ち尽くしていた。ふと気づくと、足元にリヨンの頭がコロコロと転がっている。その顔を恐る恐る覗き込んだら、リヨンがぱちりと目を開けた。

「リ、リ、リヨンさん……？」

慌てて手を伸ばすと、彼はばつが悪そうに苦笑した。

「参ったな。またバラバラにされちゃったよ」

「く、首が……。それに腕も……」

何が起こったのか理解できなくて、私は混乱する。

「大丈夫。僕はこんな扱いに慣れているから、落ち着いて」

リヨンはなんでもないことのように笑っているが、二本の腕や半分に裂かれた胴体が、頭部を求めて地面を這《は》い回っている。

「あのー、閣下《かっか》。僕、これ以上縫い目が増えるのは困るんですが」

「知らんな。むしろ男っぷりが上がっていいだろう」

辺境伯は口の端を吊り上げ、人の悪い笑みを浮かべた。彼はズボンのポケットからハンカチを取り出して手を拭《ぬぐ》うと、私のほうへ向き直る。そして私を見据えたまま無言で近づいてきた。

私は逃げることもできずに、涙目で震える。

もしも土下座で許されるなら、全力で地面に頭を擦《こす》りつけます。だから、どうか食べないでください！

心の中ではそんな風に謝っているのに、口が凍りついたようになって上手く喋《しゃべ》れなかった。

「わ、私……」

「ずいぶん汚れているな。お前に少し話がある。身なりを整えたら私の部屋に来なさい。……リュシアン、それを片づけておけ」

辺境伯は不機嫌そうに告げると、城の中へ入っていった。彼の背後に控えていたリュシアンが、バラバラになったリヨンの体をてきぱきと拾い集める。

恐怖のあまり、私の足はガクガクと震えていた。

どうして私は怒られなかったのだろう？　もしかして、辺境伯の部屋でお説教されるのだろうか？　……怖い。けれど、従うしかない。

「お咎《とが》めなしってわけにはいかないと思うから、気を抜かないほうがいいよ」

まだ足元に転がったままのリヨンの頭部が言った。

「……ごめんなさい。私のせいでこんなことになってしまって」

私は恐る恐るリヨンの頭を持ち上げた。見た目どおり柔らかい髪の感触と、予想外にずっしりとした頭部の重さを感じて、なんとも申し訳ない気持ちになる。

「いいんだ、誘ったのは僕のほうだから。閣下《かっか》に見つかったのは運が悪かっただけさ」

口ではそう言いながらも、リヨンは大きなため息をついた。

あと数時間で夜が明けてしまう。もし他のアンデッドが彼の体を修復するとしても、朝までに終わるとは思えない。リヨンが明日の夜までこの格好のまま過ごすとしたら、あまりに不憫《ふびん》だ。

「私が閣下のお説教を受けても無事でいられたら、何かお手伝いさせてください。そのままじゃ、身の回りのことができないでしょ？」

「それは嬉しいね！　じゃ、そのついでに――」

リヨンが言い終わる前に、リュシアンの手が伸びてきた。そしてリヨンの髪を鷲掴《わしづか》みにして持ち上げる。

「これは部屋に放り込んでおけばいいのです。それに、この場の始末は私の仕事ですから、どうぞご心配なく。ユイさんはお支度をして、早く閣下のお部屋へ」

そう言うと、リュシアンはバラバラになったリヨンの体を引きずってどこかへ行く。二人が言い争う声が聞こえてきたが、私は心の中でリヨンに謝りながら井戸へ向かった。

井戸で顔と手の汚れを落としてから、自分の部屋へ向かう。

衝撃的なことが立て続けに起こったせいか、体がやたら重たく感じた。私、このあとどうなってしまうのだろう。

自分の部屋の扉を開くと、中でサリーが待っていた。何やら大きな箱を抱えている。

これまで彼女がこの部屋に来たことは一度もなかったので、私はとても驚いた。

「サリーさん、こんな時間にどうしたんですか？　何かご用ですか？」

「閣下の言いつけで、お手伝いに来ました」

人懐《ひとなつ》っこく微笑んで、サリーは大きな箱を私に差し出す。

「なんのお手伝いですか？」

「もちろん、お着替えですよ」

サリーはにっこりと笑って箱の蓋《ふた》を開ける。中には真新しい緋色《ひいろ》のドレスが入っていた。

彼女は丁寧な手つきでドレスを持ち上げ、私の目の前で広げてみせる。それはベルベットのように柔らかな素材で作られていて、胸元が大きく開いていた。

腰の部分はリボンで絞られており、スカート部分はふんわりと自然に広がっている。目立った装飾はなくシルエットもシンプルだけれど、清楚《せいそ》でありながら落ち着いた色気を漂《ただよ》わせていた。

「これを私が着るんですか？」

「はい。閣下からの贈り物ですよ」

私は驚いて、サリーとドレスを何度も見比べた。確かに服が欲しいとは言ったけれど、決してこういう服が欲しかったわけではない。

「贈り物を返却することはできるのでしょうか？」

「やめたほうがいいと思います。今、閣下は非常にお怒りでしょう？　素直に受け取っておいたほうが身のためですよ」

サリーはそう言うけれど、あんなに怒らせてしまったあとに高そうな贈り物を受け取るのは気が引けた。

しかし、サリーは私を着替えさせる気満々でドレスを手渡してくる。

「これならコルセットをつける必要はないですし、シンプルな作りなので、ユイさん一人で着られると思います。私は御髪を整えるお手伝いをします」

そう言って、サリーは机の上に置いてあった木箱を持ってくる。その木箱の中には、髪を整えるためのブラシやピン、化粧品がたくさん入っていた。

サリーは私に急いで着替えさせると、ドレス姿の私をクローゼットの前に立たせた。この部屋にある唯一の鏡は、クローゼットの扉の内側についているのだ。それを見ながら髪型をセットするためには、二人とも立ったままで行うしかないのだ。

「サリーさん、鏡見えます？　私、少ししゃがみましょうか？」

「いえ、なんとか見えますから大丈夫です」

サリーと私は背丈がほとんど同じだ。けれど彼女のほうがわずかに背が高いので、一応鏡は見えるらしい。

サリーは私の髪にブラシを通したあと、サイドの髪を編んでいった。かなり手馴《てな》れているらしく、あっと言う間に両サイドの編み込みが完成する。それを後ろで緩《ゆる》く束ねたら、残りの髪は肩に流してできあがりだ。

首から胸元にかけての肌が大きく露出していて、なんだか私じゃないみたいだった。

「せっかくだから、お化粧もしましょうか」

サリーは私をあらゆる角度から眺めると、例の木箱をかき回し始めた。

「でも、あまり遅くなると閣下の機嫌がさらに悪くなるのでは？」

「それじゃあ、口紅だけにしておきましょう。すぐ終わりますから動かないで」

サリーは木箱から小さな筆を取り出し、私の頬を片手で固定した。真剣な表情で口紅を塗ってくれる彼女から目を逸らして、私は天井を見上げる。こんな風に着飾るのは楽しいけれど、このあと待っているのはお説教なのだ。

いや、お説教だけでは済まないかもしれない。一方的に取りつけられたとはいえ、私は彼との約束を破ってしまったのだから。

「はい、できあがり」

そのサリーの声で、私は我に返る。鏡に映っているのは憂鬱《ゆううつ》そうな顔をしている自分だ。髪型が違う上に口紅を引いてもらったせいか、いつもより大人びて見えた。

「あとはストッキングと靴を履けば完成です。あら、他にも何か入っていますね」

サリーが衣装箱から小さな紙袋を二つ取り出した。彼女からそれを受け取って中を覗くと、一つは真新しいエプロンだった。

そして、もう一つの袋には透き通った石鹸《せっけん》が入っていた。可愛らしい模様が刻まれていて、ほのかに花の香りがする。

「まぁ、石鹸ですね。いい香り。香りつきの石鹸は値が張るんですよ。うちの領地では作っていないはずだから、輸入品でしょうか？」

くんくんとにおいを嗅《か》ぎながら、サリーは石鹸を珍しそうに眺める。

「私が閣下《かっか》に欲しいと言ったんです。あのときは、そんな贈りがいのないものは却下だと言っていたのに……」

「よかったですね。きっと閣下は、ユイさんが喜ぶ顔が見たかったんですよ」

サリーはそう言って微笑んだ。

私は石鹸の香りをもう一度確かめてみた。甘くてすっきりとした花の香りだ。辺境伯は一体、どんな気持ちでこれを選んでくれたのだろう。サリーが言ったとおり、私に喜んでほしいと思ってくれたのだろうか。

「それでは、私はそろそろ自分の部屋へ戻ります」

サリーのその言葉に、私はハッとした。

あと一、二数時間で夜が明ける。サリーや他のアンデッドたちにとっては、もう眠る時間がくるのだ。

「何から何まで、ありがとうございました」

慌ててお礼を言って彼女を送り出した。

一人になった私は、箱の底に残っていたストッキングと靴を取り出す。ストッキングはシルクで作られた透けないタイプのもので、履いてみるとさらりとした感触が心地よかった。

靴はドレスとおそろいの緋色《ひいろ》で、表面の素材もドレスと同じものだ。履いてみると、つま先が少し圧迫されて窮屈《きゅうくつ》だった。

「閣下にサイズを教えたことなんてないから、当たり前だよね。ぴったりのサイズだったら逆に怖いかも」

しかし、ドレスのほうは胸囲もウエストもぴったりだ。全部辺境伯の目測だったとしたら……。なんだか恐ろしいので、あまり深く考えないことにする。

これで支度は整った。ぐずぐずしていても仕方がないので、私は覚悟を決めて辺境伯の部屋へ向かった。

3

コツコツというヒールの音が静かな廊下に響く。スニーカーやローファーのような踵《かかと》の低い靴では決して出せない独特の音だ。

幼いころ、この音が聞きたくて、こっそり母親のハイヒールを履いた。そして大して広くもない玄関を歩き回ってみたのは懐《なつ》かしい思い出だ。

けれど、華奢《きゃしゃ》なヒールが立てる軽快な音とは裏腹に、私の気持ちは沈んでいくばかりだった。

「お説教だけで済めばいいけど……」

私を城の外へ連れ出したリヨンは、体をバラバラにされてしまった。それじゃあ、外へ出てはいけないという約束を破った私への罰は、一体なんだろう?

おまけに、私にはもう一つ告白しなければならない罪がある。

私の不手際で、辺境伯宛ての手紙は灰も残さず燃えてしまった。その上、手紙の内容を勝手に見てしまったのだから、言い訳のしようがない。謝って謝って謝り倒しても、許してもらえるかどうか……

「今すぐ食べてやる……とか言われたら嫌だなぁ」

恐ろしすぎる妄想を膨《ふく》らませながら、私は辺境伯の部屋の前にたどり着いた。一度深呼吸をしてから大きな黒い扉の前に進み、ノックを三回。

「入れ」

「失礼します」

辺境伯は執務机の前に座って書き物をしていた。彼は私の姿を見ると眼鏡を外し、目頭《めがしら》を揉む。

その仕草は怒りを押さえ込んでいるようにも、ただ疲れているだけのようにも思えた。

「今日は、本当に申し訳ありませんでした!」

沈黙が怖くて、私はすぐに頭を下げる。以前リュシアンに教えてもらった作法も、このときばかりは綺麗に頭から吹き飛んでいた。

「心から反省しています！」

頭を下げたまま謝罪をくり返した私に、辺境伯はため息をつく。

「そんなところで頭を下げていないで、こっちへ来なさい」

私が恐る恐る顔を上げると、辺境伯は意外にも穏やかな目をしていた。その視線に少しでも怒りが含まれていたら、きっと私は動けなかっただろう。

まるで心を閉ざした野生動物のように怯《おび》えながら、私は辺境伯のほうへ歩きだす。スカートの裾がまとわりついて足がもつれ、サイズの合わない靴に圧迫されたつま先がじんじんと痛んだ。手の平には、いつの間にかじっとりと汗が滲《にじ》んでいる。

「止まれ」

突然静止の声がかかって、私は立ち止まる。辺境伯が手を伸ばせば、容易に届く距離だ。

私の背中を冷や汗が流れた。

「ちょっとそこで回ってみてくれ」

「え？」

回れと言われてもどう回ればいいのかわからず、私は固まった。

けれど、辺境伯が無言でプレッシャーを与えてくるので、私はその場でゆっくりとターンした。

モデルのように優雅にできればよかったのだが、今の私はひどく怯えているので、ぎこちなく回ることしかできなかった。

「私の見立ては正しかったようだな。着丈がぴったりだ」

やはりサイズは彼の目測だったのか。知りたくなかったことを不意に知らされ、複雑な気持ちになる。

辺境伯が、じっと私の顔を見ている。

一体、何を期待されているのだろう？　勝手に外出したことは謝ったし、深く反省していることも伝えた。これ以上何をしろっていうの？

冷や汗を流しながら、私は彼の目を見つめ返す。辺境伯の眉間《みけん》にだんだん皺《しわ》が刻まれていく。

そのとき、私は閃《ひらめ》いた。

「あっ！　素敵なドレスをありがとうございます。こんなに綺麗な服をいただいたのは初めてです」

辺境伯の眉間の皺がたちまち消え、彼の口元にうっすら笑みが浮かぶ。

「気に入ったか？」

「はい」

「リヨンが贈ったものよりも？」

リュシアンが言ったとおり、リヨンと張り合っていたようだ。リヨンからもらったお守りを身につけてこなくて本当によかった。

「は、はい。それに、エプロンと石鹸《せっけん》もありがとうございました。石鹸はとてもいい香りがしました。私にとっては何より嬉しい贈り物です」

私は笑顔で答えた。辺境伯はきっと私のために外出をして、自ら贈り物を選んでくれたのだ。たとえリヨンに対抗するためだとしても、その気持ちは嬉しい。

「よかった。とてもよく似合っているよ」

辺境伯の顔が柔らかくほころぶ。まるで、私に喜んでもらえたのが嬉しいと思ってくれているような笑みだ。

私はドキッとした。彼にこんな顔をされると心臓に悪い。

「そ、そうだ。閣下《かっか》にお借りしていたハンカチーフをお返しします。長いことお借りしてしまって、すみませんでした」

私はそう言って、綺麗に折り畳まれたハンカチーフを差し出す。

辺境伯は私にハンカチーフを貸したことを忘れていたのか、ちょっと驚いた顔をしていた。私からそれを受け取ると、無言で上着のポケットへしまう。

「さて、ユイをここへ呼んだのには、もう一つ理由があったな……」

辺境伯が足を組み替え、机に片肘《かたひじ》をついて私を見上げた。

何気ない口調、何気ない仕草であるはずなのに、私の心臓が一瞬で凍りつく。彼の言葉一つで、部屋の空気までガラリと変わった気がした。

その顔にはさっきまでと同じ微笑みが浮かんでいるのに、今の辺境伯からは氷のように冷たい印象を受ける。

「私は、約束とは守るために交わすものだと思っていた。だが、どうやらユイにとっては違うらしい」

「いえ、そんなことは……」

「ずいぶんと見くびられたものだ」

口調は至って落ち着いているのに、ぞっとするような声だ。あまりの恐ろしさに、私は俯《うつむ》いてしまう。

平和な話で場を和《なご》ませておいて、油断したところをぐさりと刺す。これが辺境伯のやり方らしい。

「リヨンとどこへ行った？」

辺境伯が苛立《いらだ》った様子で立ち上がり、私の顎《あご》を掴んで上向かせた。陶器みたいに冷たく、命が宿っていることを感じさせない手だ。

私は観念して答える。

「麦畑に連れていってもらいました」

「麦畑？　一体なんのために？」

どう説明しようか迷ったけれど、本当のことは話せない。

「落とし物をしたので、それを探していました。以前、あそこで閣下《かっか》の馬車を避けた拍子に、調味料を一つ落としてしまったんです。見つけたのですが、瓶《びん》が割れていたので持って帰ることはできませんでした」

辺境伯は私の言葉を疑うようにじっと見つめていたが、やがて大きく息を吐いた。

「犯した罪はきちんと償《つぐな》わなければならない。罰を与えずに許してやれるほど、私は寛容ではないのだよ」

私の顎に添えられていた辺境伯の指が、ゆっくりと下がる。それは喉を滑《すべ》り、むき出しになっている私の首筋へと進んだ。

私はリヨンへのお仕置きを思い出して、ごくりと唾《つば》を呑む。

もしかして、私も同じように首を？　いや、そんなはずない。でも……

気づけば、私は浅い呼吸をくり返していた。

「怯《おび》えているのか？」

辺境伯の熱っぽい視線が、私の首に注がれている。彼の冷たい指が何かを探すみたいに、そこを這《は》い回り始めた。そして、ある地点でピタリと止まる。

涙で霞《かす》み始めた私の視界に、いやらしく吊り上がる赤い唇が映った。辺境伯の指が止まった箇所には、確か太い血管があるはずだ。

「閣下……怖いです」

辺境伯のもう片方の腕が腰に回され、私はガタガタ震えた。しかし、腰に回された腕も、首に巻きついた指も、決して離れることはない。

「安心しろ。殺しはしない」

吐息まじりに囁《ささや》かれて、肌が粟立《あわだ》つ。

彼の赤い唇が、ゆっくりと私の首に降りてきた。燃えるような赤毛が私の頬を掠《かす》め、そして……

「痛っ！　痛い、ちょっと！　痛いです閣下《かっか》！」

首に思い切り犬歯を突き立てられ、私は身をよじって辺境伯の腕から逃れようとした。けれど、私の体はがっちりホールドされていて、逃れることはできない。

「やかましい！　耳元で大声をあげるな！」

顔を上げた辺境伯の口は、私の血で赤く汚れていた。それを舌で舐め取りながら、彼は呆れたようなため息をつく。

「堪《こら》え性《しょう》のない娘だ。ほんの少しの間くらい我慢できないのか？」

「だって、そこ太い血管が通ってるじゃないですか！　そんなところを噛まれたら血が止まらなくなります。閣下こそ、血を吸うならもっとスマートなやり方があるでしょう？　なんでこんなに痛くするんですか！」

「何を言っている。皮膚が破れれば痛いのは当たり前だろう」

「でも……」

「うるさい。これ以上わめくなら口を塞《ふさ》ぐぞ」

そう言うと、辺境伯はまた私の首筋に顔をうずめた。さっき噛まれたのと同じ場所に、彼の鋭すぎる歯が当たる。

「いたーい！　これ、私の故郷で有名な吸血鬼のやり方となんか違――」

「黙れ！」

辺境伯は大きな手で私の口を覆《おお》った。そして暴れる私を押さえつけ、力業《ちからわざ》で血を吸い続けた。

気がつくと、私はなぜか汗だくでベッドに横たわっていた。体が妙に重くて、節々《ふしぶし》が鈍く痛む。ドレスが皺《しわ》くちゃになってしまっているが、ボタンやリボンは一つも外されていなかった。まったく状況を把握できていないものの、ちょっとだけ安心する。

私、一体どうしたんだっけ？

思い出そうとしたけれど、辺境伯に無理やり血を吸われたところから、私の記憶はプツリと途切れている。

「目が覚めたか」

その声に驚き、私は慌てて身を起こした。見ると、辺境伯が執務机で書き物をしている。

あぁ、ここは彼の部屋だったのか。

「私、どうして閣下のベッドにいるんでしょうか？」

「血を吸われている途中で気を失ったのだ。覚えていないか？」

「はい。まったく」

立ち上がったとたんに目の前が暗くなり、私は再びベッドに沈み込んだ。鼓動が突然速くなり、じわりと嫌な汗が滲《にじ》み出る。これはきっと貧血の症状だ。

「どうやら血を吸いすぎてしまったようだ。すまなかったな」

辺境伯は顔も上げずに謝罪した。だが、私はそれどころではない。だんだん吐き気がこみ上げてきて、目がチカチカしてくる。

冷たくなった指先で首の傷を確かめると、そこには湿布のような布が貼りついていた。一応手当てはされているみたいだけど、触れた箇所がズキズキと鈍く痛む。

そうだった。私、辺境伯に噛まれたんだ。

「血は止まったか？」

「あ、はい。……いえ、どうでしょう？　自分では見えないので、よくわかりません」

「どれ、見てやろう」

少し面倒くさそうに立ち上がった辺境伯が、ベッドの縁《ふち》に腰かけた。私は身を起こし、彼に首を見せるために頭を傾ける。

布を剥《は》がされる感触と、そこに当たる熱い吐息を感じて、私はハッとした。

……これはまずい。

案の定、辺境伯はギラギラした目で傷口を見ていた。私も飢え死にする一歩手前で大好物を見せられたら、こんな顔になるのかもしれない。

「ユイ……」

吐息まじりの掠《かす》れた声にドキッとした。決して恋愛的な意味ではなく、生命の危機的な意味で。

「もう無理ですよ！　これ以上血を失ったら私、きっと死んでしまいます！」

大袈裟《おおげさ》かもしれないが、ここできっぱり拒絶しなければ、干からびるまで血を吸われてしまう気がする。おまけにテンションが上がった辺境伯に、肉まで噛みちぎられそうだ。

「……わかった。今日はここまでにしておこう」

今日は、という言葉が若干引っかかったが、ひとまず危機は脱した――と思ったのも束の間、辺境伯が私の首をベロリと一舐めした。どうやら、傷口に血がこびりついていたらしい。

そういえば、彼は皿に残ったソースも指ですくって舐める人だった。本当に意地汚いというか、食に執着しすぎというか。貴族にあるまじき行為だ。

「うむ、やはり美味だ」

辺境伯の表情が、みるみる緩《ゆる》んでいく。

「……閣下《かっか》、お願いですから口元を拭《ぬぐ》ってください」

「ん？」

辺境伯の唇から、涎《よだれ》が一筋垂れている。彼は袖を口元に運んだが、見当違いのところを擦《こす》っている。

「あの、差し出がましいようですが、全然拭けてませんよ？」

仕方なく、私はさっき返したばかりのハンカチーフを、彼の胸ポケットから抜き取る。そして、だらしなく緩みきった口元を拭ってやった。

彼はその間も、じっと私の傷口を見つめていた。

このとき私は気がついた。このタイミングで手紙の件を告白すれば、怒られずに済むかもしれないと。

「閣下、実は私……もう一つ謝らなければいけないことがあるんです」

私の予想どおり、辺境伯は未だ荒ぶる食欲と戦っているようで、虚《うつ》ろな目をしたままだった。それを見た私は、意を決して罪を告白する。

「昨日、閣下《かっか》宛ての手紙を受け取りました。でも、そのときうっかり封蝋《ふうろう》に触って、その場で開封してしまったんです。本当に申し訳ありません」

「手紙？」

ようやく正気に戻った辺境伯が、怪訝《けげん》そうな顔をした。

「はい。羽の生えたライオンの封蝋が押してありました。勝手に開封してしまい、本当に申し訳ありませんでした。封蝋に触れると自動的に開封されることを知らなかったんです」

「羽の生えたライオンか……。送り主はレインフォード卿《きょう》だな。彼はなんと言っていた？」

「えーと、近々お土産《みやげ》を持って遊びに行くから、おもてなしの用意をしておいてくれと言ってました」

煙の中から現れた男の言葉を思い出しながら、その内容を告げた。

「そうか。どんな仕事にも失敗はつきものだから、今回のことは気にするな。以後気をつけなさい」

辺境伯は予想以上にあっさり許してくれた。私は拍子抜けしてしまう。

「あの、お咎《とが》めはないんですか？」

「ミスは誰にでもある。故意に規則を破った場合はお仕置きが必要だが、そうでないなら咎めはしない。ただし、二度目は許さないぞ」

「ありがとうございます」

私はほっと胸を撫で下ろした。

「ふむ。よく見ると、確かに顔色がだいぶ悪いな」

辺境伯が私の顔を覗き込み、しげしげと観察してくる。

顔色が悪くなった原因はあなたですよ、と言ってやりたい。しかし今はやめておこう。せっかく助かった命を粗末にしたくない。

辺境伯は自分の上着のポケットをごそごそと探り、小さな四角い箱を取り出した。

「ユイにこれをやろう。さぁ、今日はもう休みなさい」

「ありがとうございます」

中身はなんだろう。気になったので聞こうとしたけれど、辺境伯はもう用はないと言わんばかりに執務机に戻ってしまった。

「明日……いや、もう夜が明けるから今日か。今日の食事はあまり急がなくていい。小腹は満たされたからな」

「はい、かしこまりました」

私は苦笑して立ち上がる。そして、辺境伯に礼をしてから部屋を出た。

まだふらつく体で、誰もいない廊下をゆっくりと歩く。

その途中で、渡された小箱を開けてみた。すると、小さな赤い木の実がぎっしり詰まっている。

摘《つ》まんでみると、プニプニとした弾力のある可愛らしい実だった。

「食べられるのかな？」

香りを確かめてから、その場で口に放り込む。それは甘ずっぱくて、ブルーベリーのような味がした。

自分の部屋へ帰るころには、もう空の端が赤くなり始めていた。徹夜してしまったので、もうクタクタだ。そうでなくても、さっき辺境伯に首を噛まれたときに思い切り抵抗して、体力を使い果たしている。

私は着ていたドレスをクローゼットにしまい、下着姿のままベッドに倒れ込む。体力を回復させないと動けない。お昼くらいまで寝ていよう。

辺境伯にもらった木の実の箱を枕元に置いて、その中から一粒取り出して口に放り込む。甘ずっぱい味がじゅわっと広がる。お腹が減っているせいもあるだろうが、なんだかその味を体が求めている気がした。

お行儀悪くも寝そべったまま次々と食べ、すぐに眠ってしまった。


目が覚めると、外はすでに暗くなっていた。西の空がうっすらピンク色をしているので、日が落ちてからそれほど時間が経っていないことがわかる。

下着姿のまま眠ってしまった私は身震いしてから、いつものメイド服に着替えた。いくらエルドレアの気候が暖かいとはいえ、少し冷えてしまったようだ。

ちょっとのつもりだったのに、ずいぶん寝てしまったらしい。昼夜が逆転しないように気をつけないと。アンデッド城の生活になじんでしまわないことが、せめてもの意地だった。

私はまだズキズキと痛む首の傷に、そっと手を当てた。もう傷は塞《ふさ》がっているが、穿《うが》たれたようなくぼみができている。鏡で見たら皮膚が赤く腫《は》れていて、だいぶ目立つ。

私は首に大きめのハンカチを巻いてみた。事情を知る人が見たら、何が起こったのかすぐにわかってしまいそうだけれど、ただのおしゃれに見えないこともない。

リヨンからもらったレイス避《よ》けのお守りを首にかける。そして辺境伯に見られないよう、服の中に隠した。

そろそろ出勤する時間だ。今日も一日頑張ろう。

私は自分で自分を励ましながら伸びをした。昨日感じていたひどいダルさと吐き気は、すっかりなくなっている。よく寝たおかげだろうか？

そこでふと、ベッドの枕元に置かれた小箱が目に入る。眠る前にたくさん食べてしまったので、赤い実は一粒しか残っていない。

「まさか、これのおかげなの？」

鏡の中の自分の顔は、健康そのものといった感じだ。頬には赤みが戻り、肌や唇にも艶《つや》が出ている。眠る前は、貧血でくらくらしていたはずなのに。

部屋を出て調理場に向かう。いつもより遅い時間になってしまったが、「今日の食事は急がなくてもよい」と言ってくれた辺境伯の言葉に甘えて、のんびり歩いた。

調理場へ入ると、ハインリヒが「おう」と声をかけてくれた。私は小さく会釈《えしゃく》をする。

彼はすでに料理の仕上げに取りかかっていた。

「遅かったじゃねえか。閣下《かっか》から説教食らったって聞いたが、大したことなさそう……ってわけでもないみたいだなぁ」

私の首に目を留めたハインリヒは、皺《しわ》だらけの顔を歪める。夜明け前の騒動は、もう城中に知れ渡っているらしい。

「ええ。なんとか死なずに済みました。そうだ、ハインリヒさんなら、これが何かわかりますよね？」

私はポケットに忍ばせておいた小箱を取り出し、赤い木の実を見せた。また具合が悪くなったときのために、持ち歩くことにしたのだ。

ハインリヒは手を止めて、木の実をじっと見る。

「これはラクコーの実だ。極東の国でしか取れない希少な果物だよ」

「もしかして、高いんですか？」

ハインリヒが神妙《しんみょう》な顔で頷いた。

「馬鹿みたいにな。味がいいし栄養価も高いから、なおのこと値が吊り上がるんだ」

「そうなんですか……」

そんなに貴重な果物を、パクパクと食べてしまったとは。もっと味わえばよかった。

「閣下にもらったのか？」

「はい」

「きっと閣下も閣下なりに、あんたのことを気にかけているんだ。ここへ来てからあんた、見る間に痩せちまったからな。今までの働きに対する報酬だと思って、遠慮なく食っときな。それに、あんたにしてみたら、ここは気苦労が絶えないところだろう？　体調が悪くなったときは、その実をよこせとねだればいい。あんたの頼みなら、閣下は多少無理をしてでも手に入れてくれるだろうよ」

「そうでしょうか？」

辺境伯は、私を心配してくれているのだろうか？　ちょっと嬉しいような悔しいような、複雑な気持ちになる。

私はラクコーの実を大事にポケットへしまった。

にやけながら眉間《みけん》に皺を寄せるという器用なことをやってのけた私を見て、ハインリヒは唇を片側だけ吊り上げた。そして、何も言わずに自分の仕事へ戻っていく。どうも、ハインリヒは私と辺境伯の関係を誤解している気がする。

さて、私もそろそろ仕事をしなければいけない。今日の夕食のメニューはなんにしよう？

ここに来る道すがら考えていたのは、辺境伯の好きな肉料理だ。生姜《しょうが》焼きやハンバーグもいいけれど、今は餃子《ギョウザ》を作りたい気分だった。ニラとキャベツがたっぷり入った肉餡《にくあん》を、大きめの皮で包む。あの作業が私はとても好きなのだ。それに頭を空っぽにしたいときは、ちまちまとしたものを集中して作るに限る。

しかし、ここで問題が一つ。

「ハインリヒさん。肉を細かく挽《ひ》きたいんですが、どうやったらいいですか？」

「細かくか？　どれくらい？」

「できるだけ細かくです」

ハインリヒはたちまち顔を曇らせた。

「そうだなぁ……。肉を包丁でぶっ叩くのが、一番手っ取り早いと思うぞ」

「やっぱり、そうですよねぇ」

予想どおりの答えをもらって私は肩を落とした。

私も小量の挽き肉なら、わざわざ買いに行かずに自分で作っていた。市販のものよりは粗くなってしまうが、歯ごたえがあって美味《おい》しい挽き肉になる。

しかし、餃子《ギョウザ》を食べるのはあの辺境伯だ。健啖家《けんたんか》の彼が五個や六個の餃子で満足できるはずがないから、大量の挽き肉を用意しなくてはならない
私は肉を延々と叩く自分の姿を思い描いてみた。

……うん、無理だ。両腕が腱鞘炎《けんしょうえん》になるどころではすまないだろう。

「ちょっと私には無理そうですね。違う料理にしようかなぁ」

「そんなに大量の肉をミンチにしたいのか？」

「ええ。かなりの量の挽き肉を使いたいんですよ」

ため息をつく私を見て、ハインリヒは妙案を思いついたとでもいうように手を打ち鳴らした。

「だったら手の空いているやつに頼めばいい。意外と暇なやつが多いからな、頼めば手伝ってくれ

ると思うぞ」

私はまるで天啓を授かったみたいに、彼の言葉に身を震わせた。そうか、その手があった。

「私、ちょっと行ってきます！」

「御者《ぎょしゃ》のジャックに声をかけてみろ。あいつは閣下《かっか》が外出しない日は、大抵厩舎《きゅうしゃ》で暇してるから」

ハインリヒの言葉に頷き、調理場を出ていこうとして、私は固まった。

「御者って、馬車を操縦するあの御者ですよね？」

「それ以外にあるのか？」

「いいえ。行ってきます……」

辺境伯の馬車を操《あやつ》る首のない御者。その姿を思い出して気が重くなり、私はまたため息をついた。

4

厩舎は城の隅にある。井戸からも城門からも遠いところにぽつりと建てられていて、とても静かな場所だ。

私は火を灯した蝋燭《ろうそく》を片手に、城の回廊を歩く。

屋根はないものの、やたらと高い壁に囲まれている回廊は、まるで迷路のようだ。一本道だから迷うことはないが、くねくねと曲がりくねっているので、たちまち方向感覚が狂ってしまう。

エルドレア城には、他にも複雑な廊下がいくつか存在する。そういったところに足を踏み入れないように避けているため、まだまだ知らない道は多い。

今夜の城も濃い闇に包まれていて、蝋燭《ろうそく》の明かりだけでは、せいぜい数歩先までしか見通せない。ゆらゆらと揺れる自分の影すら不気味に思えて、気が滅入《めい》った。

その上、今日の城はいつもと何かが違っている。初めは何が違うのかわからなかったのだが、廊下に置かれている花瓶を見て気がついた。

赤い薔薇《ばら》が一つもないのだ。毎日リヨンが真紅《しんく》の薔薇を活《い》けていた花瓶には、しおれて茶色くなった薔薇が挿《さ》しっぱなしになっている。

いつもあるものがなくなっているのに気づくと、とたんにさびしい気持ちになってしまった。そう言えば、リヨンは無事に体を繋げてもらえたのだろうか？

長い長い回廊を通り抜け、私はやっと厩舎《きゅうしゃ》にたどり着いた。ダチョウに似た巨大な鳥が、水桶に頭を突っ込んで豪快に水を飲んでいる。

彼らを刺激しないようにこっそり厩舎の中を覗くと、蹄《ひづめ》の音と馬の荒い息遣いが聞こえてきた。探していた人物が、その馬たちと共にそこにいる。

「失礼します、ジャックさん……ですよね？」

私の声に振り返ったその男は——首から上がなかった。

全身に鎧《よろい》をまとい、優しげな手つきで首のない愛馬をブラッシングしている。この男こそ、デュラハンのジャックである。

デュラハンとは、死を宣告した者の命を刈り取って回る騎士のことだ。その姿を見てしまった者は目をつぶされ、デュラハンが戸口に立つ家からは必ず死者が出るという。

私は一度ジャックに会っている。私がエルドレアに来たとき、辺境伯の馬車を操《あやつ》っていたのが彼だ。首のない馬に跨《またが》る、これまた首のない騎士。彼ほどこの国に相応《ふさわ》しい容姿をした者はいないだろう。それほど、ジャックの姿は禍々《まがまが》しい。

私はジャックの頭を探して厩舎の中をきょろきょろと見回す。普段は彼の胴体が頭を小脇に抱えていると聞いたけれど、今胴体は馬のブラッシング中なので、両手は塞《ふさ》がっている。さて、ジャックの頭はどこにあるのだろう？

「ジャックさん、どこですか？」

「おーい、ここだここだ！」

馬房の隅に積まれた藁《わら》の上から、ダミ声が返ってきた。見ると、藁の上に兜《かぶと》をかぶった男性の頭が置かれている。

くすんだ金髪に、立派な口髭《くちひげ》。二重の大きな目と、顔の中央に陣取る立派な鼻。その顔は意外なほど人懐《ひとなつ》っこかった。

「俺はここにいるぞー」

「あなたがジャックさんですか。私、調理場で仕事をさせてもらっているユイといいます。お仕事中にすみません」

「今は別に仕事中じゃないから、そんなに恐縮しなくていいぞ。俺に何か用かな？」

ジャックはガラガラと割れ鐘のような声を立てて笑った。恐ろしい姿と身の毛がよだつ伝説を持つ彼だが、なかなか陽気な人物らしい。

「あのとき閣下《かっか》が拾った人間だろう？　馬車で轢《ひ》きそうになって悪かったな。そうそう、夜明け近くの騒動のことを聞いたぞ！　大丈夫だったのか？　あぁ、首にハンカチを巻いてるってことは、やっぱり閣下に味見されたか。可哀想になぁ。何か薬でもあればいいんだが、あいにく持っていないんだ」

ジャックの口からは、マシンガンのように言葉が飛び出す。

「いいえ、お気持ちだけで充分です。実は、ジャックさんに料理の下準備を手伝ってもらえないかと思って、そのお願いに来たんです」

「俺は料理なんて、からっきしだぞ？」

「料理というより力仕事なんです。豚挽《ひ》き肉をたくさん作りたいんですが、私では力が足りなくて」

「それならお安い御用だ。オーモンドの毛を梳《す》いたら、すぐに調理場へ行こう」

「ありがとうございます！　とても助かります」

ブラッシングを続けていたジャックの胴体が、彼の愛馬オーモンドの背をポンポンと叩く。すると、オーモンドが嬉しそうにいなないた。首がないのに、どうしていななくことができるのだろう？　本当に不思議だ。

「あの、ジャックさんは騎士なんですよね。どうして御者《ぎょしゃ》の仕事をしているんですか？」

ジャックの眉間《みけん》にたちまち皺《しわ》が寄った。聞いてはいけないことだったのだろうか？

「ごめんなさい。立ち入ったことを聞く気はなかったんです。ただ、ちょっと不思議に思っただけで……すみません、忘れてください」

「いや、構わんよ。一番の理由は、エルドレアには馬がほとんどいないからだな。厩舎《きゅうしゃ》の中を見てみろ。オーモンドともう一頭――名前はシンダーっていうんだが――この二頭の他には鳥しかいないだろう？　あぁ、キャスリーンの骨馬もいるが、あいつは構造上キャスリーンしか乗せられないから論外だ」

「だから、ジャックさんが仕方なく御者に？」

「ああ。シンダーとオーモンドの手綱《たづな》を引けるのは俺だけだからな」

ジャックは困っているような悲しんでいるような、なんとも言えない表情をした。

「すみません、今の質問は忘れてください」

「いや、いいんだ。他人からどう見られようと、俺は騎士としての務めは立派に果たしているからな――」

ジャックは大きな口を開けて、ニヤリと笑った。

私は彼にお礼を言い、先に厩舎を出る。とにかく、これで餃子《ギョウザ》を作る準備が整った。

今度は材料を揃えるために氷室《ひむろ》に来た。

餃子に必要な食材は挽き肉とニラ、それからキャベツだ。ニラと風味が似ている食材は見つからなかったので、見た目が似ているツベルゥという葉野菜を選ぶ。キャベツにそっくりな野菜はカピタという。どちらもハインリヒに教えてもらった食材だった。仕事が終わったあとの空き時間を利用して、食材の名前や選び方を少しずつ教わっているのだ。

餃子《ギョウザ》は牛と豚の合い挽《び》き肉で作っても美味《おい》しいが、今日は豚肉だけで作ることにする。ヘルシーな餃子にしたければ、豚挽《ひ》き肉に一対一の割合で豆腐を加えるのもお勧めだ。

皮も手作りしなければならないので、私は小麦粉を用意した。本当は片栗粉を加えてモチモチの皮にしたいところだが、この城では片栗粉を仕入れていないらしい。

あと忘れてはいけないのは、生姜《しょうが》にそっくりなジンギルだ。

必要な食材を集めて氷室《ひむろ》から出ようとした私は、部屋の隅にうずくまる小さな人影を見つけた。それは、とんがり帽子を頭にのせた、真っ白い髭のお爺《じい》さんたちだった。

小人サイズの彼らは、ケラケラと笑いながら壁や床を撫でている。彼らの手が触れた箇所には、分厚《ぶあつ》い霜《しも》がついていた。

なんだこれ？　もしかして、この部屋がいつも冷凍庫並みに冷えているのは、このちっちゃいお爺ちゃんたちのおかげなのだろうか？

驚いたまま彼らを見ていると、その中の一人と目が合った。私が条件反射で軽く会釈《えしゃく》をしたら、小人たちはさらに甲高《かんだか》い笑い声を立てる。壊れたおもちゃのような笑い声と、むき出しになった黄色い歯に鳥肌が立ってしまう。

次の瞬間、氷室の中に吹雪《ふぶき》が巻き起こり、私は思わず目をつぶった。

目を開けると、そこにはもう誰もいなかった。しかし、ケラケラという笑い声だけがかすかに聞こえてくる。

「こ、怖ー！」

氷室の扉に体当たりして開け、私は調理場まで走って逃げた。

「き、聞いてください、ハインリヒさん！　今、氷室で、氷室で――」

調理場に戻るなり、私はハインリヒに縋《すが》りついた。彼の袖をぐいぐいと引っ張りながら自分の恐怖を訴える。

ハインリヒは私の凍った前髪を見たとたん、なぜか笑いだした。

「あぁ、ジャックフロストにからかわれたな」

「ジャックフロストってなんですか⁉　凶悪なモンスターですか⁉」

前髪についている霜が調理場の熱でみるみる溶け、冷たい雫《しずく》がポタリと頬に落ちる。

「あいつらは霜の妖精だ。あいつらが触れたものは、なんでも凍りついちまうのさ。いたずら好きで気のいいやつらだが、決して怒らせるなよ。氷漬けにされて殺されるからな」

自分の顔から、血の気が引いていくのがわかった。今度から氷室に入るときは、ジャックフロストに気をつけよう。とりあえず、彼らの悪口を言わなければ大丈夫だろうか？

「それはそうと、人手は確保できたのか？」

「はい。ジャックさんがあとで手伝いに来てくれることになりました」

そう言うと、私は手を洗い、さっそく料理に取りかかった。

まずは皮作りだ。小麦粉をボウルに入れて、小さじ一杯くらいの塩を加える。そして、ぬるま湯を少しずつ加えながら、耳たぶくらいの柔らかさになるまでこねるのだ。

これを湿らせた布巾《ふきん》で包み、少しの間寝かせる。

次は肉餡《にくあん》に入れる野菜の下処理だ。

ニラに似たツベルゥと、キャベツそっくりのカピタを細かく刻む。それをボウルに入れて塩を振りかけ、よく揉む。そうすると野菜の水分が出て、しんなりしてくるのだ。茹《ゆ》でるよりも塩揉みしたほうが食感も風味もいいような気がするので、私はいつもこの方法で餃子《ギョウザ》を作っている。

塩揉みが終わったタイミングで、調理場の扉が開く音がした。振り返ると、そこには鎧《よろい》を着込んだジャックが立っていた。彼の頭は相変わらずあるべきところにはなく、胴体が小脇に抱えている。

「お待たせしたね。さぁ、俺の体を存分にこき使ってやってくれ。一晩中肉を挽《ひ》かせても構わないぞ」

ジャックの頭が調理台の上にのせられながら、歯を見せて笑った。その言葉を聞いて、彼の胴体が憤慨《ふんがい》したように肩を怒《いか》らせる。

どうも頭と胴体は別々の意思を持っているみたいだ。胴体のほうは、どうやって物事を考えているのだろう？

「それじゃあ、さっそくですが、包丁の背の部分を使って肉を叩いてください」

私は半解凍状態になっている豚肉の塊《かたまり》を、まな板の上にドンと置いた。あまりに大きいのでちょっと申し訳なくなるが、ジャックは怯《ひる》む様子もなく包丁を握りしめる。

「わかった。ひたすら叩けばいいんだな」

そう言うなり、彼は目にも留まらぬ速さで包丁を振り下ろした。ダンダンという大きな音と共に、巨大な塊だった肉がどんどん細かくなっていく。

「台ごと叩き割るなよ」

ハインリヒが不機嫌そうに釘を刺す。彼はもう配膳の支度を整え、食堂に運ぶワゴンを準備しているところだった。

彼が心配するのももっともだ。ジャックが振り下ろす包丁の勢いは、調理台を真っ二つに叩き割ってしまいそうなほど激しい。今迂闊《うかつ》に手を出したら、腕を骨ごと叩き切られてしまうだろう。そんな不吉なことを考えていると、だんだん気分が悪くなってきた。

このままではいけない。私は隣で繰り広げられる破壊行動から目を逸らし、自分の作業に集中することにした。

寝かせておいた餃子の皮のタネを、餃子一つ分の大きさに切り分けていく。

それが終わると、調理台の隅に打ち粉をしてから、切り分けたタネを麺棒で丸く伸ばしていった。それを延々とくり返すうちに、隣から聞こえていた破壊音も耳に入らなくなる。

「終わったぞ」

その声にハッとして顔を上げると、ジャックの前には挽き肉の山ができあがっていた。

「ありがとうございます。こんなに早く終わるとは思いませんでした。やっぱりジャックさんにお願いしてよかったです」

「ははは。これくらいお安い御用だ。手が足りないときはいつでも言ってくれ」

ジャックの頭は誇らしげに声を張り上げたが、彼の胴体は肩で息をしている。どうやら、かなり無理してくれたみたいだ……。それなのに、胴体の手柄を頭が横取りした感じになっているのが、ちょっと気の毒だった。

「無理をさせてしまってすみませんでした。本当に助かりました」

私はジャックの胴体をじっと見つめた。これまでジャックと話すときにはいつも頭のほうを見ていたが、頑張ってくれたのは胴体のほうだ。目を合わせることはできないけれど、感謝の気持ちが少しでも伝わればいいと思う。

ジャックの胴体は一瞬びくっとしたあと、私の両手を包むように握ってきた。よかった。気持ちは伝わったみたいだ。

「それじゃあ、俺はこれで失礼するぞ。おい！」

ジャックの頭が一声かけると、彼の胴体はしぶしぶといった様子で私の手を放し、頭を抱えて調理場を出ていく。

「さて、もうひと踏ん張りしますか」

私は声に出して気合を入れる。ハインリヒはもう食堂に向かったため、ここに残っているのは私一人だった。

袖をまくり、ジャックが作ってくれた挽《ひ》き肉を使って肉餡《にくあん》を作り始める。刻んで塩揉みした野菜と挽き肉を混ぜ合わせ、ガーリックパウダーとコショウ、そして生姜《しょうが》そっくりのジンギルを刻んで入れた。

「もしかして閣下《かっか》、にんにく苦手かな」

辺境伯が吸血鬼でないことはよくわかっているけれど、朝方彼に噛まれたことを思い出して、少し心配になる。

噛まれた首筋に手をやると、傷口がズキリと痛んだ。それなのに、なんだか嬉しいような切ないような不思議な心地がした。

「でも、前にガーリックパウダーを使った料理を出したときは、残さず食べてたし……」

少しためらいつつも、肉餡作りを再開する。あの辺境伯が、にんにくが入っていたくらいで料理を残すとは思えない。

「それにしても、血を吸ってたときの閣下、嬉しそうだったなぁ」

だらしなく緩《ゆる》んだ彼の口元を思い出す。あのときは心底恐ろしかったが、今となっては結構愛嬌があるようにも思える。

この餃子《ギョウザ》に私の血を入れたら、あんな風に喜んで食べてくれるのだろうか?

「もう一度見たい、かも」

自然に口からこぼれた言葉に、私は驚いた。どうして私、辺境伯を喜ばせたいのだろう?

なんだか結論を出すのが怖くて、無心で肉餡を皮で包んだ。

包み終わった餃子を、油をひいたフライパンの上に並べる。強火で焼き色をつけたあと、水を一気にフライパンに流し入れ、木の蓋《ふた》をかぶせて少し蒸らす。

汗をかきかき餃子を焼き続けていると、ハインリヒが戻ってきた。

「なんだ、まだ終わらんのか？　閣下《かっか》はもうすぐ食事を終えちまうぞ」

「えぇ!?　食べるの早すぎです。あともう少しなんですよ。今日も食堂で召し上がってますか？」

「ああ」

「じゃあ、これを焼き終わったらすぐに持っていきます。今日のワインは赤でしたか？」

ハインリヒが思い出すように天井を見上げる。

「確か、リュシアンが赤ワインの栓を抜いてたな」

「よかった。じゃあ焼き上がったので行ってきます」

はたして餃子《ギョウザ》にワインが合うのかどうかはわからないが、肉料理なので赤ワインならきっと大丈夫だろう。

私は焼き上がったばかりの餃子を皿に移し始めた。こんがりと焼けた皮が、フライパンからはがれるときにペリペリという硬い音を立てる。

皮はパリッと仕上がり、中にはたっぷり肉汁が詰まっている。自分で言うのもなんだが、とても美味《おい》しそうに焼き上がった。あぁ、お腹空《す》いたなぁ。

「なんか美味《うま》そうなにおいだな」

餃子の皿をワゴンにのせながら、ハインリヒが喉を鳴らした。私は彼の分を急いで皿に取り分ける。

「これはハインリヒさんの分です。ここに置いておきますので、よかったらこのソースをつけて食べてください」

醤油とワインビネガーを合わせたつけダレを指差して言い、急いで食堂へ向かった。早くしないと辺境伯が食堂から出ていってしまう。

食事は食堂で食べるべきという観念の薄い辺境伯は、いつでもどこでも食事を取ろうとするらしい。昔、ハインリヒがワゴンを押して食堂へ向かう途中で辺境伯に出くわし、そのまま廊下で食事をされたことがあるそうだ。

食べカスや汁などで床と壁が汚れてしまい、後片づけをするのが大変だと、ハインリヒはサリーにこっぴどく怒られたらしい。本気で怒ったサリーは言葉にできないほど怖かったと、ハインリヒは思い出しながら少し震えていた。私は絶対に彼女を怒らせないように気をつけよう。

私は大きな音を立てて食堂の扉を開け、急いで中に入った。礼儀や作法のことなんて、頭から綺麗に吹き飛んでいた。

「失礼します。次のお料理をお持ちしました！」

勢い余って食卓にぶつかってしまい、ワゴンがガチャンと音を立てて揺れたが、どうにか倒さずに済んだ。あ、危なかった……

作法にうるさいリュシアンに咎《とが》められるかと思ったが、食堂の中にいたのは辺境伯だけだった。

「確かに急ぐ必要はないと言ったが……さすがに待たせすぎだろう」

彼は高く積み上げられた皿の向こうで、頬杖をつきながらワインを呷《あお》っていた。空《から》になったボトルが三本、床に転がっている。

「すみません。体調が優れなかったので、お言葉に甘えて半日寝てしまいました」

私は慌てて頭を下げた。

辺境伯は不機嫌そうだったが、私の顔色や首元のハンカチをチラチラ見ている。どうやら彼なりに、私の体調を気遣ってくれているようだ。

空いている皿を手早く下げ、辺境伯の前にまだ湯気の立っている餃子《ギョウザ》を並べる。そしてその横に、醤油とワインビネガーの合わせダレを置いた。

「本日は餃子をお持ちしました。このタレをつけてお召し上がりください」

私は緊張を隠し、平常心を装《よそお》って言う。

辺境伯はフォークを握り、餃子をひと突きにしてゆっくり口へ運んだ。

彼が料理を口に運ぶ瞬間は、震えてしまうほど緊張する。彼の評価しだいで、私の命は消えてなくなってしまうかもしれないのだ。

今日の料理は気に入ってもらえるだろうか？　私は固唾《かたず》を呑んで辺境伯を見守った。

グウウウ。

突然、私のお腹から緊張感を台無しにする間抜けな音が聞こえた。

「なんだ？　ユイも腹が空《す》いているのか？」

辺境伯が怪訝《けげん》そうに眉を寄せる。

普段なら今ごろはとっくに判定が出て、自分の食事をのんびり食べている時間だ。おまけに、昼間ずっと寝ていたせいで、今日はまだ何も食べていない。

グゥグゥと鳴り続けるお腹を必死で押さえても、腹の虫は静まってくれなかった。

わざとではないけれど、辺境伯の食事を邪魔してしまった。これは減点対象になるかもしれない……

恐る恐る辺境伯のほうを窺《うかが》うと、彼はすっと立ち上がって自分の隣の椅子を引いた。彼の意図が読めなくて、私は首を捻《ひね》る。

辺境伯が椅子を引いたまま、目で私に語りかけてくる。「いいから早くここに座れ」と。

それで私はようやく理解した。辺境伯は一緒に食事を取ろうと私を誘っているのだ。

「え、でも……」

私は迷った。しかし、辺境伯の無言の圧力がだんだん強くなってくる。ここは彼の厚意に甘えることにした。

「し、失礼します」

一応主《あるじ》である彼に椅子を引いてもらうのは、思った以上に居心地の悪いものだった。しかし辺境伯のほうは特に不機嫌になるわけでもなく、それどころか私のためにワインを注《つ》ごうとしている。

「あ、お酒はいりません。まだ未成年で飲んだことがないので」

「……そうか」

辺境伯はいつもより口数が少ない。どこかソワソワしていて、餃子にも手をつけようとしない。

一体どうしたのだろう。

「あの、閣下《かっか》から先に召し上がってください。冷める前に」

「ああ、そうだな」

辺境伯は再びフォークを口に運んだ。タレをつけてと最初に説明したはずなのに、またしてもそのまま口に入れてしまう。

どうなの？　合格？　それとも不合格？

私は辺境伯の判定をじっと待ったが、彼は無言で餃子《ギョウザ》を次々と口に運んでいる。ときおり小さく首を傾けているが、それがどういう意味を持つのかさっぱりわからない。

一皿目が空《から》になったところで、私は肩に入れていた力をふっと抜いた。

なんだかもう、彼の言葉を緊張しながら待つのが馬鹿らしくなってしまった。もちろん死ぬのは怖いが、それより空腹のほうが限界だ。

私は目の前の皿を引き寄せると、フォークを手に取った。

「閣下《かっか》、餃子はタレをつけて食べるんですよ。ほら、こうやって――」

私は餃子をタレにたっぷりとつけ、見せつけるように彼の鼻先を通過させてから頬張った。

パリパリの皮の中から、熱い肉汁があふれ出る。ふんわりと香るにんにくの風味、しゃきしゃきとした野菜の歯ごたえ。少し粗いけれど、甘みのある豚挽《ひ》き肉。これはたまらない。

私は二つめの餃子を口に運び、今度はもう少し味わうように噛みしめた。口の中でパリッという音が鳴り、肉餡《にくあん》の旨みがじんわりと広がる。

実に懐《なつ》かしい味と香りだ。

辺境伯は私の食べっぷりに触発されたのか、フォークを握り直してガツガツと食べ始める。

いつの間にか、私たちはタレを取り合いながら夢中で食べていた。

「閣下《かっか》、テーブルクロスに肉汁がこぼれてます！　サリーさんに見つかったら怒られますよ」

「ユイこそ、水のグラスが倒れているぞ。床が水浸《みずびた》しになっているのがリュシアンに見つかれば、こっぴどく叱られるだろうな」

最後の一皿を奪い合うときには、お互いの肩がゴツゴツとぶつかったが、そんなことに構っていられない。私も辺境伯も、もう餃子《ギョウザ》しか目に入らなかった。

「閣下はもう四皿目なんですから、この皿には手を出さないでください！」

「おかしなことを！　これは私のための料理のはずだが？」

「そ、それを言われると……」

私は言葉に詰まる。それを見た辺境伯は、喉の奥で小さく笑った。

「クックック。あぁ、美味《うま》いなぁ。今夜の料理は実に美味い」

満足そうな息を吐いて、辺境伯はフォークを置いた。そしてワイングラスを回してから、中身を一気に飲み干す。

「食べても食べても、食欲が満たされることはなかった。これからも、ずっとそうだと思っていた」

辺境伯は膝の上のナプキンで優雅に口元を拭《ぬぐ》い、私の目をまっすぐに見つめた。

「今夜は久しぶりに満腹になったよ。ごちそうさま」

辺境伯は目を細めて微笑んだ。その顔を見て、私の手の中のフォークが床に落ち、硬い音を立てる。

あの辺境伯が、こんなに柔らかな顔で「ごちそうさま」と言ってくれるなんて……

頬が熱くなり、私はとっさに両手で自分の顔を覆《おお》った。

日本にいたときも、こんなに心のこもった「ごちそうさま」は聞いたことがない。両親はとても忙しかったので、私は基本的に一人で食事を取っていた。だから、人からごちそうさまと言われたこと自体、ほとんどない。

目元が熱くなり、鼻の奥がツンと痛む。とてもとても欲しかったものを、思いがけない人から思いがけない形で与えられた。こんなのは不意打ちだ。

もう涙をこらえることができず、私は大声をあげて泣きだした。

辺境伯は泣きじゃくる私に「どうした」とは聞かなかった。そしてしばらく経ってから、たどたどしい手つきで私の頭を撫でてくれる。

掃除のために顔を出したサリーが、汚れた食堂を見て悲鳴をあげるまで、私たちはずっとそうしていた。

暗い×ｃｒｙ×食らい

1

私は自分の部屋のベッドに寝転び、枕元に置いてある本を手に取った。無事に体を繋ぎ合わせてもらえたリヨンが貸してくれたものだ。

驚くべきことに、私はこの世界の本を、何不自由なく読むことができる。見たこともない文字で書かれている文章を、なんの引っかかりもなくスラスラと読めるのだ。

もちろん、読めないよりは読めるほうがいいのだが、少し気味が悪い。

リヨンから渡された本は、壮大な恋愛物語だった。実際に起きたことを元にして書かれているみたいだけれど、だいぶ脚色されているらしいので、下手な物語よりもドラマチックだ。

それは、こんな話だった――

昔々、魔物と人間との間で小競《こぜ》り合いが頻繁《ひんぱん》にくり返されていたころ、アリーヤという魔物の姫が、気まぐれで人間の国フィーリアにやってきた。そして、森の中でルイスという名の青年と出会う。

ルイスは人間の中で一番強い戦士で、魔物からフィーリアの国を守ることに使命を見出し、日々剣の腕を磨《みが》いていた。ルイスに助けられた人々は、彼を英雄と呼んで称《たた》えていた。

二人はお互いを一目見るなり恋に落ちる。ルイスは魔物に恋をしたことに悩みながらもアリーヤを求め、アリーヤはすべてをなげうって彼の求めに応じた。そして、彼女はそのまま人間の国に留まることを決めたのである。

しかし、幸せな日々はそう長くは続かなかった。アリーヤを取り戻そうと、彼女の父親である魔物の王が人間の国へ攻め入ってきたのだ。

文字どおり、地上は魔物の群れで真っ黒に埋め尽くされた。

人間の国の王たちは集まって話し合い、アリーヤを魔物の国へ帰すことを決めた。すぐに魔物の王にそれを伝え、停戦の合意を得ることに成功する。

ルイスとアリーヤは泣く泣く引き離されることとなった。

せめて人間の国を去る瞬間までアリーヤと共にいたいと願ったルイスは、魔物の国に一番近い、エルドレアという国まで彼女を送り届けることを申し出る。

彼らを二人きりにすると逃亡する恐れがあるため、人間の王たちはそれぞれの国から精鋭を集め、護衛という名の監視をつけた。

ルイスとアリーヤはエルドレアへ向かう道中、残り少ない時間を過ごす。そして、アリーヤは魔物の王のもとへ泣きながら帰っていった。彼女は父がその気になれば、人間の国など容易《たやす》く滅ぼせることをよく知っていたのだ。

アリーヤが無事に戻ったことで、人間の国の王たちは安堵した。これで戦争を回避できると。しかし、魔物の王はルイスを許さなかった。彼は軍を撤退させるどころか、そのまま進軍することを命じたのだ。

各国から集められた精鋭たちはエルドレア城に立てこもり、必死に応戦した。

ハラルという国の騎士たちは城壁にのぼり、空から飛んでくる魔物たちを退《しりぞ》けた。クルセスという国の弓兵たちは指から血が噴き出るまで矢の雨を降らせ、彼らに同行した魔法使いたちも命を削って魔法を唱え続けた。そしてエルドレアの兵士たちも、自国を守るために必死で戦った。

しかし、魔物の攻撃をいつまでも防ぐことはできず、人間の数はじりじりと減り続ける。

そんな中、ルイスは単騎で城から撃って出た。彼は、魔物の王が自分の首を取るまで進軍を止めないことを知っていたのだ。

ボロボロになりながら、ルイスは魔物の軍に切り込んで行き、ついに魔物の王と向かい合った。

「魔物の王よ！　俺の命をあなたに捧げよう。どうかそれで溜飲《りゅういん》を下げてくれ」

しかし、魔物の王は笑った。

「そんなもので、この怒りが静まるものか。人間など根絶やしにしてやる」

その言葉を聞いたルイスは怒り、我を忘れて周囲の魔物を斬り殺した。しかし、限界を迎えていた彼の体はすぐに動かなくなる。魔物の王の剣が閃《ひらめ》き、ルイスの喉を貫《つらぬ》いた。

そのとき、騒ぎを聞きつけて飛んできたアリーヤが、ルイスに縋《すが》りつく。

「愛《いと》しいルイス。あなたを決して死なせはしない！　私の命を使ってでも助けてみせます！」

喉を貫かれたルイスは、血を吐きながらも首を横に振った。

「や、めるんだ……アリーヤ……」

アリーヤが目を閉じて両手を合わせると、彼女の体はまばゆい光を放ち始める。

「父上、私は自分の命と引き換えに、彼に石化の魔法を使いました。私が死んだあと、彼の体が少しでも損なわれることがあれば、私はあなたを決して許しません」

魔物の王は言葉をなくしてうろたえた。アリーヤは微笑んで続ける。

「その代わり、父上がこの戦をただちにやめることと、彼を傷つけないことを約束してくだされば、私の魂《たましい》はいずれこの地に戻って参ります」

アリーヤが放つ光はますます眩《まぶ》しくなり、彼女は笑みを浮かべたままその場から消えた。そこに残っていたのは、石になって固まったルイスの姿だけだった。

魔物の王は叫び声をあげる。最愛の娘が、人間の男を助けるためにその命を使ってしまった。彼は怒りのままにルイスに剣を向けたが、すんでのところで思い留まる。約束を破れば、娘とは二度と会えなくなってしまう。

魔物の王の怒りは、城に立てこもっている人間たちへ向けられた。それは二つの約束のうちの一つを破ることになるのだが、頭に血がのぼった王はそれに気づくことさえできなかった。

より激しい攻撃にさらされたエルドレア城は、一夜ももたずに陥落する。おびただしい屍《しかばね》だけが残る地で、最後まで残ったエルドレア王は、魔物の王にこう言った。

「魔物の王よ。お怒りは静まりましたか？　どうか、これで引きあげてくださいますようお願い致します。もしこのまま魔物の国にお戻りいただけるなら、あなたにこの国を捧げましょう」

「死者ばかりの国を献上すると言うのか？　笑わせるな」

「はい。この地に死者の国をお作りなさいませ。私たちはあなたの配下となります。今後戦《いくさ》があれば一番に駆けつけ、この身をもってあなたの盾となりましょう」

「……他の国を守るために、お前たちは人間をやめるというのか？」

「はい。体が朽ち果てるそのときまで忠誠を誓います。戦をこの場で終結させれば、あなたは決して裏切ることのない不死身の兵を手に入れるのです。悪い話ではありますまい？」

魔物の王は愉快そうに笑った。そしてエルドレア王の胸を剣で貫《つらぬ》き、その遺体に光る粉を振りかける。すると、一度は倒れたはずのエルドレア王の体が、ムクリと起き上がった。

「お前をエルドレア辺境伯に封《ほう》ずる。この地を治め、有事には私の盾となれ」

エルドレア王は頭《こうべ》を垂れ、辺境伯を襲名した。彼は魔物の王から不思議な粉を受け取り、戦いに敗れた戦士たちに振りかける。

次々に起き上がる戦士たちの瞳には、暗い影が落ちていた。彼らは、自分たちがどうなってしまったのかをすぐさま理解したのだ。人ではない身に堕《お》ちた、自分たちの運命を……

彼らは嘆きながらも、仲間たちに呪われた粉を振りかける。せめて非戦闘員だけは安らかに眠らせてやるため、彼らには粉をかけなかった。

こうして、人間の国と魔物の国の境《さかい》に、死者の国が誕生した。

ルイスの像は、この地で丁重に保管されることとなった。彼は石になりながらも、愛《いと》しいアリーヤの帰りをずっと待ち続けている。死のにおいが漂《ただよ》う暗闇の国で――

私は読んでいた本をそっと閉じた。どんなに脚色されていようとも、紛れもなく現実に起きたことなのだ。そうなると、この話の中に出てくるエルドレアという国は……

ため息をついたあと、雨の音に気づいて顔を上げる。私は窓辺に近づいて空を見上げた。

エルドレアで雨を見るのは初めてだ。昼間はいつも分厚《ぶあつ》い雲が空を覆《おお》っているが、雨が降ったことは一度もなかった。

窓に叩きつけられる雨音が、だんだん激しくなってくる。雨は夜まで降り続くのだろうか？

「閣下《かっか》とジャックさん、濡れて帰ってくるかもしれないなぁ」

辺境伯は昨夜遅く、馬車に乗って出かけてしまった。リヨンが言っていたとおり、彼は意外と多忙みたいだ。

今日はなんの料理を作ろうか。外は冷たい雨が降っているので、温かい鍋料理なんかいいかもしれない。私は伸びをしてベッドから下りた。

そのとき突然、城の尖塔《せんとう》に釣り下げられている鐘が鳴った。静かな真昼の城に、空気を震わせるほど大きな音が響き渡る。私は驚いて窓の下を見下ろした。

この鐘は、跳ね橋に何者かが近づいたときの合図なのだそうだ。城に誰かが訪ねてきたら鐘が鳴るよう、魔法がかけられているらしい。

もしかしたら、辺境伯がもう帰ってきたのかもしれない。そう思ったけれど、しばらく待っても跳ね橋が下りる気配はない。私は部屋を出て跳ね橋へ向かった。

辺境伯以外にも、日中活動できるアンデッドは存在する。辺境伯の不在時に城を任されているリュシアンも、必要があれば昼の間ずっと起きているそうだ。

しかし、誰も跳ね橋を下ろそうとしないので、私は不思議に思う。もしかすると、この雨のせいでみんな面倒くさがっているのかもしれない。

ぬかるんだ道を走り抜け、私は城門の前にやってきた。深い堀の対岸に、見たこともない豪奢《ごうしゃ》な馬車が停まっている。

「厄介なのが来ましたね」

いつの間にか、私の後ろにリュシアンが立っていた。彼は相変わらずコートの襟を立て、口元をスカーフで覆《おお》っている。

「跳ね橋を下ろさないんですか？」

「できることなら下ろしたくないですね。まぁ、そんなわけにもいかないんですけど……。よりにもよって、閣下《かっか》の不在時に彼が来るとは」

リュシアンはスカーフの奥で、深いため息を吐き出した。

「ユイさんは、すぐに自分の部屋へ戻ってください。気配を消して、私がいいというまで部屋から出ないように」

「え？　どうしてですか？」

「いいから行きなさい！」

珍しく声を荒らげたリュシアンに気圧《けお》され、私は慌てて城の中へと戻った。さっぱり状況が呑み込めないが、何かよくないことが起こりそうな予感がする。

跳ね橋の鎖が擦《こす》れる音を聞きながら、私は好奇心に負けて一度だけ振り返った。肩越しに見える馬車の中から、鋭い視線を感じる。雨よりも冷たい何かが体を駆け抜けた気がして、私はすぐに前を向き、一目散《いちもくさん》に自分の部屋を目指した。

部屋に戻り、タオルで水滴を拭《ぬぐ》う。雨で体がずぶ濡れになり、すっかり冷えてしまった。

雨が思いのほか冷たかったせいか、タオルでいくら擦《さす》っても、震えはなかなか収まらない。

城内の者たちが慌ただしく動き始めた気配がする。誰かのせわしない足音だったり、ひそひそと交わされる小さな話し声だったり。耳を澄ませば、色々な音をドア越しに感じることができた。

リュシアンは気配を消せと言った。私はその言葉に従うべく、扉に鍵をかけ、そっと窓に近寄ってカーテンを閉める。せめて明かりをつけたいという衝動に駆られたが、それをぐっと我慢した。

そのとき、背後でカチャリという音がした。不思議に思って振り返ると、ドアの閂《かんぬき》が独りでにゆっくりと外れていく。それは唖然とする私の前で床に落ち、硬い音を立てた。

どうして？　何が起こったの？

軋《きし》む音を立ててドアが開き、廊下の暗がりから誰かが部屋に入ってくる。私は恐怖のあまり声も出せなかった。

部屋に入ってきたのは、黒いローブを頭まですっぽりとかぶった男だった。雨合羽《あまがっぱ》のような光沢のあるローブは、雨でぐっしょりと濡れている。ローブの隙間《すきま》から覗く目は真っ黒くて、瞳がやけに大きい。白目の部分はほとんど見えなかった。

「こんにちは」

男は濡れたローブを脱ぐこともなく言った。その口から、二股に分かれた舌がチラリと覗く。私はそれを、どこかで見たことがあるような気がした。

「初めまして。人間のお嬢さん」

「……初めまして」

私はできるだけ動揺を抑えて挨拶《あいさつ》を返した。どこの誰かはわからないが、彼にはもう私が人間だとバレてしまっているらしい。

私は男の真っ黒な目をひたと見据えた。きっと招かれざるお客とは、彼のことだろう。馬車から感じた気味の悪い視線も、彼のものだったのかもしれない。

「女の部屋に無理やり押し入るような真似をして悪かったな。だが、あの執事がここに人間はいないと嘘をつくんだよ。だから、力ずくで入ってくるしかなかったんだ」

急に気安い口調になりながら、男はどんどん部屋の中へ入ってくる。顔には笑みを浮かべているのに、好意的な雰囲気をちっとも感じなかった。むしろ、彼は私に対して悪意を持っているような気さえする。

「お前に会うために、わざわざこんな腐った土地まで来たっていうのに……この城の執事は客を馬鹿にしているな」

男は靴音をコツコツと響かせ、雨の雫《しずく》を滴《したた》らせながら近づいてくる。そして私を窓際に追い詰め、顔を覗き込んできた。雨の雫がポタリポタリと、私の額《ひたい》の上に落ちる。

「なんだ、結構可愛いじゃないか」

男の指が私の頬を何度も滑《すべ》る。ときおり、長い爪で頬を軽く引っかかれた。

「名前は？」

「ユイです」

「ユイは、誰も食べたことがないような面白い料理を作るんだってな。どんな料理なんだ？」

私は何も言えず、ただ目を見開いていた。

どうしてこの男は私のことを色々知っているのだろう。

「世にも珍しい料理を、エルドレア卿《きょう》に独り占めさせておくのはもったいないじゃないか。だから、私もユイの手料理を食べさせてもらおうと思って、わざわざやってきたんだ」

「え？」

「テリヤキだったたか？　私にもそれを食わせてくれよ」

この男は何をどこまで知っているのだろう？　私は恐ろしくなり、男から目を逸らしてしまった。

そのとたん、頬にピリッと痛みが走る。男が私の頬を強く引っかいたのだ。

「もちろん作ってくれるだろ？」

真っ黒な目がニヤリと細くなる。私は声も出せず、何度も頷いた。

怖い。この男はとても怖い。

「レインフォード卿《きょう》！　城内を勝手に歩き回られては困ります」

リュシアンが慌てて部屋に飛び込んできた。コートの裾がカマイタチにでもあったかのように、ビリビリと切り裂かれている。よく見れば、布地にじんわりと赤黒い染みが広がっていた。

「あぁ、リュシアン。乱暴をして悪かったな。お前が見え透いた嘘をつくから、つい手が出てしまったんだよ。私はどうしても彼女に会いたくてね。エルドレア卿が大事に大事にしまいこんでいる、取っておきの女だ。誰だって見てみたくなるだろう？」

ボロボロのリュシアンを見て、レインフォード卿は気の毒そうに眉を下げた。しかし、口元にはうっすら笑みを浮かべている。

「これからユイに料理を作ってもらうんだよ。別に構わないだろう？　そのために手土産《てみやげ》だって持ってきたんだから。エイブリー、あれを出せ」

レインフォード卿が手で合図をすると、リュシアンの後ろから細身の少女が現れた。手には大きな包みを持っている。彼女はいつからそこにいたのだろう。私には気配すら感じ取れなかった。

銀色の髪をした美しい少女は、一礼してから部屋に入ってくる。よく見ると、彼女の耳の先端は尖《とが》っていた。

「今日のために、レインフォード卿が直々《じきじき》に取り寄せた品です。お受け取りください」

エイブリーと呼ばれた少女が、私に大きな包みを差し出した。私はお礼を言って受け取る。

「是非これを使って料理を作ってくれ」

レインフォード卿が弾《はず》む声で言う。彼はなぜこんなに楽しそうなのだろう。

「申し訳ありません、レインフォード卿。彼女は卿にお出しできるような料理など――」

「作ってくれるよな？」

レインフォード卿はリュシアンの言葉を無視して、私に話しかける。彼は自分の指を口元に持っていき、長い爪の先端をペロリと舐めた。

その爪に赤いものが付着しているのを見て、私は自分の頬に恐る恐る手を当てた。

――濡れている。彼の爪で切り裂かれ、頬から血が出ていた。

リュシアンが心配そうにこちらを見ている。私は彼に助けを求めたくなった。

怖い。断りたい。この男に関わりたくない。

しかし、私は自分の意思に反して首を縦に振っていた。

リュシアンが一瞬悔しそうな表情をしたが、その顔にはわずかに安堵の色が浮かんでいた。辺境伯の不在時に、これ以上問題を起こすわけにはいかないのだろう。

「実に楽しみだよ」

レインフォード卿が真っ赤な口内を見せて笑った。二股の舌が、その唇を這《は》うようになぞっていく。

手の中の包みはずっしりと重たい。彼はこれを使って料理を作れと言っていたが、正直、あまりいい予感はしない。

「そうだ、料理するところを私に見せてくれないか？　ユイがどんな風に料理を作るのか、興味があるんだ」

いいことを思いついたとばかりに、レインフォード卿《きょう》が手を打ち鳴らした。何がしたいのかさっぱりわからないが、どことなく不気味な雰囲気を放っている。

「申し訳ありません。お客様を調理場へご案内することはできません」

私が口を開く前に、リュシアンがすかさず答える。レインフォード卿はリュシアンのほうを振り返ると、無造作に右手を突き出した。その手の平がぼんやりと光ったかと思うと、リュシアンが小さく呻《うめ》いて体をくの字に曲げる。

私には何が起こったのかわからなかったが、リュシアンのコートのお腹の辺りが大きく裂けている。レインフォード卿が何かやったのだ。

「レインフォード卿。暴力はお控えください」

エイブリーが眉をひそめてレインフォード卿を諌《いさ》めた。しかし、彼はエイブリーを片手で押しのける。

「お前は下がっていろ。なぁリュシアン、私がここまで頼んでいるんだ。もちろん見せてくれるだろう？」

レインフォード卿の手が、再び光を帯びる。

私は二人の間に飛び出そうとしたが、エイブリーが私の肩を掴んでそれを止めた。

「危険です。下がっていたほうがいい」

「でも……」

「あなたが怪我を負ったら、リュシアンはもっと困るのではありませんか？」

エイブリーは私にしか聞こえない小さな声で囁《ささや》いた。

「レインフォード卿の要求を呑むのは不本意かもしれませんが、ここは大人しく彼に従ってください。そして、どうか油断しないで。レインフォード卿はエルドレアに対して、友好的な感情を持ち合わせていません」

エイブリーは私の耳元に唇を寄せると、早口でそう言った。

レインフォード卿の連れであるエイブリーが、なぜこんな忠告をしてくれるのかはわからない。

だが、私は彼女の言葉に小さく頷いた。

「わかりました。レインフォード卿、お見せできるほどの料理の腕はありませんが、是非ご覧になってください」

足は恐怖のあまり震えていたが、思いのほかしっかりと声が出たのでほっとする。

ここは虚勢を張ってでも堂々としていなければならない。なぜなら、今は辺境伯が不在なのだ。私がこの城を守らなければ。

「それはよかった。では、すぐに調理場へ向かおうか」

私の返事に満足したらしいレインフォード卿は、上機嫌で頷いた。

私たちは調理場へ向かう。私の後ろにはレインフォード卿とエイブリーが続き、最後尾には疲れた顔のリュシアンがいた。彼は切られた腹を押さえていたが、足取りはしっかりしている。

「それにしても、このにおいはどうにかならないのか？　このままじゃ鼻が使い物にならなくなる」

レインフォード卿《きょう》は、廊下の至るところに飾られた真紅《しんく》の薔薇《ばら》を見て、嫌そうな顔をした。

大量の薔薇の花が、これでもかというほど飾られている。体をバラバラにされたせいで数日は薔薇を飾ることができなかったリヨンが、その鬱憤を晴らすかのように花の量を増やしたのだ。

「申し訳ありません。清浄な森からいらしたレインフォード卿には、ここの空気は合わないでしょうね」

リュシアンが申し訳なさそうに答える。しかし、その目は冷え冷えとしていた。

「腐敗臭と混ざってひどいにおいだ。吐き気がする」

レインフォード卿はリュシアンのほうを見もせず、鼻に皺《しわ》を寄せて言った。

私は首を傾げる。腐敗臭なんてするだろうか？　リヨンの飾った薔薇のおかげで、私には強い花の香りしか感じられない。

「こんなところで飼われているなんて、お前も可哀想な人間だな」

嘲《あざけ》るような口調で言われて、私はむっとした。しかし、それを顔に出すことはしない。

「いいえ。ここの皆さんによくしていただいているので、とても快適に暮らしていますよ」

「人間が人食いのアンデッドに懐《なつ》いたのか。これは傑作だな」

大きな口を開けて、レインフォード卿はハハハと笑う。嫌な笑い方だ。彼は辺境伯を含むアンデッドたちを蔑《さげす》んでいるように感じる。

私はレインフォード卿に激しい敵意を抱いた。彼がどんなに高い地位にいるのかは知らないが、この城の人たちの悪口を言われるのは我慢できない。力で強引に従わせるやり方も気に食わない。

自然と拳《こぶし》に力がこもる。しかし、貼りつけたような笑みを浮かべて振り返った。これは私にできる唯一の抵抗だ。

「城の皆さんは優しい方ばかりなので、私はここがとても気に入っています」

レインフォード卿が、フンと鼻を鳴らして黙る。

この失礼な男に完璧なおもてなしをして、さっさと帰ってもらおう。辺境伯が帰ってきたとき、きちんと胸を張って報告できるように。

2

昼間の調理場は暗い。日の光が入ってこないよう、窓の木戸をきっちりと閉めているせいだろう。ハインリヒは基本的に調理場の奥の部屋で寝泊まりしている。私は初め、彼には自分の部屋がないのだと思っていたが、どうやらそうではないらしい。

昼夜を問わず、お腹が減った辺境伯はハインリヒを叩き起こしていたらしい。ハインリヒはそのたびにいちいち調理場と自室を往復するのが面倒になり、調理場の奥の部屋に自分の私物を運び、そこで眠るようになったのだそうだ。

やたらと重たい調理場の扉を開け、ファイヤードレイクの唾液を使って蝋燭《ろうそく》に火をつける。もうこの作業も慣れたものだ。

私たちが入ってきた気配を感じたのか、奥の部屋の扉から眠そうなハインリヒが顔を出す。

「なんだ？　また閣下《かっか》の無茶なリクエストが入ったのか？」

「いいえ、今日は違うんです」

彼は落ちくぼんだ目で私たちを順番に見て、レインフォード卿《きょう》のところで動きをピタリと止めた。

「雨の森の主が、こんなところになんの用だ？」

寝起きだからか、ハインリヒの声はいつもよりしわがれている。

レインフォード卿が、ローブのフードをようやく脱いだ。じっとりと湿った真っ黒い髪が額《ひたい》に貼りついている。

露《あら》わになったその顔を見て、私は驚いた。彼は私が手違いで燃やしてしまった手紙の送り主だ。

どうして今まで忘れていたのだろう。べったりとした黒髪も、蛇のように二股に分かれた舌も、一度見たことがあったのに。

「久しぶりだな、ハインリヒ。今日は客として来たんだ」

彼はもったいぶった仕草で調理台に指を滑《すべ》らせた。まるで神経質な姑《しゅうとめ》みたいに調理台の上の埃《ほこり》をチェックしている。

ハインリヒは何も答えなかったが、威嚇《いかく》するように低く唸っていた。すぐにでもレインフォード卿に飛びかかってしまいそうだ。彼がこんなに感情を表に出すのは珍しい。

「レインフォード卿、大変失礼いたしました。ハインリヒ、お前は下がれ」

リュシアンが二人の間に割って入ると、ハインリヒは悔しそうに唇を噛みしめつつも、その言葉に従った。リュシアンはこちらに向き直り、私の抱える包みを指差す。

「さぁ、ユイさんはぼんやりしていないで調理を始めてください。これ以上レインフォード卿をお待たせすることは許しません」

「は、はい、すみません。それじゃあ、さっそく始めます」

私は流し台で丁寧に手を洗い、フライパンや包丁といった調理道具を取り出した。この場にいる誰もが私の一挙手一投足《いっきょしゅいっとうそく》を見つめている。

「ハインリヒさん。ちょっと氷室《ひむろ》に行って、照り焼きの材料を取ってきていただけますか？」

未だレインフォード卿を睨《にら》みつけているハインリヒに、私は用事を頼んだ。いつもは頼りになる彼だが、今はこの場を離れてもらったほうがいいかもしれない。

もし彼がレインフォード卿に手を出してしまったら、もっとひどい状況に陥《おちい》ってしまう。辺境伯が戻ってくるまで、できるだけ事を荒立てたくない。

「必要なのは鳥肉とタルモと、それから……」

「おいおい、私の手土産《てみやげ》を忘れていないか？　上等な肉を選んできたんだ。ユイに料理してもらうために、特別に用意した高価な肉だよ」

嫌なタイミングでレインフォード卿が口を挟んでくる。恐らくわざとなのだろうが、彼はいちいち私の神経を逆撫でする。とはいえ彼の言葉を無視することはできないので、調理台に置いていた例の包みを手元に引き寄せた。

「では、中を拝見させていただきます」

私は調理台の上の包みを開く。幾重《いくえ》にも巻かれている布を剥《は》がし、中から出てきたものを見て――私は息を呑んだ。

調理台の上に現れたのは、人の腕だった。

何かを掴もうとするように、わずかに開いた五本の指。うっすらと残る体毛は金色で、丸い爪の形が残っている。決して血まみれなわけでも傷だらけなわけでもなかったが、なぜかこの腕の持ち主が惨《むご》たらしい最期を遂《と》げたのではないかという気がした。

「ひっ……」

動揺する私を見て、レインフォード卿《きょう》は笑った。彼は黒い目を細め、肩を小刻みに揺らしている。

わざとだ。レインフォード卿は私を動揺させようとして、わざとこれを持ってきたんだ……

二股に分かれた赤い舌が、愉快そうに唇を舐めた。

「う、ぐぅ」

私は胃の中のものを吐き出してしまった。足に力が入らず、ずるずるとその場に崩れ落ちる。

「ユイ！　大丈夫か⁉」

ハインリヒが素早い動きで私の肩を抱き、背中を擦《さす》ってくれる。しかし、気分はまったくよくならない。

「あーあ、汚ねぇな。せっかく苦労して持ってきたのに、これがエルドレア流の感謝の仕方か？あぁ？」

レインフォード卿の口調が急に変わった。今までは悪意が見え隠れしてはいたものの親しげな口調だったのに、これではまるでやくざみたいだ。

「申し訳ありません、大変お見苦しいところをお見せしました。どうやらユイは体調が思わしくないみたいです」

私とハインリヒを背に庇《かば》うようにして、リュシアンが間に入った。

「そりゃ大変だな。だが、お前が頭を下げたくらいでこいつの失態を許してもらえるとは思っていないだろう、リュシアン？」

リュシアンは眉一つ動かさなかったが、手袋をはめた手を固く握り締めている。私には彼がとても焦っているように見えた。

「料理しろよ」

レインフォード卿は顎《あご》で私を示した。彼は、どうしても私にこの腕を調理させたいらしい。

「ですから、ユイは体調が優れないので料理はできません」

「そうじゃない。私は、この女を料理しろと言ってるんだ」

リュシアンの目が大きく見開かれた。

「別に無理難題を言ってるわけじゃないだろう？　粗相《そそう》をしたやつの命をもって事を収めるのはよくあることだ。それがたまたまエルドレア卿の大事な女だった。私は間違ったことを言っているか？」

「いえ……」

私を振り返るリュシアンの目に動揺が走った。その拳《こぶし》はさっきよりも固く握り込まれている。

「何も独り占めしようなんて考えちゃいない。エルドレア卿《きょう》にも分けてやるから安心しろ」

レインフォード卿は実に楽しそうだ。まるでいたずらが成功した子どものような、ニヤニヤした笑みを浮かべている。

それを見て、私はどうしてこの男がここにやってきたのかを理解した。彼は、辺境伯を困らせるためにやってきたのだ。

どうしてかはわからないが、レインフォード卿は辺境伯が私を大事にしてくれていることも、私が作る料理を気に入っていることも、すべて知っている。それを知った上で、私を殺そうとしているのだ。

どうして？　どうしてこの男はそんなことをしたがるの？

「レインフォード卿は、辺境伯が嫌いなんですか？」

私の口から、独りでに言葉が飛び出していた。彼は私と目線を合わせるように、ゆっくりとしゃがみ込む。

「ああ、嫌いだ。死体の分際で、私よりも高い地位にあることが我慢ならない。知っているか？私の伯爵という地位よりも、辺境伯のほうが上なんだよ」

「え？」

それは知らなかった。リュシアンが腫《は》れ物に触るみたいに接していたので、てっきりレインフォード卿のほうが辺境伯より高い地位にあるものと思っていた。

「かといって、王の許可なしにこの土地を焼き払うことは許されない。まったく忌々《いまいま》しい」

そう言うと、レインフォード卿は悔しそうに歯ぎしりした。しかし、ふと何かを思いついたように私を見る。

「死にたくないと、命乞いしてもいいんだぞ？」

「え？」

「そうしたら、私は堂々とエルドレア卿に責任を追及できる。あの赤毛の死体を燃やしても、王に咎《とが》められることはないだろう。どうする？　ユイ。お前に選ばせてやる」

私は迷った。

死にたくない。死ぬのは怖い。でも……

どうすればいいのかわからなくなり、私はリュシアンを仰ぎ見る。しかし、彼は何も言わずにただ目を伏せるだけだった。私の背に手を置いたままでいるハインリヒを振り返ると、彼は皺《しわ》だらけの顔を悔しそうに歪めて私を見返していた。

私が選んでいいの？　辺境伯が殺されるかもしれないのに、誰も止めないの？

私はリヨンから借りた本の内容を思い出す。エルドレアの領民がアンデッドとなって蘇《よみがえ》ったのは、すべて辺境伯のせいだった。他の人間の国を守るため、彼はエルドレアを呪われた土地にした。だから、この地に住む誰もが彼のことを慕《した》いながら、同時に激しく恨んでいるのだ。

私は顔を上げて、きっぱりと告げた。

「私を食べてください」

ハインリヒが小さく身じろぎし、リュシアンが驚いたように目を見開く。そして、レインフォード卿《きょう》はつまらなそうに息を吐いた。

「なぜエルドレア卿を庇《かば》う？　何度も食われかけたんだろう？」

「……だって、あの人はなんにも持ってないんです。遠い昔に自分の国も家族も失くしてしまった。大きなお城に住んでいても、心から慕ってくれる人は一人もいない。そんなの可哀想じゃないですか。私一人くらい、閣下《かっか》を好きでいてあげてもいいじゃないですか。守ってあげたくなってもいいじゃないですか！」

気がつくと、私は涙を流していた。あぁ、いつの間にか自分を犠牲にしてもいいと思えるくらい、閣下のことを好きになっていたんだ。

「つまらんな。だが仕方ない。……料理されたユイの姿を見たら、エルドレア卿はどんな顔をするだろうな。その顔でも想像しながら、ゆっくりやつを待つとしよう。リュシアン、もっと居心地のいい部屋に案内しろ。ここにはもう用がない」

「……かしこまりました。ハインリヒ、あとは任せたぞ。お前一人では荷が重いだろうから、すぐにリヨンをここへよこす。こき使ってやれ」

リュシアンは早口でそれだけ言うと、レインフォード卿とエイブリーを伴《ともな》って調理場から出ていった。私は彼らの後ろ姿を見送りながら、自分をぎゅっと抱きしめる。今から、この体が料理されてしまうのだ。

ハインリヒが私の肩にそっと手を置いた。

「あんたも馬鹿だな。自分の命が一番大事だろうに」

「ごめんなさい。でも、閣下のことを守りたいって思っちゃったんです」

「どうして閣下なんぞに情を移せるんだ？」

私はハインリヒの質問に首を捻《ひね》った。

「それが、自分でもさっぱりわからないんですよ。……というか、殺されるのってやっぱり痛いでしょうか？」

私の膝は、すでにガクガクと震えていた。大見得《おおみえ》を切ったはいいが、やはり怖いものは怖い。

ハインリヒは私の質問に答えなかった。そして気が進まないといった様子で調理道具を取り出し始める。その中には、例のアイスピックのようなものも含まれていた。それを見ると、初めて調理台にのせられたときの恐怖を思い出してしまう。

そのとき、調理場の扉が勢いよく開いてリヨンが飛び込んできた。彼は大きな台車を押して、その上にこれまた大きな箱をのせている。それはまるで、棺桶《かんおけ》のようだった。

「リュシアンから聞いたよ！　フリカッセちゃんが調理されるって本当!?」

「ああ。冗談だったらどんなにいいだろうな」

ハインリヒが鬱陶《うっとう》しそうに答えた。

リヨンは箱を床に置き、私の周りをぐるぐると回り始める。

「そうかぁ。ついにこのときが来たのかぁ。あ、頬肉は僕がもらうっていう約束だったよね？」

「……お客さんの分もありますし、そのことについては閣下と相談してください」

私の言葉を聞いて、リヨンは残念そうに舌打ちした。冗談みたいなやり取りだけれど、これからこの調理台の上で本当に切り刻まれるのだ。

そう思ったとたん、私の体はまたカタカタと震え始めた。

リヨンはそれに気づいたのか、穏やかな笑みを私に向けてくる。

「大丈夫だよ、フリカッセちゃん。僕が来たからには、痛みも恐怖も感じないまま逝《い》かせてあげるから」

「ほ、本当ですか？」

私を安心させるように、リヨンは大きく頷いた。

「うん。まるで眠りにつくみたいに、穏やかに魂《たましい》と体を分離させてあげる。僕はクルセス一の魔法使いだったんだからね」

にわかには信じられない台詞《せりふ》だが、本当に眠るように逝けるのなら、是非お願いしたい。

「それじゃ、準備を始めようか」

リヨンは筆と、墨《すみ》のような黒い液体をポケットから取り出し、調理台の上に絵を描き始めた。丸い輪を何重にも描き、その外側と内側に不思議な文字をびっしりと書いていく。私には読めない奇妙な文字だった。

「フリカッセちゃん、こっちに来て横になってくれる？」

そう言って、リヨンは調理台の上を指差した。

私はひんやりと冷たい調理台の上に自ら横たわる。

まさか、こんなことになるとは思ってもみなかった。初めて調理台にのせられたときは、辺境伯に食べられまいと必死だったのに、今は自分から食べられようとしている。なんて皮肉なことだろう。

「ちょっと動かないでね」

リヨンは私の手を取り、手首の内側に例の不思議な文字を書き始めた。筆先の感触がくすぐったい。

「あぁ、動いちゃ駄目だよ。術式を間違うと大変なことになるからね」

そう言われて、私はひたすら我慢した。

リヨンは私の喉、続いて足首と、手際よく筆を走らせる。

「これでよし。最後はお腹に描いておしまいだ。ちょっとスカートをめくってくれる？」

「え？」

聞き間違いかと思ってリヨンを見返したが、彼は至って真面目な顔で私を見下ろしている。

「ほら、早く」

「え、冗談じゃなくて？」

いつもうっすら笑みを浮かべているリヨンだが、このときばかりはとても真剣な顔をしていた。

彼は私の苦痛をなくすために力を貸してくれているのだから、恥じらっている場合ではない。

私がスカートの裾を持ち、がばっとめくろうとしたとき、ハインリヒが私の腕を掴んだ。そして、私のワンピースのお腹に包丁で切れ目を入れ、ビリビリと引き裂く。

「これでいいだろ」

ぶっきらぼうに言ったあと、背を向けた彼が小さく「まったく、年ごろの娘のくせに恥じらいのねぇ」と呟《つぶや》いているのが聞こえた。

「まぁ、これでも書けるから、僕としては構わないよ」

ひとまずリヨンも頷いていているので、私はスカートの裾から手を離した。助かったといえば助かったのだが、せっかくの一大決心が無駄になってしまった。

「——できたよ。これで君が苦痛を感じることはない」

「ありがとうございます」

「君の魂《たましい》は体から離れる。だけど、しばらくはこの辺りに留まることができるから、お別れしたい人がいれば済ませてくるといい。相手には君の姿が見えないし声も聞こえないから、ただの自己満足だけどね。全部終わったら僕の部屋においで。天に送ってあげる」

リヨンは優しかった。これから死を迎える私になるべく恐怖を与えないよう、気を配ってくれているのだろう。そんな彼の気遣いが嬉しかった。

「リヨンさん、何から何まで本当にありがとうございます。あ、お借りした本を読みました。とても面白かったです。私のベッドの枕元にあるので、あとで取りに行ってもらえますか？」

「わかったよ。クルセスの魔法使いの活躍が最高だっただろう？」

リヨンは器用に片目をつぶってみせる。

「はい。格好よかったです」

「僕の容姿についての描写が一切ないのが、気に食わないけどね」

リヨンは不満げな顔で金色の髪をかき上げた。どうやら本当に腹を立てているらしい。

「ハインリヒさん……」

こちらに背を向けて湯を沸かしているハインリヒに、私は声をかけた。彼は私の声など聞こえていないかのように振り返らない。

「ハインリヒさんには、いつも助けていただきました。初めて会ったとき、自分の手を傷つけてまで私にチャンスを与えてくれましたよね。本当に嬉しかった。……こっちを向いてください。最後に、ハインリヒさんの顔が見たいんです」

彼はゆっくりと振り返り、干し柿みたいに皺《しわ》だらけの顔をこちらに向けた。常に皺が寄っている彼の眉間《みけん》には、今はマッチ棒を挟めそうなほど深い皺が刻まれている。

「よかった。顔を見てお礼を言いたかったんです。あなたがいたから、私はこれまで頑張れました。本当にありがとうございます」

「ああ」

ハインリヒは小さく呻《うめ》くように言うと、私の頭をくしゃりと撫でた。

「あんたは俺の娘に似てんだよ。だから、どうしても放っておけなかった」

ぎゅっと引き結ばれる彼の口元は、かすかに震えていた。

彼にはこれから私をさばいて料理するという仕事が待っているのだ。今まで親しくしていた人間を料理しなくてはいけない彼の心情は、一体どんなものだろう。私が娘に似ているのなら、その作業はなおさら辛いものになるはずだ。

「ごめんなさい、本当にごめんなさい……」

ハインリヒは何も言わずに、ただ私の髪をかき回していた。ぶっきらぼうな彼に似合わず、とても優しい手つきだった。

「そろそろ始めよう。レインフォード卿《きょう》をあまり待たせると、あとが怖いよ」

私はリヨンの言葉に頷いた。ハインリヒの手が頭からそっと離れていく。

リヨンの滔々《とうとう》とした声が調理場に広がる。懐《なつ》かしいような、それでいて新鮮なような、不思議な旋律だ。それを聞きながら、私は静かに目を閉じた。

3

暗い闇の中で、私は目を開けた。

どうしてこんなに暗いのだろう。誰でもいいから明かりをつけてほしい。

ぱちぱちと瞬《まばた》きをくり返してみたけれど、目の前は相変わらず真っ暗なままだ。右を見ても左を見ても、濃い闇が広がっている。こんなに真っ暗な場所にいると、本当に目を開けているのかどうかすらわからなくなってくる。

私、一体どうしたんだっけ？

自分の姿さえ見えない暗闇の中、たった一人で立っている。心細さに耐え切れず、手探りで闇の中を歩き始めた。確かに歩いているはずなのに、足にはなんの感覚も伝わってこない。

頭の中は霞《かすみ》がかったようにぼんやりしている。思い出さなくちゃいけないことがたくさんあるはずなのに、何一つ思い出せない。

どこか遠くのほうから、小さな声が聞こえた気がした。耳を澄ましてみると、やっぱりぼそぼそと話す声が聞こえる。私はその声に誘われるまま歩いていった。

「そんなこと、突然言われたって困るよ」

「でも、これしか方法がないのよ！」

ひっそりと交わされている会話は、ずいぶん早口だ。誰かに聞かれないために、早く話を切り上げたがっているのだろうか。

「みんなでお金を出し合わなくちゃ、払えない金額なのよ。もう品物は届いちゃったし、後戻りできないわ」

この声には聞き覚えがある。そう思ったとき、私の視界が突然ぱぁっと開けた。

廊下の隅で、誰かと話をしているサリーの姿を見つけた。相手の少女の名前は知らないが、どこかで見かけた覚えがある。

サリーはメイド仲間の少女に一生懸命頭を下げていた。二人の会話から推測するに、どうやら高価な買い物をしてお金に困っているらしい。

「お願い！　少しでもお金が必要なのよ。閣下《かっか》のためじゃない、あの子を助けるためだと思って協力して。彼女、とてもいい子なの。私たちを怖がっていたけど、頑張って馴れようとしてくれていたの。見ず知らずの場所で、たった一人で生きていくための努力をしてた」

サリーは声を少し震わせて、そっと目頭《めがしら》を拭《ぬぐ》った。

「でも、本当に上手くいくの？」

「それは、やってみなくちゃわかんないけど……」

もう一人のメイドは、サリーの言うことに半信半疑みたいだ。

けれど、サリーの必死の頼みについに折れ、肩を落として頷いた。

「わかった。そんなにお願いされたら断れないよ。私の蓄えも全部使っていいわ」

「ありがとう、デボラ！」

サリーがデボラという少女に飛びついた。

「別にサリーがお礼を言うことじゃないでしょ。それで、誰に渡せばいいの？　リュシアン？」

「リュシアンは絶対駄目！　今レインフォード卿《きょう》を接待してるから。レインフォード卿にバレたら元も子もなくなっちゃうよ。転移魔法はリヨンが全部取り仕切ってるから、あいつの部屋にこっそり持っていって。それから、他の子たちにもお金を出してくれるように頼んでくれる？」

サリーは申し訳なさそうに、デボラを上目遣いで見上げた。その視線に負けたのか、デボラはため息をつきながら頷く。

「わかった。できるだけ集めてみる」

「本当にありがとう、デボラ」

デボラとは一度も話をしたことがないけれど、私は彼女に好意を抱いた。気のよさそうな顔立ちと、おっとりとした話し方に癒される。

じゃあね、と言い合って、サリーとデボラは別れた。

私は急いでサリーのあとを追いかける。立ち聞きしてしまったのは申し訳ないが、さっきの話が気になったからだ。ずいぶん深刻そうだったし、もしかすると私にも関係があるかもしれない。

「こんばんは、サリーさん。今の話について詳しく聞かせてくれませんか？」

私はサリーの細い肩に手をのせた。しかし、その手は彼女の華奢《きゃしゃ》な肩をすり抜けてしまう。

一体どうして？

結局、サリーは私に気づかずそのまま歩き去ってしまう。私は彼女を呆然と見つめながら、ようやく自分の身に起こったことを思い出した。

そうだ。私……もう死んでるんだ。

レインフォード卿のお土産《みやげ》を見て気分が悪くなったことや、彼に私を食べてくれと言ったこと。それにリヨンが眠るように逝《い》かせてくれたことも、すべて思い出した。

急に寒気を感じて、私は自分の二の腕を擦《さす》る。

リヨンが言ったとおり、痛みはまったくなかった。恐怖もほとんど感じなかったと思う。

しかし、とても寒い。誰にも見えない姿になり、たった一人になってしまった感覚は、思っていたよりも不安で心細いものだった。

私はふらふらと歩きだした。あれからどのくらいの時間が経ったのだろう。一瞬？　それとも数時間？　もしもそれほど時間が経っていないなら、調理場ではハインリヒが私を料理している真っ最中のはずだ。

それは絶対に見たくないと思った。リヨンが親しくしていた人に別れを告げてこいと言ったのも、それを私に見せないための方便かもしれない。

突然、尖塔《せんとう》から鐘の音が響いてきた。普段なら頭にガンガンと響きそうなほど巨大な音だったが、今の私にはまったく響いてこない。まるで私の周りに見えない薄い膜が張られているみたいだ。

この世のすべてが遠い存在になってしまった。

鐘の音を合図に、城の使用人たちが玄関ホールへ集まっていく。きっと辺境伯が帰ってきたのだろう。私もその中に交じって階段を下りた。

玄関のドアを内側から開けたのはリュシアンだった。彼はさっきまで着ていたぼろぼろのコートを脱ぎ、皺《しわ》一つないコートに着替えていた。だが、その顔はずいぶんやつれているように見える。

「お帰りなさいませ」

「にぎやかな出迎えだな。今日は何かの記念日だったか？」

コートの肩についた雨粒を払いながら、辺境伯が首を傾げた。雨の雫《しずく》が滴《したた》る赤い髪と、人形のように精気のない端整な顔。彼の姿を見たとたん、痛みと安堵の気持ちが私の胸を駆け巡る。

「いいえ、記念日ではありません。ですが、ご報告することがございます。実は――」

リュシアンが辺境伯の耳に顔を寄せたとき、奥の扉が勢いよく開いて、レインフォード卿《きょう》が現れた。

「やぁ、お帰りエルドレア卿。先《せん》だって遊びに行くと手紙を出しておいたのに、卿が留守にしていると聞いてがっかりしていたんだよ。どこに行っていたんだい？」

辺境伯の顔が、みるみるうちに険しくなった。彼がリュシアンを睨《にら》みつけると、リュシアンは「申し訳ありません」と小さく頭を下げる。きっと、辺境伯の留守中にあんなのを城に入れてしまってすみませんという意味に違いない。

辺境伯はリュシアンを睨むのをやめて、やたら愛想よく礼を取る。

「これはこれはレインフォード卿。陰気な我が城に、よくぞおいでくださいました。どうやらずいぶんお待たせしてしまったようですね。私の留守中に何か失礼はありませんでしたか？」

「いや、とても丁寧にもてなしてもらっていたよ。そうそう、卿にとっておきの手土産《てみやげ》があるんだ。気に入ってもらえればいいのだが」

上機嫌で手招きし、奥の扉へと促すレインフォード卿。彼の顔には、人のよさそうな笑みが浮かんでいた。彼の本性を知らなければ、うっかり騙《だま》されてしまいそうになる。

辺境伯の行く手を遮《さえぎ》るように、リュシアンが静かに前に進み出た。その顔は緊張のためか、いつもより蒼白く見える。

「閣下《かっか》、至急お耳に入れたいことがございます」

「駄目だよリュシアン。サプライズを途中でバラしたら、驚きが半減してしまうじゃないか。エルドレア卿には最高のプレゼントを用意してあるのだから、存分に驚いてもらいたいね」

そう釘を刺されてしまえば、リュシアンは眉をひそめて後ろに下がるしかなかった。

辺境伯とレインフォード卿が奥の扉へ入っていく。きっと食堂へ向かうのだろう。私も二人のあとをついていくことにした。

本当は食堂には行きたくない。しかし、辺境伯のそばに少しでも長くいたいと思った。彼に会えるのも、これが最後なのだから……。


縦に長いテーブルの上に敷かれているのは、真っ白なクロスだ。それに折り重ねるようにして、真紅《しんく》のクロスが斜めにかけられている。テーブルの中央にのせられている豪奢《ごうしゃ》な燭台《しょくだい》が、美しく活《い》けられた花々を幻想的に浮かび上がらせていた。

今まで見たこともない豪華な椅子の前には、ナイフやフォークなどが美しく並んでいる。ワイングラスは赤用と白用の二つが用意されており、シャンパングラスまで横に添えられていた。

いつもはなんの飾り気もなくてそっけない食堂だったけれど、これが本来のあり方なのだろう。誰が用意したのかはわからないが、きっとものすごく時間がかかったに違いない。

辺境伯も食堂の変貌ぶりに感嘆の息を吐いた。

「どうやら、うちのメイドたちが張り切ったようだ。すぐに食事を召し上がりますか？」

「もちろん、すぐにいただこう。実は、エルドレア卿《きょう》が空腹で帰ってくるだろうと思って、私の土産《みやげ》を調理してもらっているんだ。その際に想定外の料理が一品増えてしまったが、きっと卿も気に入ってくれるはずだよ」

ホストとゲストの席にそれぞれ座り、辺境伯とレインフォード卿はシャンパングラスを掲げた。

いつの間にかレインフォード卿の後ろに、エイブリーがひっそりと控えている。

食事はとても和やかに始まったが、二人とも油断なくお互いの出方を窺《うかが》っているように見えた。

私は辺境伯の後ろに立ち、運ばれてくる料理を眺めていた。皿の上には香草で飾りつけされた冷製のオードブルが並んでいる。香辛料がたっぷりと振りかけられ、さらさらとしたオイルがかかった白身魚のマリネはとても美味《おい》しそうだ。

しかし、いつもなら皿が置かれた瞬間に料理を口に運ぶ辺境伯が、今日は決して手をつけようとしない。

「ところで、本日はどんなご用でお越しくださったのでしょうか？」

顔に冷たい笑みを貼りつけたまま、辺境伯は問いかける。彼はナイフとフォークをゆったりと動かしているが、料理を口に運ぶことはなかった。

対するレインフォード卿は屈託のない笑みを浮かべて、オードブルに舌鼓《したつづみ》を打っている。辺境伯の猜疑心《さいぎしん》さえも味わい、それを楽しんでいるようだ。

「実は、卿の噂《うわさ》を耳にしたんだよ。あまりにも面白い噂だったから、直接この目で確かめたくなってしまってね。それで厚かましくも、こうして押しかけたんだ」

「噂？」

辺境伯の目が怪訝《けげん》そうに細められる。

「ああ。あのエルドレア卿が人間を拾ったらしいという噂だよ。おまけに、卿は彼女の作る珍しい料理に骨抜きにされているというじゃないか。それが本当なら、是非とも彼女の料理を味わってみたいと思ってね」

辺境伯の表情が、急に険しくなった。それとは対照的に、レインフォード卿《きょう》は気持ち悪いくらい楽しげな笑顔で、口に含んでいた料理を飲み下す。喉を大きく動かしゆっくりと嚥下《えんか》する様《さま》は、まるで獲物を丸呑みにする蛇のように見えた。

「だが、非常に残念な事態が起きてしまってね。……ユイは私に無礼を働いたんだ」

レインフォード卿はわざとらしくため息をついた。実に不本意で、とても心を痛めているのだと言わんばかりに。その仮面の下では、きっと大笑いをこらえていることだろう。

彼の思惑どおりに事が進んでいることが、私は悔しくてたまらなかった。

「それで、ユイをどうした……？」

辺境伯の声は凍《い》てつくように冷たい。レインフォード卿はますます顔を曇らせ、首を横に振る。

「私も気が進まなかったんだよ。だが、仕方がなかったんだ。本当ならメイン料理として出してもらうはずだったんだが、卿は順序を気にする方《かた》でもあるまい。悪いが今すぐ運んでくれ！」

最後の台詞《せりふ》は食堂の扉に向かって放たれた。すぐに扉が開き、リュシアンが二つの皿を持って静かに入ってくる。

私は無意識に自分の胸元を押さえていた。

彼の持っている皿には、ソースがかかった分厚《ぶあつ》い肉がのっている。脂肪の少ない赤身の肉だ。焼き加減はレアで、中心部に少しピンク色を残してある。

焼けた肉の香ばしいにおいが鼻先をくすぐった瞬間、私はこらえきれずに呻《うめ》き声を漏らしてしまった。他の人には聞こえないとわかっているけれど、慌てて鼻と口を押さえる。

突然、椅子の倒れる大きな音がした。見れば、辺境伯が椅子を蹴倒《けたお》して立ち上がっている。それを見るレインフォード卿は、気の毒そうな顔を崩さなかった。

「エルドレア卿の許可なく彼女を料理してしまったのは、申し訳なかったと思っている。だが、自ら進んで責任を取ると言った彼女に免じて、今回の件を水に流そうと思っているのだよ」

レインフォード卿は肉用のフォークとナイフを取り、皿の上の料理にサクリと刺した。

「さぁ、冷めないうちにいただこう。きっと彼女もそれを望んでいるよ」

辺境伯はレインフォード卿が言ったことの真偽《しんぎ》を確認するように、リュシアンを睨《にら》みつける。しかし、リュシアンは目を伏せて小さく首を横に振るだけだった。

辺境伯は肉料理の皿に視線を戻す。

「まさか……そんな、ことが……」

琥珀《こはく》色の目を大きく見開き、皿の上の料理を見つめる。そして、薄くて形のいい唇を鋭い歯で噛みしめた。ブツリという音が聞こえそうなほど強く唇を噛み、頭《こうべ》を垂れる。赤い髪が彼の顔を覆《おお》い隠し、握りしめた拳《こぶし》がふるふると震えていた。

私が勝手なことをしたせいで、怒っているのだろうか。それとも、呆れているのだろうか。どちらでも構わない。私のせいで辺境伯に迷惑をかけるよりはずっといいのだから。

そう思うのに、どうして涙が止まらないのだろう。

「さぁ、立ったままでいないで、エルドレア卿も食べるといい。なかなか美味《うま》いぞ。ずっとこの女を食べたいと思っていたのだろう？」

レインフォード卿《きょう》の言葉を聞いて、辺境伯が目だけを彼に向けた。乱れた赤い髪の奥から覗くその目には、殺気が漲《みなぎ》っている。

「……お前がユイを食べるのは許さない」

血で赤黒く染まった唇を震わせて、辺境伯は呟《つぶや》いた。テーブルに置かれたままだったナイフを掴み、ゆっくりとレインフォード卿へ歩み寄る。

次の瞬間、辺境伯が手にしていたナイフが、レインフォード卿の喉元へと飛んだ。目にも留まらぬ速さだった。

不意をつかれたはずのレインフォード卿だが、上半身を後ろへ反らしてどうにか避ける。しかし、辺境伯はその動きを完全に読んでいた。

のけ反ったレインフォード卿の髪を片手で掴むと、彼の顔面に固く握り込んだ拳《こぶし》を叩きつける。

「うぐっ！」

椅子から転げ落ち、呻《うめ》き声を漏らすレインフォード卿。彼の口から吐かれた血が床に飛び散る。

辺境伯はレインフォード卿に馬乗りになり、鬼気迫る形相で何度も何度も殴りつけた。

「彼女を殺したのか⁉　あんなに懸命に生きていた少女を、お前が殺したのか⁉」

殴られるたびに、レインフォード卿の頭部が床にめり込んでいく。

レインフォード卿は体を痙攣《けいれん》させながらも、辺境伯の腹を手で払う。それは弱々しい手つきだったが、その軌跡が光を帯びて、辺境伯の腹の肉が焦げた。嫌なにおいが食堂に充満する。

しかし、それでも辺境伯の動きは止まらない。レインフォード卿の顔面は血で染まり、辺境伯の拳《こぶし》も皮膚が裂けて血にまみれていた。

「やめてください！　閣下《かっか》が傷つく必要なんてないんです！」

私は誰にも聞こえない声で叫んだ。

私は自ら死ぬことを選んだのだ。辺境伯に迷惑をかけないように、そして彼がレインフォード卿に傷つけられないように。それなのに、これでは意味がない。

ふと気づけば、食堂の隅に控えていたメイドたちが扉の前に立ち塞《ふさ》がり、スカートの中からナイフやダガーなどの武器を取り出している。

レインフォード卿の顔にもう一度拳が叩きつけられる直前、エイブリーが素早く動き、辺境伯の腕を両手で受け止めた。

レインフォード卿はその隙《すき》に立ち上がり、辺境伯に反撃しようとしたが、背後から忍び寄っていたリュシアンに羽交《はが》い締《じ》めにされる。リュシアンは彼の喉元にナイフを突きつけた。

「こ、こんなことをしでかして、どうなるかわかっているのか!?」

鼻が曲がり、唇が腫《は》れ上がっているレインフォード卿が、喋《しゃべ》りにくそうに口にする。

「絶対に復讐してやる。こんな腐った土地、すべて焼き払って灰にしてやる！」

「やれるものなら、やってみるがいい」

辺境伯が鋭い歯をむき出しにする。怒りが収まらないのか、彼はその歯をガチガチと鳴らして威《い》嚇《かく》した。

「エルドレア卿、どうか一度冷静になって私の話を聞いてください」

辺境伯の腕を押さえているエイブリーが、苦しそうに言った。彼女の細い両腕はもう限界に近いのか、小刻みに震えている。

「このたびの件は、こちらにも責任があります。いくら彼女が粗相《そそう》をしたとはいえ、エルドレア卿の了解を得ずに調理したのは間違っていました。レインフォード卿に代わり、謝罪いたします」

エイブリーは苦しそうにしながらも、辺境伯に向かって頭を下げた。

「エイブリー！　勝手なことを言うな！」

呂律《ろれつ》が回らない口で叫んだレインフォード卿を、エイブリーは不快そうにチラリと見返す。その目は「邪魔をするな」と言っているように見えた。

彼女はすぐに辺境伯へ視線を戻して言う。

「代わりの人間を一人、こちらでご用意します。歳も容姿も極力近い人間を手配しますので、どうかこのたびの件を水に流していただけませんか？」

「ユイの、代わり？」

辺境伯の表情がピクリと動いた。

「はい。まったく同じというわけにはいきませんが、彼女に似た人間の少女を探します」

エイブリーも必死なのだろう。周りはすべて敵だらけという状況で、なんとか主《あるじ》を守らなければならないのだ。

辺境伯はエイブリーに掴まれている腕を、怒りに任せて強引に振りほどいた。エイブリーの体が吹っ飛び、壁に強く叩きつけられて床に落ちる。

「ふざけるな！　ユイの代わりなど存在しない。あの娘は、この世にたった一人しかいない大切な……」

顔を歪めて言葉に詰まる辺境伯。そこへ、耳障《みみざわ》りな嘲笑が響いた。見れば、レインフォード卿《きょう》が喉にナイフを突きつけられたまま腹を抱えて笑っている。

「ははは。まさかエルドレア卿が、これほどあの娘に入れ込んでいるとは思わなかった。わざわざ腐敗臭を我慢してまで、この城にやってきた甲斐《かい》があるというものだ」

「貴様！」

辺境伯の瞳はギラギラと光り、尋常でない殺気を帯びている。今度こそレインフォード卿の息の根を止めてしまいそうだ。

「おやめください閣下《かっか》！」

辺境伯の手がレインフォード卿に届く前に、リュシアンが制止した。

「正当な理由なくレインフォード卿を殺してはなりません。王の配下を傷つけることは、王に刃《やいば》を向けることと同義です」

それを聞いた辺境伯は、悔しそうな顔で腕を下ろした。

そういえば、エルドレア王は魔物の王に永遠の忠誠を誓ったと、本に書かれていた。その配下であるレインフォード卿にも逆らうことができないらしい。恐らくレインフォード卿はそのことを知っているからこそ、堂々と嫌がらせに来たのだろう。

その証拠に、レインフォード卿は勝ち誇った顔をしている。しかし、辺境伯は油断しきっている彼の腹めがけて重い拳《こぶし》を叩きつけた。

「ぐっ……！」

息を詰まらせて悶絶《もんぜつ》するレインフォード卿。彼に顔を近づけ、辺境伯が囁《ささや》いた。

「そんなに私と殺し合いがしたいのか？　だったら、貴様のほうから宣戦布告するがいい。貴様が我が領地へ攻め入ってくるのなら、私も受けて立つことができる。正当な理由さえあれば、こちらも剣を取ることが許されているからな」

強烈な一撃を腹に食らったレインフォード卿が、唾《つば》を吐いてから顔を上げた。

「いいだろう、動く死体どもをまとめて土に返してやる！　忘れるなよ。その赤い髪も、青い肌も、すべて焼き尽くしてやるからな！」

「やってみるがいい。業火《ごうか》の中から蘇《よみがえ》り、その罪にまみれたどす黒い心臓を抉《えぐ》り出してやる」

辺境伯の顔は凄《すご》みを帯びていながら、いつも以上に生気が感じられなかった。

「これ以上は何も話すことがない。失せろ」

辺境伯が吐き捨てるように言って、レインフォード卿から離れた。

リュシアンがボロ雑巾みたいになったレインフォード卿の腕を取り、扉のほうへ押しやる。

「お客様のお帰りだ。お前たち、城の外までお見送りしなさい」

「かしこまりました」

扉の前を固めていたメイドたちが、刃物をレインフォード卿に突きつけながら食堂の外へ追い出す。一人のメイドが気を失っているエイブリーを抱えて運んでいった。

食堂に残ったのは、悲痛な面持ちで立ち尽くす辺境伯と、心配そうなリュシアンだけだ。

「閣下《かっか》」

リュシアンがためらいがちに声をかけた。しかし、辺境伯は顔を上げようともしない。

「閣下、お伝えしなければならないことがあります。ユイさんのことです」

「聞きたくない」

辺境伯は肩を落として呟《つぶや》いた。

「今は何も聞きたくない。しばらく一人にしてくれ」

「そうではないのです。彼女は今――」

その言葉を遮《さえぎ》るように辺境伯の手が動き、リュシアンの眉間《みけん》を掠《かす》めてフォークが飛ぶ。それは音もなく遠くの壁に突き刺さった。

「出ていけと言ったはずだ」

辺境伯は項垂《うなだ》れたまま、身じろぎ一つしない。彼の全身がこれ以上の会話を拒絶していた。

「……かしこまりました」

リュシアンは壁に刺さったフォークを引き抜き、一礼してから食堂をあとにする。

そして、私と辺境伯以外誰もいなくなった。

辺境伯は別のフォークを取り、皿の上の肉料理に向き直る。しかし、フォークを持ったまま崩れ落ちるようにして椅子に沈んでしまった。

その手からフォークが滑《すべ》り落ちて床の上に転がる。乾いた硬い音が空《むな》しく響いた。

「無理だ。食えるわけがない。私はお前を……食えなくなってしまった」

私は辺境伯の隣にそっと寄り添う。このときようやくわかった。辺境伯は怒っているのでも呆れているのでもなく、私の死を悲しんでいるのだと。

がっくりと項垂れている辺境伯の頭を、そっと抱きしめた。触れることはできないけれど、せめて彼の悲しみを和《やわ》らげてあげたい。

ごめんなさい。レインフォード卿につけ入る隙《すき》を与えてごめんなさい。勝手に死んでごめんなさい。

「閣下、好きです。私、いつの間にかあなたのことを好きになっていました。だから、食べてください。もう我慢しなくていいんです。満足するまで私を食べてください」

あなたの糧《かて》になれるなら、私はとても幸せです。あなた以外に食べてほしいと思える人なんて、どこにもいないんです……

私の声は届いていないはずなのに、それに応えるように、辺境伯は弱々しく首を横に振った。

「無理だ。もう私はユイを食べることはできない。できないんだ……」

どのくらいそうしていただろうか。私は涙を流している辺境伯の頭から手を離し、顔を上げた。

本当はいつまでもこうしていたかったけれど、ずっとこのままでいるわけにはいかない。

リヨンは言ったのだ。「挨拶《あいさつ》が終わったら僕の部屋へおいで」と。きっと、ここに留まることはできないのだろう。

辺境伯の頭をもう一度抱きしめ、真紅《しんく》の髪に顔をうずめる。感触がわからないのがとても残念だけれど、もう行かなくてはいけない。

私はそっと辺境伯から離れた。

「閣下《かっか》。私、もう行かなくちゃいけないみたいです。さようなら。それから、ありがとうございました」

たぶん、一生分の涙を流したと思う。とはいえ、私の体はもうここにはないから、これは本当の涙ではないのかもしれない。

私は後ろ髪を引かれながら、食堂の扉をすり抜けた。まだ別れの挨拶を済ませていない人がたくさんいるのだが、これ以上ふらふらしていたら、この城から離れがたくなってしまう。

その場合、私は成仏できず悪霊になるのだろうか？　もしそうなったら、本格的にアンデッドの仲間入りができるかもしれない。

そんなことを考えながら、薔薇《ばら》が咲き乱れる廊下を抜けて階段を上る。

思えば、ここに来てから色々なことがあった。今となっては、あっと言う間の出来事だったように感じる。

私はふと思いついて、廊下の窓から外を見た。城から見える夜景を目に焼きつけておきたいと思ったのだ。

さっきまで滝みたいに降っていた雨はやんでいて、湿気を含んだ冷たい風が私の体を通り抜ける。

肉体を持たない今の私は、髪の毛一本すら揺らすことができない。それを少し寂しく思っていると、外から女性の声が聞こえてきた。

女性にしては低くて落ち着いた声だ。その声の主は、どうやらとても怒っているようだった。喧《けん》嘩《か》だろうか？

気になって身を乗り出したとたん、私の体がふわりと浮いた。幽霊になると、重力からも解放されるらしい。私は声が聞こえる場所へ、ふわふわと飛んでいくことにした。

やがてたどり着いたのは、厩舎《きゅうしゃ》だった。近づくと、怒りを含んだ声が一層大きく響いてくる。

「お前がこの城の情報を外に流していたのか⁉」

「いきなり押しかけてきて何を言うんだ。さっぱり話が見えないんだが」

大柄な男に、痩身《そうしん》の女が詰め寄っている。骨だけの体に鎧《よろい》をまとったキャスリーンと、自分の頭を小脇に抱えるジャックだった。

二人は厩舎の前で睨《にら》み合っている。いや、よく見ると睨んでいるのはキャスリーンだけで、ジャックのほうは困った顔で笑っていた。

「しらばっくれるな！　お前がさっきレインフォード卿《きょう》に何かを渡しているのを見たぞ」

「おいおい、言いがかりはやめてくれ。お客が帰るときには、そりゃ挨拶《あいさつ》の一つもするだろう。何をカリカリしてるんだよ」

キャスリーンは一瞬ピクリと肩を震わせたが、自分を落ち着かせるように大きく息を吐き出した。

「あくまでしらを切るつもりなのだな？」

「いやいや。何を言っているのか本当にわからないんだよ」

キャスリーンは憤慨《ふんがい》したように肩を怒らせ、自分の背丈より長い槍をジャックに向ける。

「見損なったぞジャック。同じ騎士として、私は失望した！」

「だから、さっきから君は何が言いたいんだ？」

ジャックは心底困ったという顔で肩を竦《すく》めてみせた。

「……デュラハンはアンデッドではない」

キャスリーンのきっぱりした声に、ジャックの顔が引きつった。

「この城に住まうほとんどの者が、お前の禍々《まがまが》しい姿を見て、同じアンデッドの仲間だと思っている。実際、お前の姿は誰よりもこの城に相応《ふさわ》しい。だが、私は知っているぞ。デュラハンはアンデッドではなく、死を司《つかさど》る妖精だ」

今度こそ、ジャックの顔から完全に笑みが消えた。

「今思えば、お前は騎士と名乗っていながら、エルドレア城を守ろうとはしてこなかった。せいぜい御者《ぎょしゃ》の真似事しかしていない。それはエルドレアの騎士ではなく、レインフォードの騎士だからだったんだな。それに、お前によく懐《なつ》いていた鳥がいたはずだ。恐らくあれを使ってレインフォード卿《きょう》と文《ふみ》をやり取りしていたのだろう。違うか？」

「なんだ、鳥のことまでバレていたのか……」

ジャックは白い歯を見せて笑った。その一言はキャスリーンの言葉を認めている。

「大したものだよ、キャスリーン。まさかお前に見破られるとは思わなかった」

「私の故郷では妖精の被害が深刻だったから、妖精について学ぶ機会が多かったんだ」

キャスリーンは槍の矛先《ほこさき》をジャックに向けたまま、少したねらう様子を見せた。スケルトンである彼女の表情はわからないが、その実直な性格から心情を推《お》し量《はか》ることはできる。

今、キャスリーンは迷っているのだ。

「ジャック、お前はいいやつだった。種族は違っても、私はお前のことを仲間だと思っていたよ。だが、ユイさんの情報を漏らしていたことは許しがたい。彼女が一体何をした？　ただこの領地に紛れ込んでしまっただけだろう。レインフォード卿の逆恨みを晴らすために、彼女の命を奪う権利がお前にあるのか？」

「ある。レインフォード卿の命令は絶対だ。たとえ騎士として承服しかねる仕事を命じられても、俺はそれを遂行しなければならない」

ジャックの口調から、迷いは感じられなかった。しかし、彼の顔はまるで苦悩しているかのように歪んでいる。

「そうか……残念だよ。とても残念だ」

キャスリーンは彼に突きつけていた槍を両手で握りしめた。

彼女の持つ槍は馬上にあってこそ威力を発揮するのだと、いつかハインリヒから教わったことがある。円錐《えんすい》状の太い槍で、敵に向かって突進するのだ。

今のキャスリーンは馬に乗っていないけれど、抉《えぐ》るように突き出された槍は、思いがけないほど速くて力強かった。

ジャックはそれを紙一重でかわす。小脇に抱えられている彼の頭が、ピューと口笛を吹いた。

その音に呼応して、厩舎《きゅうしゃ》から彼の愛馬たちが飛び出してきた。ジャックは一頭の首なし馬に跨《また》がると、高い城壁を難なく飛び越える。

城壁の先には深い堀がある。しかし、ジャックがそこに落下する音は聞こえてこない。その代わり、力強い蹄《ひづめ》の音がだんだん遠ざかっていく。

「……化け物め」

あとに残されたキャスリーンは、いつまでも城壁を見つめていた。

4

ジャックが、レインフォード卿《きょう》の仲間だった。あの優しかったジャックが……

私はショックを受けたが、今の状態ではどうすることもできない。とにかくリヨンとの約束を守らねばと再び歩きだす。

リヨンの部屋にたどり着き、扉をノックしたものの、その手がすり抜けてしまう。

そうだ。私は何にも触れられないんだった。

ドアをすり抜けて中へ入った私は、驚きのあまり硬直してしまった。

リヨンの部屋は薔薇《ばら》だらけだった。花瓶に薔薇の花が活《い》けてあるとか、そんな可愛らしいものではない。床全面に薔薇が敷き詰めてあるのだ。ここまでくると、悪趣味以外の何物でもない。

そんな悪趣味な部屋で、リヨンは本を読んでいた。椅子に浅く腰かけ、机に長い足をのせている。行儀の悪い格好だったが、それが妙に様《さま》になっていた。

私が呆れていたら、彼がこちらを振り返る。

「あ、やっと来た。ずいぶん長い散歩だったね」

リヨンは私がどこにいるのかわからないらしく、視線をきょろきょろとさまよわせている。だが、私が部屋にやってきたことには気づいているらしい。

どうしてだろうと私が首を傾げていると、リヨンは紫色の唇をほころばせた。

「どうして気づいたのか不思議なんでしょう？　僕は魔法使いだよ。他人の気配には敏感なんだ。それがたとえ魂《たましい》だけでも、微弱な気配があるからわかるんだよね」

リヨンは本を閉じて立ち上がった。

「よかったよ。あんまり遅くなると、自分の体に戻れなくなることがあるんだ」

私はまた首を傾げた。

自分の体に戻る？　私の体は料理されてしまったのだから、そんなことはできないはずだ。

たぶん、まだテーブルの上にのったままだろう。あのまま誰も食べてくれなかったら、生ゴミとして捨てられるんだろうか……。それは、さすがに嫌だなぁ。

「フリカッセちゃん、ちょっとこれ見て」

リヨンがそう言って、ベッドにかけられていた大きなシーツを剥《は》ぎ取る。

現れたのは、細長くて巨大な箱だった。まるで棺桶《かんおけ》みたいなこの箱は、リヨンが調理場に飛び込んで来たときに運んでいたのと同じものだ。

リヨンがその箱を開けると、中から出てきたのは、薔薇《ばら》の花の中に埋もれた私の死体だった。

「うわぁ……」

私はドン引きした。ご丁寧にも両手を胸の前で組ませ、髪もきちんと梳《す》いて整えてある。童話のお姫様のような美女だったらまだしも、そこに横たわっているのが自分だと思うと鳥肌が立ってしまう。

「どう？　綺麗でしょ？　羨《うらや》ましいなぁ、こんな美味《おい》しいシチュエーション滅多にないから、ついつい張り切っちゃった。本当は僕がこうやって寝たいくらいだよ」

私のドン引き具合など知るはずもないリヨンが、うっとりした表情で棺桶の中の私を見つめている。

殴ろう。私の拳《こぶし》は通り抜けるだけだとわかっているけど、とりあえずこの男を殴っておこう。他人の体を玩具《おもちゃ》にした報《むく》いを受けるべきだ。

そこで私は、自分の死体の頬にうっすら赤みが差していることに気づいた。その血色のよさは、とても死体には見えない。私は首を傾げた。

リヨンは私の疑問を見透かしているように、いたずらっぽく笑う。

「フリカッセちゃんはまだ死んでないよ。僕が君にかけたのは魂《たましい》を分離させる魔法じゃなく、意識を分離させる魔法だったんだ。だから、君の体はただ眠っているのと同じだ」

私は驚き、棺桶で眠る自分の姿をじっと観察してみた。彼の言うとおり、私の胸は静かに上下している。

「まずは体に戻してあげる。説明はそのあとにしよう。さっきも言ったけど、あまり長いこと意識を分離させたままでいると、体に戻せなくなるからね」

リヨンは眠り続ける私の顔を覗き込んで、目を閉じた。調理場で聞いたのと同じ不思議なリズムに乗せて、魔力が込められた言葉を紡ぐ。

それを聞いているうちに、私は激しい眩暈《めまい》を感じた。とても立っていられず思わず目を閉じると、ドンという衝撃が全身を貫《つらぬ》く。

目を開いてみれば、すぐ目の前にリヨンの顔がある。彼は心配そうに私の顔を覗き込んでいた。

私はいつの間にか、棺桶《かんおけ》の中に身を横たえていた。

むせ返るような薔薇の香りが私の髪や服に染みつき、少し動いただけで濃厚な香りが漂《ただよ》う。

ゆっくり身を起こすと、胸の上に置いてあった真紅《しんく》の薔薇の花びらが、膝の上にパラパラと落ちた。辺境伯の髪の色によく似たそれを、私はそっと摘《つ》まみ上げる。

掴めた。ということは……

「私、生きてるんですか？」

「もちろん」

当然だと言わんばかりに、リヨンが胸を張る。

「……死んでも構わないと思ってたんです」

「へぇ、それは知らなかった。じゃあ、やっぱり死んどく？」

からかうような口調でリヨンが言った。私は首を横に振って、自分の体をギュッと抱きしめる。

「いいえ。……よかった、本当に生きてるんですね」

生きている。今まで当たり前だったことが、こんなにも嬉しい。

「でも、どうしてですか？　てっきり料理されたものと思っていたのに」

「リュシアンが考えたんだ。フリカッセちゃんの代わりの人間を買おうって」

「買う？」

たとえ闇ルートであっても、人間を買うのは難しいとハインリヒが言っていた。しかし、リヨンはなんでもないことのように説明する。

「そう。フリカッセちゃんの代わりに他の人間の遺体を買って、それを料理したんだ」

「じゃあ、あの料理は……」

「うん。事故で亡くなった身寄りのない女の子の遺体。レインフォード卿《きょう》の目と舌はごまかせないから、フリカッセちゃんと同じ年ごろで体型も近い遺体を探したんだ。僕とリュシアンの伝手《つて》を最大限に使ってようやく用意できたんだよ。さすがに高くついたな。城のみんなでお金を出し合って、どうにか代金をかき集めたんだ。おかげで僕もリュシアンもすっからかん」

サリーたちが話していたのは、このことだったんだ。彼らの厚意が嬉しくて、胸が詰まってしまう。

「ありがとうございます。本当に、なんてお礼を言ったらいいかわからないくらい感謝してます」

私が深く頭を下げたそのとき、ドンッ！　という大きな音がして、リヨンの部屋の扉が吹き飛んだ。

パラパラと落ちる扉の破片を振り払いながら、そこに立っていたのは……

「閣下《かっか》!?」

私は部屋の入り口に立つ辺境伯を見上げた。

なぜか彼の姿はひどい有様だった。艶やかで美しかった彼の髪は、まるでかきむしったかのようにうねって絡まっている。さっきまで皺《しわ》一つなかった紫色のタイは、半分ちぎれていた。

辺境伯は服装にはかなり気を遣っていた。いつでも完璧な装《よそお》いをしていることが、上に立つ者としての彼なりの誇りなのかもしれない。

それなのに、今のこの姿ときたら……。まるで、長年やもめ暮らしが続いて服装に気を遣わなくなった中年男のようだ。一体、この短い間に何があったのだろう?

「あぁーあ。そんなに粉々にふっ飛ばさなくても、ノックしてくれれば素直に開けますよ。大体、この扉を誰が直すと思ってるんですか」

リヨンが扉の破片を拾い集めてぼやいた。その顔には諦めの表情が浮かんでいる。

辺境伯はリヨンに一瞥《いちべつ》もくれず、薔薇《ばら》を踏みつぶしながら、まっすぐこちらへ向かってくる。辺境伯がこの場にいるだけで、悪趣味だと思っていた薔薇の花がとたんに優雅に見えた。

私の目は勝手に辺境伯を追いかけ、彼の一挙一動を記憶に焼きつけようとしている。瞬《まばた》きする時間すらもったいない。

私は辺境伯に向かって手を伸ばした。今すぐ棺桶《かんおけ》から出て彼のそばに行きたいのに、体が痺《しび》れて上手く立ち上がれない。

どうしよう。ドキドキしすぎて鼻血が出そうだ。

彼は震える私の手を取った。ひんやりとしていて命を感じさせない辺境伯の手。

嬉しい。やっと彼に触れることができた。

「あの、ここ僕の部屋なんですけど。鬱陶《うっとう》しいので他でやってもらえます？」

うんざりしたようなリヨンの声が邪魔をする。

「……そうしよう」

辺境伯は私を抱き上げ、リヨンに目もくれずに歩きだす。辺境伯に抱き上げられた私の胸は、激しく鳴った。嬉しくて恥ずかしくて、涙が出そうだ。

薔薇《ばら》の花びらが白木の箱からこぼれ、辺境伯の足元にひらひらと落ちる。あぁ、彼には薔薇の花が本当によく似合う。

リヨンのため息を背中に聞きながら、私たちは廊下へ出た。暗い廊下には蝋燭《ろうそく》の明かりが誘導灯みたいに並んでいる。ゆらゆらと揺れるオレンジ色の炎に照らされ、辺境伯の青白い顔が暗闇に浮かび上がる。彼の唇が何か言いたそうに動いたが、結局そのまま閉じてしまう。

今日の廊下はいつにも増して静かだった。普段ならアンデッドたちはとっくに活動を開始しているはずなのに、誰の姿も見えない。

私も辺境伯も黙ったままだった。本当は彼に言いたいことがたくさんあるのに、何から話したらいいのかわからないのだ。

私が料理されたと思って悲しむ辺境伯の姿を思い出し、どうしようもなく嬉しいという気持ちと、悲しませてしまって申し訳ないという気持ちが、ごちゃ混ぜになる。今口を開けば、私はきっと声をあげて泣きだしてしまうだろう。

「ユイ」

「は、はい」

私は慌てて顔を上げた。抱き上げられているので、かなり距離が近い。

「……お前が無事でよかった」

小さな声でそう言って、辺境伯は少し笑った。いつも凛々《りり》しい眉を珍しく下げ、安堵したように微笑んでいる。それを見てしまったら、私はもう涙をこらえることができなかった。

辺境伯の首に両手を回し、思いきり抱きつく。彼の両手が塞《ふさ》がっているのをいいことに、たくましい首筋に自分の頬をぎゅっと押しつけた。

力の加減を気にする余裕なんて、今の私にはない。だから、もしかすると辺境伯はかなり苦しかったかもしれない。それでも彼は一切抵抗せず、私のやりたいようにさせてくれた。

泣きながらごめんなさいとくり返す私に、彼はときおり「うん」とか「あぁ」とか相槌《あいづち》を打ちながら、部屋まで運んでくれた。

「もう夜も更《ふ》けた。今日はこのままゆっくり休みなさい」

そう言って、辺境伯は私をベッドに下ろした。そして優しく髪を梳《す》く。

「おやすみ。いい夢を」

私の両親は幼いころから共働きで、夜遅くに帰ってくることが多かった。だから私は一人で寝る支度を済ませて、一人で眠った。それが普通だったし、寂しいとも思わなかったのに、私は今、一人になりたくないと思っている。

辺境伯が踵《きびす》を返して扉へ向かう。

彼が行ってしまう……！

そう思ったとき、私はとっさに手を伸ばし、彼の上着の裾を掴んでいた。

「待ってください！　もう少しだけ、そばにいてくださいませんか？」

辺境伯は驚いた顔をしたが、何も言わずにベッドの端に腰かけた。私は上着の裾を掴んだまま、そっと彼の顔を見上げる。

「一つだけ教えてほしいんです。どうして閣下《かっか》はあのとき、料理に手をつけなかったんですか？ずっと私を食べたいと言っていたのに」

辺境伯が眉を寄せた。何を質問されているのかわからないという顔だ。そんな彼に、私は意識だけの存在になって、一部始終を見ていたことを話した。

「あのとき、私は閣下に食べられてもいいと思いました。むしろあなたになら、私を残さず食べてほしいと思ったんです……」

辺境伯の顔がますます険しくなった。その顔を見て、私はだんだん怖くなってくる。もしかすると、この話題は避けるべきだったのかもしれない。

私は辺境伯の気持ちを確かめたかった。彼の口から「お前のことが大事だ」という言葉を聞きたかった。でも、きっとそれは求めてはいけないものなのだ。私では不相応なのだ。その証拠に、辺境伯は私の話を聞いている間、ずっと苦い表情を浮かべている。

私は辺境伯から目を逸らして、首を横に振った。

「ごめんなさい、今の言葉は全部忘れてください。お引き留めして申し訳ありませんでした……」

辺境伯と顔を合わせているのが辛くなった私は、掛け布団とベッドの間に急いでもぐり込もうとした。くたくたに疲れているから、きっとすぐに眠れるだろう。ぐっすり眠って目が覚めたら、この気持ちに区切りをつけることができるかもしれない。

しかし、私がベッドの中に逃げ込む前に、辺境伯の手が私の肩を強く押した。バランスを崩してベッドに倒れ込んだ私の上に、辺境伯が素早い動きで馬乗りになる。

「お前は、自分がどれほど危険なことを言っているのかわかっているのか？」

そう言うと、辺境伯は私の首に噛みついた。鋭い牙が柔らかい首の肉にゆっくりと食い込む。しかし、以前と違って皮膚を突き破ることはなかった。

「お前の美味《うま》さを知っている私が、今この場でどれほど誘惑されているのか理解できるか？　食べてほしかっただと？　馬鹿なことを……。この首も、頬も瞳も、髪の毛も――血のひと雫《しずく》だって、私はもう口にできなくなってしまった」

柔らかくて冷たい唇が、荒々しく肌を滑《すべ》る。ときおり歯を立てられたが、ただ甘噛みされるだけだった。

「なぜだかわかるか？」

辺境伯が舌なめずりをしながら私の顔を覗き込む。そして私の答えを待たずに唇を重ねた。

「食べればユイはいなくなってしまう。私にはそれが耐えられない」

息継ぎをする暇もなく、また唇が押しつけられる。

「お前を食べたいよユイ……だが、食べたくないんだ」

キスの合間に、辺境伯は呟《つぶや》く。私は彼の乱れた髪に指を差し入れ、ぎゅっと引き寄せた。

「閣下《かっか》のお名前を、もう一度教えてくれませんか？」

私の唐突なお願いに、辺境伯は戸惑った表情を見せた。その目には失望と呆れの色が浮かんでいる。

「前に名乗ったことがあると思うが、まさか覚えていないのか？」

「……すみません。閣下のお名前は長かったし、あのときは頭が混乱していたので、覚えていません」

私は正直に言って、辺境伯に頭を下げた。

口づけを交わしたあと、私たちはお互いどうしていいのかわからず、少し距離を取ってベッドに腰かけた。そして、そのままとりとめのない話をしている。

そんな中、私は辺境伯の名前を記憶していなかったことに気づき、思い切って尋ねてみたのだ。

彼は深いため息をつく。一度名乗ったことのある相手に自分の名前を忘れられるなどとは、思ってもみなかったのだろう。

「アルバードだ。アルバード・リード・リード・エルドレア」

私は教えられた名前を、そっと口の中で転がしてみた。

アルバード、アルバード……。口に出す機会はあまりないかもしれないけれど、知っているだけで幸せな気持ちになれる。

「ありがとうございます。これからは、どんなことがあっても忘れません」

「なんだ。呼んでくれるのかと思ったが、そういうわけではないのか」

辺境伯は残念そうに言った。

「もう名前を呼んでくれる者はいなくなってしまった。長い間呼ばれていないと、それが自分の名前だという感覚も薄れてしまうな」

ニヤリと笑いながらも、悲しそうに辺境伯は言う。その顔には「もしお前が呼びたいなら呼んでも構わないぞ」という期待がありありと出ていた。

「アルバード様……」

辺境伯の顔をひたと見据えながら、その名を呼んでみる。彼の琥珀《こはく》色の目が限界まで見開かれたのが、少し面白かった。

「アルバード様、実はお願いがあります。これから城の皆さんのために、料理を作ってもいいでしょうか？」

もっと違うお願いを予想していたのか、にやけていた辺境伯の顔が怪訝《けげん》そうに曇る。

「もうお聞きになっているかもしれませんが、私の身代わりを買うために、皆さんかなり無茶をしてくださったそうなんです。中には、今まで貯めていたお金を全部使ってくださった方も……。だから、お礼がしたいんです」

「それが料理なのか？」

「はい。私にできることはとても少ないです。それこそ、料理を作ることくらいです。でも料理に使う食材は全部閣下《かっか》のものですから、閣下に許していただけないと、私は何も作れません」

辺境伯はふむ、と小さく呟《つぶや》いてから、顎《あご》に手を当てた。引き結ばれていた口元が少しずつ緩《ゆる》んでいく。きっと、その料理がどんなものなのかと想像しているのだろう。

「もちろん、閣下の分もお作りしますよ。今夜は冷えるので、温かい鍋を作ろうと思っています。お出汁《だし》をきかせた醤油ベースのスープに、たくさんの野菜やお肉を入れて煮込む料理です」

辺境伯は口元をグイと拭《ぬぐ》った。どうやら涎《よだれ》が垂れてきたらしい。

「わかった。ユイのやりたいようにするといい」

「ありがとうございます！」

私はベッドから飛び下りて、クローゼットを開けた。使い慣れた真っ白なエプロンをつけると、私の中のお仕事スイッチが入る。

さっそく調理場に行って料理を始めよう。具材は何にしようかな？　あっさりした魚もいいし、さっぱりした鳥肉も美味《おい》しい。

私の頭はたちまち料理のことでいっぱいになった。

「ずいぶん嬉しそうだな……」

その声に振り返ると、ベッドに残された辺境伯が面白くなさそうに私を見つめていた。

「私といるときよりも生き生きしているような気がするぞ」

「いえ、決してそんなことはありません」

「冗談だ。この城にあるものはなんでも使って構わない。だが、無理だけはしないように気をつけなさい」

「はい。ありがとうございます！」

私は笑顔で頭を下げた。

顔を上げ、いつの間にかそばへ来ていた辺境伯が私の髪をそっと撫でる。そして頭のてっぺんに顔を寄せ、そこに軽く口づけを落とした。

思いが通じ合ったことをもう一度確認するみたいな口づけに、私は肩を竦《すく》める。くすぐったくて、恥ずかしくてたまらない。どんな顔をすればいいのかわからなかった。

私は逃げるように部屋から飛び出す。

そして誰もいない静かな廊下を走り、調理場の扉を勢いよく開けた。

「ハインリヒさん、ただいま！」

私の目に入ったのは、疲れた様子で調理台に頬杖をつくハインリヒだった。その背中に、高ぶった感情のまま抱きつく。所々赤い染みがついたコックコートをぎゅっと握ると、肉を焼いた香ばしいにおいと、血のにおいが香った。

「あ、あんた、なんでこんなところにいるんだ！　閣下が迎えに行ったはずだぞ⁉」

私が現れたことに、ハインリヒはとても驚いていた。

「閣下《かっか》にはもう会いました。今回のことで色々ありましたけど、とりあえず今夜の料理を作りに来たんです」

「こんな日でも食欲があるのかよ。あの馬鹿、どうしようもねぇなぁ」

「いいえ、私が作りたいとお願いしたんです。閣下のためだけじゃなくて、城の皆さんへのお礼を兼ねて。……あの、ハインリヒさんも私のためにお金を出してくださったんですか？」

「ほんの少しな」

ハインリヒはぶっきらぼうに口にする。この口調からして、間違いなく彼は照れている。恐らく彼も相当な金額を使ってくれたはずだ。

私は再び彼のコックコートに手を伸ばした。その背中に額《ひたい》をつけて涙を隠す。

どうして、この城の人たちはこんなに優しいのだろう。多くのものをもらいすぎて、一生かけても同じものを返せる気がしない。

「ありがとうございます。本当に、感謝しています……」

声を詰まらせてしまった私の様子を察したのか、ハインリヒは大きなため息をついた。そして、ぎこちない動きで私の肩を叩く。どうやらかなり苦しい体勢らしく、その腕はプルプルと震えている。それを見て、私はちょっと笑った。

「で？　今夜は何を作ろうと思ってるんだ？」

私が落ち着いたのを見計らって、ハインリヒが今日の献立《こんだて》を尋ねてきた。いつもの台詞《せりふ》を聞くと生きていることが実感できて、なんだかとても嬉しくなる。

「みぞれ鍋を作りたいと思ってます。今夜は城の皆さんへのお礼として作るので、たくさん作りますよ。もちろんハインリヒさんの分もあるので期待していてください」

結局、今夜の鍋には肉を入れることにした。もちろん、辺境伯が肉好きだからに他ならない。

私はさっそく氷室《ひむろ》へ向かった。

城で働いているアンデッドたちは大体二十人ほど。辺境伯が五人分くらい食べるので、単純計算で二十五人前の材料が必要だ。

霜《しも》がびっしりとついた扉を開けると、強い冷気に当てられて鳥肌が立つ。ジャックフロストに出会ってから少し苦手な場所になったが、またここへ来られたことすら嬉しく感じる。

棚の間を歩き回り、目当ての野菜と肉を手際よく籠《かご》に放り込む。早くしないと体が冷えて風邪をひいてしまうからだ。

白菜に似たブラシカと、人参に似たアルカン。一番大事なのは、大根に似たラファヌスだ。これをすりおろして大根おろしに似たものを作る。大根おろしが霙《みぞれ》に似ているから、みぞれ鍋と呼ばれるのだ。シャリシャリとした粗い大根おろしの食感がよく、おつゆまで美味《おい》しく飲み干せる一品である。

私は籠いっぱいの食材を抱えて調理場へ戻った。

さて、気合入れて作るぞ！

私は調理場についてすぐ、鍋を探した。大きめの土鍋が五つぐらいあればいいなと思ったが、さすがに土鍋は見つからない。棚や引き出しを端から順に探して、寸胴のような大きな鍋を三つ見つけた。ちょっとイメージと違うけれど、妥協してかまどへ運ぶ。

「なんだ、そんなにたくさん作ろうとしてんのか。俺も手伝ってやるよ」

「いいえ。今日は皆さんへのお礼の意味で作るので、ハインリヒさんは休んでいてください」

そう言ったのに、ハインリヒはもう洗い場で手を洗っていた。袖もすでにまくり上げていて、手伝う気満々のようだ。

「暇なんだよ。他のやつらも今夜は気を遣って部屋で大人しくしてるから、退屈してるだろうな」

「気を遣ってって、誰にですか？」

「……お前らにだよ」

ハインリヒの言っていることの意味がよくわからない。私が首を傾げると、ハインリヒは言いにくそうにもごもごと呟《つぶや》く。

「その、今夜はあんたら、離れたくないだろうと思ってな……。そういうときは雰囲気が大事だろ？　だから、誰もあんたらのことを覗きに行かないように、今夜は全員が部屋から出ることを禁じられたんだ。部屋から出たやつは、問答無用でリュシアンに処罰されることになってんだよ」

私は唖然とした。だから今夜の城は異様に静かだったのか。

「なんですかそれ。リュシアンさんって、閣下《かっか》に対して過保護すぎませんか？」

「いや、まぁ俺もそう思うけど。でもお前が死んだと思ったときの閣下の落ち込みようが凄まじくて、リュシアンのやつ、ちょっと引いたらしいんだ。実は生きてるって説明してからの取り乱しっぷりも、またひどかったらしい。だから、これ以上閣下を刺激しないようにしたいんだと」

「……そうですか」

「そうだよ。それなのに、なんであんたはここにいるんだよ！　こんなとこで料理作ってる場合じゃないだろ⁉」

自分で言って照れてしまったのか、ハインリヒは茶色い顔を俯《うつむ》かせている。彼が生きていれば、きっと真っ赤になっていたことだろう。照れて耳まで真っ赤なオジサン……ちょっと可愛いかもしれない。彼がアンデッドなのがとても残念だ。

「私が料理を作りたいって申し出たんです。だって、皆さんにお礼がしたかったから。できれば、今夜はみんなで同じテーブルで食事をしたいなと思っているんですけど……」

私が想像しているのは宴会だ。忘年会や新年会のように、全員で鍋を囲んで乾杯したいのだ。もしかすると、この世界ではそういうスタイルで食事をすることがなくて、みんなには嫌がられるかもしれない。私がよかれと思ってやったことでも、こちらではとんでもなく非常識だということがたびたびあった。もし嫌がられたら、宴会スタイルは諦めよう。

私はまず、野菜の筋や皮を取り除き、食べやすい大きさに切っていく。

鍋を作るのは、はっきり言って簡単だ。具材を切って煮込むだけ。だからこそ一度に大量に作ることができる。みぞれを作るのが少し手間といえば手間だが、餃子《ギョウザ》を作るよりは簡単だ。

私は具材をさくさくと一口大に切って大皿に盛った。本当ならテーブルで鍋を囲みながら煮込みたいところだが、固形燃料がないそうなので、あらかじめ煮込んでから出すことにする。

さて、本題はこれからだ。私は大根に似たラファヌスの皮をむき、おろしがねを手に取った。ラファヌスとおろしがねが垂直になるようにおろすと水っぽくならないので、できるだけ立ててすりおろす。

しかし、だんだん腕が重たくなってくる。二本目に取りかかるころには、私の右手は完全に使い物にならなくなっていた。

ないとわかっていても、ついミキサーが欲しいと思ってしまう。普段は手ですりおろしていたが、どうしても急いでいるときには、小さく切った大根をミキサーにかけるのだ。固形物だけだとミキサーが回らないので、少しだけ水を入れるのがコツである。意外に思われるかもしれないが、ちゃんと大根おろしが作れるので、これはかなりお勧めだ。

だるくなった腕を惰性《だせい》で動かし続けていると、ハインリヒが横からラファヌスを取り上げた。

「貸せ。全部やってやる」

そう短く言うと、彼はまるでマシーンのような速さでラファヌスをおろし始めた。たちまち大根おろしが山とできあがる。私はありがたくその場を任せて、スープ作りを始めた。

せっかくだから、昆布とかつお節で出汁《だし》を取ることにする。鍋に水を入れ、スーパーで買った昆布をさっと水で洗って入れる。このとき昆布にたくさんの切れ目を入れておくと、短時間で旨みが出るのだ。本当なら三十分くらい浸《つ》けておくのがいいのだが、今夜はちょっと急いでいるので少し短めにする。

昆布を入れておいた鍋を火にかけ、沸騰《ふっとう》する直前で昆布を素早く取り出す。沸騰したお湯に入れっぱなしにしておくと、昆布の苦味が出てしまうからだ。

鍋はそのまま沸騰させておき、そこにかつお節を入れる。灰汁《あく》を取りながら弱火で二、三分加熱すればできあがり。

調理場に出汁のいい香りがふわりと漂《ただよ》った。あとはかつお節を布でこせば、綺麗な琥珀《こはく》色の出汁が完成する。少し味見をしてみると、かつお節の豊かな風味と、昆布の旨みがよく出ていた。

私は上品で優しい祖母の料理を思い出す。

今度は具材の調理に取りかかる。巨大な寸胴に切った鳥肉と水を入れ、かまどに置いて沸騰させる。水から沸かすと鳥肉の旨みが出て、さらにコクが出るのだ。

ふつふつと煮立ったら灰汁をしっかりと取り除き、さっき作っておいた琥珀色の出汁を加える。

砂糖は多めに入れるのが好みだ。いつも思うが、ここに日本酒がないのが残念でならない。これがあるのとないのとでは、仕上がりがかなり違う。

私は醤油のボトルを取り出し、三つの鍋に投入した。出汁がきいているのでたくさん入れる必要はないが、今日の料理でだいぶ使ってしまった。

少し前までは、醤油の切れ目が命の切れ目かもしれないと真剣に怯《おび》えていた。けれど、今ではそんな心配をする必要もなくなったので、よしとしよう。

「何にやけてんだ？」

「……なんでもありません」

初めてここに来たころとは激変した辺境伯との関係を思い出していたら、ハインリヒに気持ち悪いものを見るような目で見られてしまった。

鍋がぐつぐつと煮えてきたら、硬い野菜から入れていく。次に豚肉、葉野菜と続けて投入した。こまめに灰汁《あく》を取り除き、大量の大根おろし（正確にはラファヌスおろし）を入れて少し煮詰める。最後に塩で味を調《ととの》えれば、みぞれ鍋の完成だ。

「いいにおいだな」

ハインリヒができあがった鍋を覗き込み、削《そ》げた鼻を近づけた。

「ちょっと味見してみましょうか」

「いいのか？」

「ええ。感想を聞かせてください」

私は湯気を立てている鍋からスープと具材を小皿に取り、ハインリヒに手渡した。彼は熱さをものともせずに、まずはスープを味わう。

「うん。このショウユってやつは相変わらず美味《うま》いな。これ、辛くしてもいけるんじゃないか？」

そう言ってハインリヒは棚を物色し、赤いパウダーが入った瓶《びん》を持ってきた。それを皿の上にパラパラとかけて、またひとすすり。

「うん。こっちのほうが好みだ」

私もハインリヒの皿から一口もらう。甘くて出汁《だし》のきいたスープに、シャリシャリとした大根おろしがたっぷり入っている。唐辛子のような辛味がぴりりときいて、辛いもの好きにはたまらないだろう。

「いいですね。これはお好みでかけてもらいましょう。それじゃ、食堂に運んできます。あとは皆さんが集まってくれればいいんですけど……」

城中のアンデッドたちを集めるのは骨が折れそうだ。

「鍋はあんたには重すぎるだろう。俺が運んどいてやるから、その間に他のやつらを呼んできな。中には気難しいやつもいるから、全員集まるとは思わないほうがいいぞ」

「ありがとうございます。頑張って声をかけてきます」

私はお礼を言って調理場を出た。

さて、どこから回ろう？　部屋から出ることが禁止されているのなら、まずはリュシアンに事情を説明して、それを解除してもらったほうがいいかもしれない。

そう考え、私はリュシアンの部屋へ向かった。扉をノックすると、すぐにリュシアンが顔を出す。彼は私を見たとたん、びっくりしたように目を見開いた。口元はスカーフに覆《おお》われて見えないけれど、きっと口をあんぐり開けているに違いない。

「何かご用ですか？」

リュシアンは恐る恐る尋ねてきた。きっと、また厄介な問題が起きたとでも思っているのだろう。

私は彼を安心させるように首を横に振る。

「大丈夫です、問題は何も起きていません。ちょっと相談に乗ってほしいんです」

私の言葉を聞いたとたん、リュシアンの細い眉がぐっと寄った。安心させるどころか警戒されてしまったみたいだ。

私は閣下《かっか》の了解は取っていると前置きしてから、食堂で宴会を開きたいと説明する。

「お礼がしたいんです。本当なら、私は死んでいるはずでした。こうして生きていられるのは皆さんのおかげです。それに、リヨンさんから聞きました。リュシアンさんも私のために全財産を使ってくれたって……本当にありがとうございます」

「いえ。お礼を言われるようなことではありません。私たちアンデッドがお金を持っていても、大して意味がありませんから」

照れている様子もなく、リュシアンは真面目な顔で言う。

「サリーさんもそう言ってました。でも、とても嬉しかったんです。だから是非お礼をさせてください。もし嫌でなかったらですけど……」

おずおずと彼を見上げると、リュシアンはようやく首を縦に振ってくれた。

「わかりました。外出禁止令を解きましょう。私が城の者たちを食堂へ集めます。ユイさんは、そうですね……閣下に食堂へお越しいただくよう伝えてきてください」

「ありがとうございます！」

私はリュシアンにお礼を言った。すると、すでに歩きだしていた彼が立ち止まり、ためらいがちにこちらを振り返る。

「閣下をよろしくお願いします。我々は閣下を悪者にすることで、なんとか心の平静を保つことができていますが、彼は自分の罪と私たちの憎しみや悲しみを、すべて正面から受け止めています。我々では閣下を慰めることはできません。だから、私は今日ほどあなたがいてくれてよかったと思ったことはありません」

私は目を瞬かせた。リュシアンがそんな風に考えていたなんて知らなかった。

「リュシアンさんは、閣下のことが好きなんですね」

「……心底嫌っております」

真顔でそう返され、私は笑ってしまった。素直じゃないな。


今夜はいつになく食堂がにぎやかだ。テーブルにはたくさんの料理が並べられ、中央に巨大な鍋が三つ鎮座している。ハインリヒがレインフォード卿《きょう》のために用意していた料理も並んでいた。もちろん、人間の肉で作った料理を除いて。

リュシアンがたくさんのワインをワインセラーから出してきて、ワインクーラーで冷やしている。テーブルの周りには椅子がずらりと並び、そこに大勢のアンデッドたちが座っているのはある意味壮観だった。サリーのように肌が紫色に染まった者や、リヨンのように縫い目がある者。中には体の一部が欠けている者もいる。

その誰もが私を好奇の目で見ていた。この場にジャックだけがいないのを確認して、ほんの少し胸が痛くなる。

ジャックが城を出たというニュースは瞬《またた》く間に広がった。レインフォード卿のスパイであった彼を、辺境伯は永久追放したという。

リュシアンがポンと景気のいい音を立ててワインのコルクを抜いた。これはマナー違反だが、きっと彼なりに場を和《なご》まそうとしたのだろう。

それを合図に、辺境伯がみんなを見渡して口を開く。

「今夜はユイが諸君と共に食事を取りたいと提案した。食事をすること自体久しぶりな者もいるだろうが、遠慮なく食べるといい。今日は無礼講だ」

リュシアンが絶妙なタイミングで辺境伯のグラスにワインを注《つ》いだ。辺境伯はグラスの中のワインを一気に飲み干し、舌で唇についたワインを拭《ぬぐ》う。

「存分に飲み食いしてくれ」

辺境伯がそう言うなり、たくさんの腕が伸びて、ワインクーラーからボトルが引き抜かれていく。乱暴にこぼしながら注がれるワインで、たちまちテーブルクロスが赤く染まった。中にはグラスに注ぐ時間も惜しいのか、ボトルのままラッパ飲みする者もいる。どうやらアンデッドたちは酒が好きなようだ。

私もワインボトルの一つを確保して、リュシアンの席に近づいた。彼はすでに一仕事終えたと言わんばかりに、背もたれに体を預けている。私が笑いかけながらボトルを差し出すと、彼は無言で頷いた。

「リュシアンさん、今日は本当にありがとうございました。傷の具合はどうですか?」

「問題ありません。ユイさんこそ、精神的にひどい目にあったでしょう。今夜はきちんと眠れそうですか?」

「はい。ここに来てからだいぶ心が鍛《きた》えられましたから」

リュシアンは、ふぅとため息をついた。

「お互い、最悪の一日でしたね」

「ええ。嫌なこともありましたけど、私にとってはいいこともありましたよ」

つい辺境伯に視線を向けてしまった私を見て、リュシアンは注いだばかりのグラスを手に、目だけで笑った。

「ごちそうさまです」

「まだ召し上がっていないから、いただきますのほうがいいと思いますよ？」

私の冗談を理解してくれたリュシアンは、喉の奥で控えめに笑った。

よかった。お互い無事でいられて本当によかった。

私はグラスを持つリュシアンをじっと見つめる。その視線から、彼は何かを感じ取ったようで、不思議そうに首を捻《ひね》る。

「……何か？」

「いえ、別にリュシアンさんがどうやってワインを飲むのかなぁ、とか考えていませんよ。ちょっと興味があるなぁなんて、全然思っていませんよ！」

私の答えに、リュシアンは器用に片方の眉を上げた。しまった、本音が漏れてしまった。

リュシアンは冷たい目で私を見上げたまま、ゆっくりとグラスを口元に運んだ。私はぐっと身を乗り出す。

すると、彼はどこからかストローを取り出し、グラスに挿《さ》してスカーフの隙間《すきま》に滑《すべ》り込ませた。

そして落胆する私をあざ笑うかのように、ワインを吸い上げる。

「ストローですか……。なるほど、それならこぼさずに飲めますもんねぇ。考えましたね」

「ご期待に添えず、申し訳ありません」

私はがっかりしながら横の席へスライドした。

そこには、サリーと廊下で話をしていたおさげのメイド——デボラが座っていた。

「デボラさんですよね。私のためにお給金を使っていただいて、ありがとうございました」

「いいのいいの！　ユイさんが無事でよかったわ」

彼女は握れば折れてしまいそうなほど細い手をパタパタと振って笑った。鼻の頭にそばかすが散った、愛嬌のある顔だ。

「それより聞かせて！　閣下《かっか》はユイさんになんて告白したの？」

「え？」

「それそれ、私もそれが聞きたかったんです！」

近くの席に座っていたサリーが、急に身を乗り出してきた。彼女の手には半分空《から》になったワインボトルが握られている。

「リュシアンが言っていたように、閣下に恋愛感情なんてあるんですか？　あの食欲馬鹿ですよ？　食べること以外興味ありませんっていう閣下が恋を？　ありえないですよねぇ！」

興奮するメイド二人に挟まれて座る体格のいい男性が、居心地悪そうに咳払いをした。そっぽを向きながらも、耳だけはしっかりとこちらに向けていた。

偏屈な領主の恋愛事情は、彼らにとって格好のゴシップなのかもしれない。

私は二人が矢継《やつ》ぎ早《ばや》に繰り出してくる質問に、すっかり困り果ててしまった。

「ご、ご想像にお任せします」

それだけ言うのが精いっぱいだった。自分の恋愛を赤裸々に語れるほど、私は経験豊かではない。恥ずかしさのあまり、さっとその場を逃げ出した。

けれど慌てていた私は、何かに足を取られてふらついてしまう。

「おっと。大丈夫ですか」

危なく躓《つまず》くところだった私を、誰かが間一髪で抱きとめてくれた。骨だけの姿をしたキャスリーンだった。

「ありがとうございます」

いい歳をして落ち着きがないと思われてしまっただろうか。

私は恥ずかしくなったが、キャスリーンは私を笑うことなく、怪我がなくて何よりだと言ってくれた。

「キャスリーンさんもワインをいかがですか？」

「いや、私は遠慮させてもらいます。食べ物や飲み物を口にしても味がわからないのです」

そう言う彼女の前には、空のグラスと空の皿が置かれたままになっている。彼女は骨だけになってしまったので、飲食物は一切受け付けないらしい。

「あ、ごめんなさい。私全然気づかなくて……」

料理を振る舞うことがお礼になると思っていたが、食べられないアンデッドもいることを失念していた。これでは逆に不快な思いをさせてしまっているのかもしれない。

しかし、キャスリーンは首を横に振った。

「ユイさんが謝ることはありません。私は充分楽しんでいます。にぎやかなことはいいことですね。なんだか、生きていたころに戻ったような気持ちになります」

そう口にするキャスリーンの口調は穏やかだ。

骨だけの顔が、微笑んでいるように見える。

「ユイさんが来てから、本当にここはにぎやかになりました。まるで、暗い泥沼の底に清水が湧いて出たようです」

自分たちの城を泥沼と言い切るのはどうかと思うが、彼女のたとえに私は首を傾げる。

「泥沼に綺麗な水を足しても、濁《にご》りは消えないですよ」

「ええ。わかっていますよ。どんなことをしても、ここがアンデッドの城である事実は消えません。私たちの心の中にある、閣下《かっか》を憎む気持ちが消える日も来ないでしょう。しかし、それを薄めることはできます」

キャスリーンは辺境伯を見た。

「閣下にも人間らしい心がまだ残っておられた。それを見ることができて、私はとても嬉しいのです。ありがとうございます、ユイさん」

深く頭を下げられて、私も慌てて頭を下げる。お礼を言うべきなのは私のほうだ。

「私のほうこそ、ありがとうございます。私のために、ジャックさんに怒ってくださったでしょう？　とても嬉しかったです」

そう言うと、キャスリーンは驚いたように息を呑んだ。

「見ていたのですか？」

意識だけになってあの場に居合わせたことを説明すると、キャスリーンは照れくさそうに頭をかいた。

「激高したところを見られていたとは、お恥ずかしい」

「本当に感謝しています。もしご迷惑でなければ、これからも時間のあるときで構わないので、お話しさせてもらえませんか？」

「迷惑などではありません。こちらこそ、よろしくお願いします」

キャスリーンはこちらに向き直り、先ほどよりもさらに深く頭を下げる。私も慌ててお辞儀を返した。

それがおかしくて、二人で顔を上げてくすくすと笑う。

ふと視線を感じてそちらに目を向けると、リヨンが離れたテーブル席でニヤニヤと笑いながらこちらを見ていた。普通にしていれば見惚れてしまうほど整った顔なのに、そんな表情をしていたら台無しだ。

彼は何も言わずに空のグラスを指差した。まだ笑みを崩さないが、どうして自分を後回しにしているのかという静かな怒りを感じる。

私は彼の席まで近づいて、グラスにワインを注《つ》いだ。

「このスープ美味《うま》いね」

「ありがとうございます。リヨンさんのお口に合ってよかったです」

「でも、僕はもっと辛くしたほうがいいな」

そう言って、リヨンは皿が真っ赤になるまで辛味パウダーを振りかけた。それだけ投入したら舌が麻痺《まひ》してしまいそうだ。

「それにしても、君はこんなときでも料理を作っちゃうんだねぇ」

すっかり真っ赤になってしまったスープを飲みながら、リヨンは不思議そうに呟《つぶや》いた。

「それしか恩返しの方法が見つからなかったんですよ。リヨンさん、今日は本当にありがとうございました」

リヨンがいなければ、きっとこの計画は成功しなかっただろう。彼は自画自賛するだけあって、本当にすごい魔法使いだ。

リヨンはワインを一口飲んで笑みを浮かべる。

「ふふ、残念だったね。今夜の一件で、全員君に仲間意識が芽生えちゃったよ。これでフリカッセちゃんも、呪われた城の一員だ」

「はい！」

私は嬉しくなった。私も、彼らのことを信頼できる仲間だと感じていた。彼らに受け入れてもらえたなら、こんなに嬉しいことはない。

私はリヨンの席を離れ、ワインを注《つ》いで回った。すると突然、私の肩にトンと何かが触れる。振り返ると、そこには辺境伯が立っていた。

「少し落ち着いたらどうだ？　ずっと立ちっぱなしだろう」

「はい。でも、このために皆さんに集まってもらったので……」

「あの騒ぎっぷりを見てみろ。放っておいてもやつらは勝手に飲む。それより、隣が空いたままでは私が寂しいんだ」

辺境伯の隣の席まで強引に引っ張られ、私はそこに収まった。

「私のグラスにも注《つ》いでくれないか」

辺境伯が空のグラスを示す。私はもちろん頷いた。赤褐色《せきかっしょく》のワインを辺境伯のグラスに満たすと、彼がお返しというように私のグラスに水を注いでくれる。

「これから先も、お前の料理を食べさせてくれないか？」

グラスを持ち上げながら、辺境伯が私の目を覗き込む。

「はい。喜んで」

私も水の入ったグラスを持ち上げ、彼と乾杯した。食べることが大好きな雇《やと》い主に望まれる限り、この場所で彼の胃袋を満たしてあげたいと思う。

私と辺境伯がお互いを見つめて微笑み合っていたら、たくさんの腕がぬうっと突き出された。驚いて振り返ると、アンデッドたちがこちらを見てニヤニヤしながらグラスを掲げている。

「新しいコックに乾杯だ」

彼らの気持ちを代弁して辺境伯が笑う。
こうして、私はこの日から、正式にアンデッド城のコックになったのだった。

新＊感＊覚ファンタジー！

レジーナブックス Regina

レジーナブックス Regina

転生した異世界で
赤子サマ、大活躍!?

これは余が余の為に頑張る物語である1~4

文月《ふみつき》ゆうり
イラスト：Shabon

気付いたら異世界にいた、“余”ことリリアンナ。騎士団長のパパ、若くて可愛いママ、モテモテの兄ちゃんのいる名家に転生したらしい。日本人だった前世の記憶はあるけれど、赤子の身では、しゃべることも動くこともままならない。それでもなんとか、かわいい精霊たちとお友達になり日々楽しく遊んでいたのだけれど……可憐で無垢なる（!?）赤子サマの、キュートな成長ファンタジー！

詳しくは公式サイトにてご確認ください。
http://www.regina-books.com/

携帯サイトはこちらから！

Regina COMICS
レジーナCOMICS創刊!!
大好評発売中!!
えっ? 平凡ですよ??
1
アルファポリスWebサイトにて
好評連載中!
待望のコミカライズ!
交通事故で命を落とした、女子高生のゆかり。目を覚ますと、異世界に伯爵令嬢として転生していた！　なのに、待っていたのはまさかの貧乏生活……。第二の人生を豊かにすべく、元女子高生は前世の知識をフル活用する!!
＊B6判 ＊定価：本体680円＋税
＊ISBN978-4-434-20717-4
シリーズ累計
8万部突破！
転生少女
前世の知識で異世界改革！
レジーナCOMICS創刊!!!!
大人気ほのぼのファンタジー、待望のコミカライズ！
漫画 不二原理夏
原作 月雪はな
アルファポリス 漫画
検索

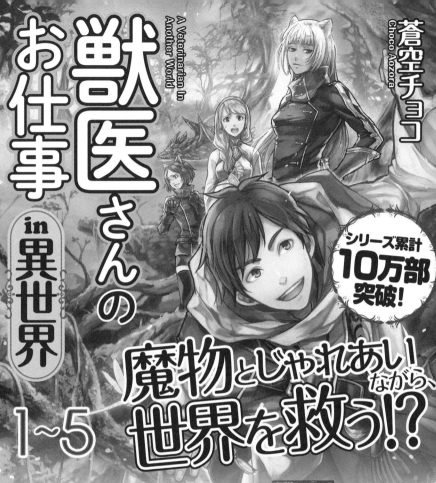

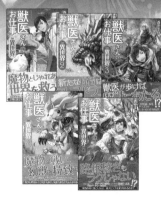

山石コウ（やまいしこう）
北海道在住。2011年より執筆活動を開始。2015年に「私がアンデッド城でコックになった理由」で出版デビュー。趣味は読書と食べ歩き。

イラスト：六原ミツヂ
http://alphabetical.web.fc2.com/abc/

本書は「小説家になろう」（http://syosetu.com/）に掲載されていた作品を、改稿のうえ書籍化したものです。

私《わたし》がアンデッド城《じょう》でコックになった理由《りゆう》

山石コウ（やまいしこう）

2015年 8月 4日初版発行

編集－及川あゆみ・羽藤瞳
編集長－塙綾子
発行者－梶本雄介
発行所－株式会社アルファポリス
〒150-6005東京都渋谷区恵比寿4-20-3 恵比寿ｶﾞｰﾃﾞﾝﾌﾟﾚｲｽﾀﾜｰ5F
TEL 03-6277-1601（営業） 03-6277-1602（編集）
URL http://www.alphapolis.co.jp/
発売元－株式会社星雲社
〒112-0012東京都文京区大塚3-21-10
TEL 03-3947-1021
装丁・本文イラスト－六原ミツヂ
装丁デザイン－ansyyqdesign
印刷－中央精版印刷株式会社

価格はカバーに表示されてあります。
落丁乱丁の場合はアルファポリスまでご連絡ください。
送料は小社負担でお取り替えします。

ISBN978-4-434-20869-0 C0093